河出文庫

宇宙の果てのレストラン

ダグラス・アダムス
安原和見 訳

河出書房新社

宇宙の果てのレストラン

ジェインとジェイムズに

次のみなさんに心から感謝したい。

不可能事をなし遂げてくれたジェフリー・パーキンスに。

そのジェフリーを助けてくれた、パディ・キングズランド、リサ・ブラウン、アリック・ヘイル・マンローに。

『ミリウェイズ』のオリジナルの脚本を手伝ってくれたジョン・ロイドに。

最初のきっかけを作ってくれたサイモン・ブレットに。

この本を書いているあいだ、ずっとかけていたポール・サイモンのアルバム『ワン・トリック・ポニー』に。

しかし、いくらなんでも五年は長すぎた。

最後に、苦しい時期に無限の忍耐とやさしさで接してくれ、ついでに食事もさせてくれたジャッキー・グレアムに、特別なうえにも特別な感謝を。

一説によると、この宇宙がなんのためにあるのか、またなぜここにあるのか、それをだれかが正確に突き止めてしまったら、宇宙はたちまち消え失せて、いまよりもっと変てこでわけのわからないものに変わってしまうという。

また一説によると、それはもうすでに起こってしまったともいう。

1

ここまでのあらすじ――

はじめに宇宙が創造された。

これには多くの人がたいへん立腹したし、よけいなことをしてくれたというのがおおかたの意見だった。

宇宙は神のようなものに創造されたと多くの種族は信じているが、ヴィルトヴォードル星系第六惑星のジャトラヴァート人の考えでは、この宇宙はすべて〝大きな緑のアークルシージャー〟という生物がくしゃみをしたときに鼻から飛び出してきたのだという。

このジャトラヴァート人は、いつか〝大きな白いハンカチの到来〟の時が訪れて、すべてがきれいさっぱり拭きとられてしまうとつねにびくびくして生きている。かれらは小さな青い生きもので、腕が五十本以上もついているため、車輪より先にエアゾール式制汗剤を発明した歴史上唯一のめずらしい種族になった。

しかし、〝大きな緑のアークルシージャー〟説はヴィルトヴォードル星系第六惑星以外では広く受け入れられているとは言えない。宇宙はこのとおりわけのわからない場所だから、というわけで説明がたえず探し求められている。

たとえば、とある超知性汎次元生物の一種族などは、かつて〝深慮遠謀《ディープ・ソート》〟という巨大なスーパーコンピュータを建造し、生命、宇宙、その他もろもろという究極の問いの答えを計算させて、問題を一挙に解決しようとした。

七百五十万年間ディープ・ソートは計算に計算を重ね、しまいにその答えはなんと四十二であると発表した。というわけで、さらに巨大なコンピュータの建造が不可欠になった。答えはわかったが問いがわからないことがわかったので、その問いを突き止めるためである。

そのコンピュータは名前を〝地球〟と言ったが、これはあまりに大きかったためしょっちゅう惑星とまちがえられていた。とくに、その表面をうろついていた奇妙なサルに似た生きものは、自分たちが巨大なコンピュータ・プログラムの一部にすぎないということにまったく気づいていなかった。

これはじつにおかしなことだ。というのは、そのかなり単純で明白な事実を知らなかったら、地球上でこれまで起きてきたことはなにひとつ意味をなさないからである。

しかし残念なことに、決定的な読み出し《リードアウト》の瞬間が訪れる直前、あきれたことに地球はヴォゴン人によって破壊されてしまった。ヴォゴン人の主張によれば、新しい超空間《ハイパースペース》バイパスを建設するためであったが、ともあれこうして生《せい》の意味を見いだす望みは永久に失われてしまった。

失われたように思えた。

だがじつは、その奇妙なサルに似た生きものは二個体が生き残っていたのだ。アーサー・デントはぎりぎり最後の瞬間に脱出した。古い友人のフォード・プリーフェクトが、それまではギルフォードの出だと言っていたのに、じつはベテルギウス《ビートルジュース》の近くの小さな惑星の出だととつぜんわかったからで、というかさらに重要なことには、空飛ぶ円盤にヒッチハイクする方法を知っていたからである。トリシア・マクミラン——通称トリリアン——はその半年前、当時銀河帝国大統領だったゼイフォード・ビーブルブロックスとともに地球を去っていた。

ふたりの生存者。

宇宙始まって以来最大の実験——生命、宇宙、その他もろもろについての究極の問いと究極の答えを突き止めるという——が残したものは、このふたりだけになってしまった。

ふたりを乗せた宇宙船は、いま漆黒の宇宙をのんびり漂っている。そしてその百万キロ足らず後方から、ヴォゴン人の船がゆっくりと近づいてきつつあった。

2

ヴォゴン人の船はみなそうだが、その船も設計されたというより溶けたものが冷えて固まったように見える。船体からはぶざまな角度で醜い黄色のこぶや巨大構造が突き出していて、こんなものがくっついていたらどんな船でも不細工になるのは当然だ。しかし残念ながら、この船の場合はなにがくっついていようとこれ以上醜くするのは不可能である。もっと不細工なものが飛んでいるのを見たという者もいるが、いずれも信頼するに足る証言とは言えない。

実際のところ、ヴォゴン人の船より不細工なものを見ようと思えば、船のなかに入ってヴォゴン人を見るほかない。しかし、頭のいい人ならそんなことは絶対にしないだろう。なぜなら平均的なヴォゴン人は、ろくに考えてみもせずに、意味もなく他人をひどい目に遭わせるからである。それも、こんな目に遭うぐらいなら生まれてこなければよかった——あるいは、（もっとちゃんと頭が働く人なら）ヴォゴン人なんか生まれてこなければよかったと思うほどの目に。

実際の話、平均的なヴォゴン人はたぶん、ろくにどころか一生に一度もものを考えたりしないだろう。ヴォゴン人は単細胞で、頑固一徹で、頭の回転速度はナメクジなみという生きものであり、考えるということにはまったく向いていない。解剖学的分析によれば、ヴォゴン人の頭脳はもともと、異様に変形して突然変異で移動してきた機能不全の肝臓だったのである。というわけで、最大限に公平な言いかたをするなら、ヴォゴン人は自分がなにが好きなのかわきまえており、かれらの好きなことはおおむね他人を傷つけることに関係があり、また可能ならば大いに立腹することにも関係がある、ということになる。

かれらが嫌いなのは、仕事をやりかけで放っておくことだ。とりわけこのヴォゴン人はそうだし、とりわけ——それにはさまざまな理由があったが——この仕事に関してはそうだった。

このヴォゴン人とは、銀河超空間土木建設課のプロステトニック・ヴォゴン・ジェルツ船長である。いわゆる「惑星」地球を破壊するという仕事を遂行した人物だ。

きしむうえにべとつく椅子に座ったまま、彼は途方もなくぶざまな巨体をまわしてモニター画面を眺めた。その画面ではいま、宇宙船〈黄金の心〉号が手際よくスキャンされている。

無限不可能性ドライブを搭載した〈黄金の心〉号は、かつて建造された最も美しく最も革命的な宇宙船である。しかし、彼にとってはどうでもいいことだった。美も科学技術も彼には無縁の世界だったし、できることなら燃やして埋めてしまいたいぐらいの世界だった。

その船にゼイフォード・ビーブルブロックスが乗っているというのも、彼にとってはさらにどうでもいいことだった。ゼイフォード・ビーブルブロックスはいまではもと銀河帝国大統領であり、銀河系じゅうの警察が彼と彼が盗んだ船を追っているのだが、このヴォゴン人にはなんの関心もなかった。

彼にはほかにもっと重要な関心事があるのだ。

ヴォゴン人がちょっとした賄賂や役得にあっけなく転ぶと憤慨するのは、山のほうが海より高いと憤慨するようなものだと言われるが、彼の場合はたしかにそのとおりだった。「清廉」とか「品行方正」とかいう言葉を聞くと辞書に手を伸ばすし、分厚い札束の音を聞くと規則書に手を伸ばして放り投げてしまう。

これほど執念深く地球と地球に属するすべてを破壊しようとするのは、職務完遂をめざす義務感からだけではなかった。いわゆるバイパスがほんとうに建設されるのかという点さえいささか疑わしかったが、そのあたりはたくみに言いつくろってあった。

彼は耳ざわりな満足のうめきを漏らした。

「コンピュータ」しわがれ声で言った。「わたしの頭脳分析専門医に回線をつなげ」

数秒とたたずに、画面にギャグ・ハルフルントの顔が現れた。その顔に浮かぶ笑みは、いま見ているヴォゴン人の顔は十光年のかなたにあると知っている男の笑みだった。その笑みにはどこか皮肉の色も混じっていた。ヴォゴン人のほうは彼のことをしつこく「わたしの個人的な頭脳分析専門医」と呼んでいるが、その頭には分析しようにも大して脳みそが入っていないし、だいたいハルフルントのほうがこのヴォゴン人を雇っている側だった。とんでもない大金を支払って、非常に汚い仕事をさせようとしているのだ。ハルフルントは銀河系でもとびきり有名で儲かっている精神分析医であり、精神分析の未来が大きくおびやかされる恐れがあるなら、同業団体の仲間たちとともにいくらでも金をつぎ込むつもりだった。

「これはこれは、わがヴォゴン船の船長プロステトニック、今日のご機嫌はいかがかな」ハルフルントは言った。

ヴォゴン人の船長は、この数時間の基礎訓練で乗員の半数近くが死んだと話した。

ハルフルントの笑顔は小揺るぎもしなかった。

「まあそれは、ヴォゴン人にとってはまったく正常な行動だと思うね。攻撃本能を無意味な暴力として自然かつ健康的に発散するというね」

「あんたはいつもそう言うな」ヴォゴン人は唸った。

「まあそれもね、精神分析医としてはまったく正常な行動だと思うわけだよ。よろしい、つまり今日のわれわれの精神状態はどちらもじつに快調ということだね。というわけで、仕事のほうはどうなってるかな」

「船は見つかった」

「すばらしい。それはすばらしい！　それで乗員は？」

「あの地球人が乗っておる」

「それはなにより！　それで……？」

「同じ惑星《ほし》の女。このふたりが最後の生き残りだ」

「けっこうけっこう」ハルフルントは満面の笑みを浮かべた。「ほかには？」

「あのプリーフェクトとかいうやつ」

「ふむ」

「それにゼイフォード・ビーブルブロックス」

一瞬、ハルフルントの笑みが揺らいだ。

「ああやっぱり。予想はしていたが、それはじつに残念だ」

「個人的なお友だちで？」ヴォゴン人は尋ねた。この言いかたを以前どこかで聞いたので、ためしに使ってみようと思ったのだ。

「いやいや。この商売をしている人間はね、個人的な友だちはつくらないんだよ」

「ほう。職業的孤立というやつか」ヴォゴン人は唸った。

「いや、友だちをつくる能力がないんだ」ハルフルントは快活に言い、そこでいったん口をつぐんだ。口もとはあいかわらず笑っていたが、まゆを少しひそめている。

「ただビーブルブロックスは、とくにおいしい患者なんでね。精神分析医にとっては夢のような人格的問題を抱えているんだ」

彼はしばらく迷っているふうだったが、やがてしぶしぶあきらめた。

「それはともかく、仕事の準備はもうできてるんだね？」

「できておる」

「けっこう。では、あの船をいますぐ破壊してくれ」

「ビーブルブロックスは？」

「まあ、ゼイフォードはなんせああいうやつだからね」ハルフルントは陽気に言うと、画面から消えた。

ヴォゴン人の船長は通信ボタンを押し、生き残った乗員たちに命令した。

「攻撃開始」

ちょうどその瞬間、ゼイフォード・ビーブルブロックスは自分の個室にいて、大声で悪態をついていた。二時間前、宇宙の果てのレストランへ軽く腹ごしらえに行こうと言っていたのだが、そのことで船載コンピュータと大げんかになった。そこで、紙と鉛筆で不可能性の計算をしてみせると啖呵《たんか》を切って、足音も荒く個室に引きあげたのだ。

不可能性ドライブを持つ〈黄金の心〉号は、どんな船より高性能で予測不能だ。この船にできないことはない。ただしそれには、この船にやらせようとしているのがどれぐらい不可能なことなのか、その不可能性を正確に把握していなくてはならない。

この船を盗んだとき、ゼイフォードは大統領として進水式に出席していた。盗んだ理由はよくわからない。この船が気に入ったのはたしかだが。

さらにまた、銀河帝国大統領になった理由もよくわからなかった。なったら面白そうだと思ったのはたしかだが。

どちらにももっとましな理由があるはずだというのはわかっていたが、その理由がふたつの頭脳の暗い封印された部分に埋もれているのもわかっていた。ふたつの頭脳の暗い封印された部分を厄介払いしたいと彼は思っていた。というのも、ときどきひょっと表層に浮きあがってきて、脳みその明るいお楽しみ部分にみょうな考えを植えつけて干渉しようとするからだ。そのせいで、人間の基本だと思う生きかたを追求できなくなる。そして彼が人間の基本だと思う生きかたとは、毎日を面白おかしく過ごすことだった。

しかしいまはあまり面白おかしくなかった。忍耐も鉛筆の芯も尽きて、はてしなく腹が減っていた。

「くされ計算機が!」彼は怒鳴った。

ちょうどその瞬間、フォード・プリーフェクトは宙に浮いていた。船の人工重力場に問題があったわけではなく、個室のある階層に通じる階段を飛びおりていたからだ。かなりの高さをひと飛びで降りようとして、着地に失敗し、転び、起きあがり、廊下を全力疾走して小型雑用ロボットを二台ほどはね飛ばし、角を横すべりして曲がり、ゼイフォードの部屋に飛び込み、いまなにが彼の心を悩ませているか説明した。

「ヴォゴン人だ」

その少し前、アーサー・デントは個室を出てお茶探しにとりかかっていた。この探索の前途があまり楽観できないのは最初からわかっていた。というのも、この船で熱い飲物を手に入れようと思ったら、〈シリウス・サイバネティクス〉社製の頭のからっぽな機械に頼むしかないからである。それは自動栄養飲料合成機《ニュートリマティック・ドリンク・シンセサイザー》という機械だが、これには以前にも遭遇したことがあった。

建前では、利用者ひとりひとりの味覚と代謝に合わせて、ありとあらゆる飲料をつくり出せることになっている。しかし試してみると、そいつが決まってプラスティックのカップに注いでよこすのは、お茶に似ているとも似ていないとも言いきれない液体なのである。

アーサーは機械を説得しようとした。

「お茶だよ」彼は言った。

「喜びを分かちあいましょう」機械は答えて、また例のむかむかする液体を出してきた。

アーサーはそのカップを投げ捨てた。

「喜びを分かちあいましょう」機械はまた言って、また同じものを出してくる。

「喜びを分かちあいましょう」というのは、成長いちじるしい〈シリウス・サイバネティクス〉社苦情処理部のモットーである。この苦情処理部は、いまでは中規模サイズの惑星三つの主要な大陸を埋めつくし、近年では毎年コンスタントに利益をあげる同社唯一の部門になっている。

　このモットーは高さ五キロのイルミネーションつきの文字で書かれて、イードラックス星にある苦情処理部専用宙港の近くに立っている、というより立っていた。不幸なことに、立てられてまもなくあまりの重みに文字の下の地盤が陥没してしまったのだ。そのうえ、文字の下半分がほとんど完全にオフィスビルにめり込み、そこで働いていた才能ある若き苦情処理幹部《コンプレイント・エグゼクティブ》がおおぜい命を落とした。

　文字の上半分はいまも突き出しているのだが、それが地元の言葉では「頭を豚に突っ込んじまえ」と読める。特別な行事のときを除いて、いまではイルミネーションもついていない。

　アーサーは六杯めのカップを投げ捨てた。

「いいか、このくされ機械め。この世のどんな飲物でも合成できると言ってるくせに、なんでいつもおんなじものばっかり、それもこんな飲むに堪えないものを出してくるんだよ」

「栄養と味覚のデータに基づいているのです」機械はさえずった。「喜びを分かちあいましょう」

「こんなまずいもんが飲めるか！」

「この飲物がお気に召しましたら」と機械は続けた。「その喜びをお友だちと分かちあってはいかがでしょう」

「冗談じゃない」アーサーは辛辣に言い返した。「友だちはなくしたくないんでね。頼むからぼくの話をちゃんと聞いてくれよ。あの飲物は……」

「あの飲物は」と機械は猫なで声で言った。「栄養面でも味の面でも、あなたのニーズにぴったり合わせてあるのですよ」

「それじゃ、ぼくは飲物に関してはマゾヒストだったんだな」

「喜びを分かちあいましょう」

「やかましい」

「以上でよろしいですか」

アーサーはあきらめることにして、「ああ」と答えた。

だがそのとき、ここであきらめてたまるもんかと考えなおした。

「いや、よくない。いいか、もうものすごく簡単なことなんだ……ぼくが飲みたいのはお茶が一杯、ただそれだけなんだ。だから出してくれよ。黙ってぼくの話を聞くんだ」

彼は腰をおろし、ニュートリマティックにインドの話をした。中国の話をし、セイロンの話をした。天日干しにする中国茶の話をした。銀のティーポットの話をした。庭で過ごす夏の午後の話をした。ミルクが煮えないようにお茶より先につぐという話をした。東インド会社の歴史さえ(簡単に)話した。

彼が話し終えると、「つまりそういうことなんですか」とニュートリマティックは言った。

「そうだ、そういうのが飲みたいんだよ」

「乾燥させた葉っぱをお湯で煮出したものが味わいたいのですね」

「まあそういうことだ。ミルクを入れて」

「それは雌牛が分泌するものですね」

「まあその、言ってみればそういうことかな……」

「これはわたしひとりでは無理です」機械はきびきびと言った。先ほどまでの浮ついた口調は影をひそめ、まさに真剣そのものだった。

「その、ぼくにできることがあれば」とアーサー。

「あなたにはもうじゅうぶんしていただきました」ニュートリマティックは言って、船載コンピュータを呼び出した。

「はいどうもどうも！」船載コンピュータは言った。

ニュートリマティックはお茶のことを船載コンピュータに説明した。コンピュータはぼうぜんとし、論理回路をニュートリマティックにリンクするなり、両方ともむっつり黙り込んでしまった。

アーサーはしばらく見守っていたが、それきりなんの動きもない。叩いてみたが、やはりなんの反応もない。しまいにあきらめて、ぶらぶらとブリッジに戻っていった。

はてしなくうつろな宇宙のただなか、〈黄金の心〉号はじっと浮かんでいた。周囲では銀河の針の目が何十億と燃えている。そこに忍び寄るのは醜怪な黄色い塊――ヴォゴン人の船である。

3

「だれかやかん持ってないか?」アーサーはそう尋ねながらブリッジに入っていき、そのとたんに面食らった。なぜトリリアンは、コンピュータに向かって返事をしろと叫んでいるのだろう。なぜフォードはコンピュータを叩き、ゼイフォードは蹴飛ばしているのだろう。それにまた、展望画面に醜い黄色い塊が映っているのはなぜだろう。

手に持って歩いていた空《から》のカップをおろし、三人に近づいていった。

「どうした?」彼は言った。

それが合図だったかのように、ゼイフォードが磨かれた大理石のテーブルに飛びついた。そこには通常の光子ドライブの制御装置が収まっているのだ。装置が手の下で実体化するのを待って、手動制御に切り換える。押し、引き、叩き、悪態をつく。光子ドライブは弱々しく振動しただけで、すぐにまた切れてしまった。

「なにかあったのか?」とアーサー。

「おい、みんな聞いたか」ゼイフォードが口のなかでつぶやき、今度は無限不可能性ドライブの手動制御装置に飛びついた。「サルがしゃべったぞ!」

不可能性ドライブは甲高い小さい音を二度あげたが、こちらもまた切れてしまった。「歴史的大事件だぜ」ゼイフォードは不可能性ドライブを蹴飛ばした。「しゃべるサルだ！」

「なにをそんなにかっかして……」とアーサー。

「ヴォゴン人だ！」フォードが噛みつくように言った。「攻撃されてるんだよ！」

アーサーは泡を食って、「そりゃ大変じゃないか、早く逃げよう！」

「それがだめなんだ。コンピュータが動かない」

「動かない？」

「回路がみんなふさがってるんだとさ。船のどこにも動力が残ってないんだ」

フォードはコンピュータの端末の前を離れ、袖でひたいの汗をぬぐうと、壁にぐったり寄りかかった。

「手も足も出ない」彼は虚空をにらんで唇を噛んだ。

地球が破壊されるずっと前、まだ子供だったころ、アーサーはよくサッカーをしていた。と言ってもまったくの下手くそで、得意わざは大事な試合で自殺点をあげることだった。そのたびに、うなじのあたりがみょうにぞわぞわしてきて、それが少しずつほほを這いのぼり、やがてひたいが熱くなってきたものだ。芝土のイメージ、そして野次りながら芝土を投げつけてくるおおぜいの少年たちのイメージが、瞬時にあざやかによみがえってきた。

うなじのあたりがみょうにぞわぞわしてきて、それが少しずつほほを這いのぼり、やがてひたいが熱くなってきた。

口を開きかけて、また閉じた。

また口を開きかけて、またまた閉じた。

しまいにやっと声が出た。

「えーと」彼は言って、咳払いをした。

「あのさ」と続けると、その声がひどくうわずっていたせいで、ほかの三人がいっせいにふり向き、こちらにひたと目を当ててきた。展望画面にちらと目をやると、黄色い塊が近づいてくるのが見えた。

「あのさ」彼はまた言った。「コンピュータは、なんで回路がふさがってるって言ってた？ いや、たんなる興味から訊《き》くんだけど……」

三人の目はアーサーに釘付けになっている。

「その、えーと……ただその、ほんとに訊いてみただけなんだ」

ゼイフォードが片手を伸ばし、アーサーの襟首をつかんだ。

「コンピュータになにをしたんだ、ええ、サル男」押し殺した声で言う。

「いやその、なにかしたってわけじゃないんだ。ただちょっと前に、コンピュータが調べるって言ってたような気が……」

「なにを?」

「その、お茶のいれかたを」

「そのとおりです」だしぬけにコンピュータが歌いだした。「いまはその問題にかかってるところなんです。うへえ、こりゃ大仕事だな。もうちょっとしたら済みますから」それきりまた黙り込んだ。その沈黙の圧倒的な重みに対抗して、アーサー・デントをにらみつける三人も重く黙り込んでいる。


緊張をやわらげようとするかのように、まさにその瞬間を選んでヴォゴン人は砲撃を開始した。


船は震動し、絶叫する。船体を包む三センチ厚さの防御シールドは、三十メガ打撃《ハート》の必殺光爆砲十二門の一斉砲撃を受けて、火ぶくれができひびが入りしぶきを飛ばしている。そう長くはもちそうにない。あと四分とフォード・プリーフェクトは踏んだ。

「あと三分五十秒」ややあって彼は言った。

「四十五秒」その五秒後にまた言った。役に立たないスイッチを手なぐさみに入れたり消したりしながら、アーサーに冷やかな視線を向けた。

「お茶一杯のために死ぬのかよ」彼は言った。「あと三分四十秒」

「秒読みはやめろ！」ゼイフォードが怒鳴った。
「やめるよ」フォード・プリーフェクトは言った。「三分三十五秒後にな」

ヴォゴン船では、プロステトニック・ヴォゴン・ジェルツが首をひねっていた。追跡劇になると思っていたし、牽引ビームを使った手に汗にぎる捕獲作戦になると思っていたし、亜循環式正常性強制機《サブサイクリック・ノーマリティ・アサーティトロン》を使わねばなるまいと思っていた。ところが、〈黄金の心〉号の無限不可能性ドライブに対抗するためにせっかく搭載してきたというのに、そのサブサイクリック・ノーマリティ・アサーティトロンは出番がないままだし、〈黄金の心〉号は攻撃されても逃げようともしない。

三十メガハートの必殺光爆砲十二門は容赦なく火焔を浴びせつづける。それでも〈黄金の心〉号は逃げようとしない。

巧妙な計略でも仕掛けているのかと、調べられるセンサーはすべて調べてみたが、巧妙な計略などまったく見あたらなかった。

言うまでもなく、彼はお茶の一件など知るよしもない。

もうひとつ知るよしもなかったのは、残された生涯最後の三分半を使って、〈黄金の心〉号の乗員たちがなにをしていたかということだ。

こんなときに降霊会をしようと思いついたのはなぜだったのか、ゼイフォード・ビーブルブロックス自身にもまったくわからなかった。

もちろん死というテーマは頭を離れなかったが、それはしつこく語られるというより、むしろ口にするのもはばかられるテーマだった。

もしかしたら、故人となった身内に再会するかと思ってぞっとしたせいだったのかもしれない。そのせいで、向こうも同じように感じているのではないかと思いつき、だとしたら再会を延期するために手を貸してくれるだろうと考えついたのかもしれない。

それとも、これもまた例の奇妙な思いつきのひとつだったのだろうか。銀河帝国大統領になる前に、なぜだかわからないが彼は自分の脳の一部を封印してしまったのだが、その封印された暗い片隅からときどきみょうなアイデアが湧いて出ることがあるのだ。

「曾祖父《ひいじい》さんと話がしたいって？」フォードはあきれかえった。

「ああ」

「い、いまじゃなきゃだめなのか？」

船はあいかわらず震動し、絶叫している。船内の気温もあがってきている。照明は暗くなっていた。お茶について考えるためにコンピュータが使っている分は別として、そのほかのエネルギーはすべて、急速に弱りつつある防御フィールドにつぎ込まれているのだ。

「ああ、だめなんだよ！」ゼイフォードは譲らない。「いいかフォード、曾祖父さんなら助けてくれるんじゃないかと思うんだ」

『思う』って言葉の意味をまちがってないか。言葉はよく考えて選べよ」

「それじゃ、ほかになにか策があるのか」

「えー、それは……」

「ほら見ろ。それじゃ中央コンソールのまわりに集まれ。いますぐだ。そら、トリリアン、サル男、早くしろ」

なにがなんだかわからないまま、かれらは中央コンソールのまわりに集まり、腰をおろし、底なしにばかをさらしているような不安にさいなまれつつ手をつないだ。三本めの手で、ゼイフォードは照明のスイッチを切った。

船内はすっぽり闇に包まれた。

船外では、轟音とともに必殺砲が防御フィールドを引き裂きつづけている。

「曾祖父さんの名前に意識を集中するんだ」ゼイフォードが声を殺して言った。

「なんて名前？」とアーサーが尋ねる。

「ゼイフォード・ビーブルブロックス四世」

「へっ？」

「ゼイフォード・ビーブルブロックス四世だよ、気を散らすな！」

「四世？」

「ああ。いいか、おれがゼイフォード・ビーブルブロックスで、親父がゼイフォード・ビーブルブロックス二世、祖父《じい》さんがゼイフォード・ビーブルブロックス三世……」

「へっ？」

「避妊具とタイムマシンの事故が重なったんだよ。いいから集中しろ！」

「あと三分」とフォード・プリーフェクト。

「どうしてこんなときにこんなことしてるんだ？」アーサー・デントが言った。

「やかましい」ゼイフォード・ビーブルブロックスが忠告した。

トリリアンはなにも言わなかった。言うことなんかなんにもない、と思った。

ブリッジにいまも残る光は、すみっこに見えるぼんやりした赤い三角形の光ふたつだけだった。被害妄想のアンドロイド、マーヴィンがそこにへたり込んでいるのだ。全員を無視し、全員から無視されて、居心地がいいとは言えない自分の世界に閉じこもっている。

中央コンソールの周囲に背を丸めて座り、四人は意識を集中しようと一心に努力していた。船の恐ろしい震動と船内に反響するおぞましい轟音を、脳みそのひだからぬぐい去ろうとする。

一心に努力していた。

まだ一心に努力していた。

まだまだ一心に努力していた。

刻一刻と時間は過ぎていく。

ゼイフォードのひたいに玉の汗が浮いた。最初は過度の集中のため、次には焦燥感のため、最後にはきまり悪さのためだった。

しまいに怒号を発すると、トリリアンとフォードの手をふり払い、手荒く照明のスイッチを入れた。

「やれやれ、このままずっと明かりをつけずにおる気かと思ったぞ」と声がした。「いや、それ以上は明るくせんでくれ。昔にくらべて目が弱ってしまってな」

四人ははじかれたように身を起こした。頭皮は動きたくないと声を大にして主張していたが、そろそろと首をまわして声のしたほうに目を向けた。

「さてと。いまごろわたしを呼び出すのはだれだ?」小柄で腰の曲がった痩せこけた人影が、ブリッジの奥、シダの茂みのそばに立っていた。頭髪がまばらに残るふたつの小さな頭は古代遺物のように古びて見え、銀河系が生まれたときのおぼろな記憶さえとどめているのではないかと思わせる。いっぽうの頭は舟を漕いでいたが、もういっぽうは射抜くような目でこちらを見つめていた。これで弱ったというのなら、昔はダイヤモンド・カッターの目をしていたにちがいない。

ゼイフォードはしばらく緊張で舌がまわらなかった。ふたつの頭を細かく複雑にうなずかせているのは、親しい間柄での伝統的なベテルギウス式の挨拶だ。

「ああ……その、こんちは、ひいお祖父ちゃん……」ささやくように言った。

小柄な老人は近づいてきた。ぼんやりした明かりに目をこらし、節くれだった指を曾孫《ひまご》に突きつけ、「なんとまあ」嚙みつくように言った。「ゼイフォード・ビーブルブロックスか。名誉あるわが一族の血をひく最後の子孫。ただのゼイフォード・ビーブルブロックス」

「ただのじゃない、一世だよ」

「一世が聞いてあきれるわ」老人は吐き捨てるように言った。ゼイフォードは曾祖父の声が嫌いだった。魂を黒板にたとえるとすれば、その黒板を爪で引っかく音のようだとつねづね思っていた。

ゼイフォードは椅子のうえでもぞもぞした。

「えーと、その」と消え入るような声で、「えー、つまり、花のことはほんとに悪かったと思ってるよ。送るつもりだったんだけど、花屋がちょうど花輪を切らしたとこで……」

「嘘をつけ！」ゼイフォード・ビーブルブロックス四世は怒鳴りつけた。

「いやその……」

「自分のことにばかりかまけて、ほかの者のことなど頭にないのだ。生者はみな同じよ」

「あと二分だぞ、ゼイフォード」フォードが死者をはばかっておずおずとささやいた。

ゼイフォードはそわそわと身じろぎした。

「いや、ほんとに送るつもりだったんだって。そうだ、ひいお祖母ちゃんにも手紙を書くよ、これが片づいたらすぐ……」

「ひいお祖母ちゃんだと」痩せこけた小柄な老人は不思議そうに言った。

「ああ」とゼイフォード。「えーと、いま元気にしてるかな？　そうだ、自分で会いに行くことにするよ。だけど、まずその前にこの……」

「おまえのいまは亡きひいお祖母ちゃんも、このわたし同様元気にしておるとも」ゼイフォード・ビーブルブロックス四世はきしるような声で言った。

「えっ。あれ」

「だがおまえにはつくづく愛想をつかしておるぞ、この洟垂《はなた》れ小僧」

「ああ、いやその……」ゼイフォードはどういうわけか、どうしても会話の主導権がとれなかった。横に座っているフォードの荒い息づかいを聞けば、時間がどんどんなくなっていくのがわかる。轟音と震動は恐ろしいまでに高まっていた。薄暗がりのなか、トリリアンとアーサーは青い顔をしている。ふたりともまばたきひとつしない。

「えーと、ひいお祖父さん……」

「おまえのやることを見ておると、はなはだ落胆せずにはおれん」

「ああ、その、ただね、いまはちょっと……」

「軽蔑とは言わんまでもな！」

「あの、ちょっと話を聞いてもらえないかな……」

「わたしが言いたいのは、おまえはだいたいなにをしておるのかということだ」

「ヴォゴン艦隊に攻撃されてるんだよ！」ゼイフォードは叫んだ。誇張ではあったが、この降霊会のそもそもの目的を伝えるチャンスがやっと来たのだ。

「毛筋ほども驚かんね」小柄な老人は肩をすくめた。

「でも、それがたったいま起きてるんだよ」ゼイフォードはうわずった声で言いつのった。

ご先祖の幽霊はうなずき、先ほどアーサー・デントが持って入ってきたカップを持ちあげ、めずらしいものでも見るようにしげしげと眺めた。

「えーと……ひいお祖父ちゃん……」

「知っておったか」と幽霊はそれをさえぎり、厳しい目でゼイフォードをひたと見すえて、「ベテルギウス星系第五惑星では、いまほんのわずかながら軌道の離心率が増大しておるのだぞ」

ゼイフォードは知らなかったし、そう聞いても頭に入ってこなかった。なにしろ音はすさまじいし、死が目前に迫っているというときなのだ。

「えーと、知らなかったな……あの」

「わたしが墓のなかで七転八倒しておるからだ!」ご先祖は怒鳴った。カップを叩きつけるようにおろし、半透明の干からびた指を震わせながらゼイフォードに突きつけた。

「おまえのせいだぞ!」と金切り声をあげた。

「一分三十秒」フォードが頭を抱えてつぶやいた。

「ああ、その、ひいお祖父ちゃん、ちょっと訊くけど、助けてもらえないかな、つまり……」

「助ける?」老人はすっとんきょうな声をあげた。オコジョを出してくれと頼まれたかのように。

「ああ、助けてくれよ、だっていま、そうでないと……」

「助ける!」老人はくりかえした。軽くあぶったオコジョをパンにのせて、ついでにフライドポテトも添えて出してくれと頼まれたかのように。彼はあきれ顔で突っ立っていた。

「銀河系をふらふらほっつき歩いて……」ばかにしたように手をふって、「それもそんなみじめったらしい連中とつるんで、それで忙しくてわたしの墓に花をそなえるひまもないくせに。プラスティックの造花でもかまわん。おまえならそれでも上等だ。だが、それもできんというのだ。忙しくてな。現代ふうで、あの世などないと思っておるからな。それがどうだ、ちょっと困ったことになったとたんに、いきなり霊魂の存在を信じてとりすがってきよる！」

彼は首をふった——もういっぽうの頭が目を覚まさないように、慎重に。それでなくてももう眠りが浅くなりかけているのだ。

「さてどうしたものかな、ゼイフォード坊や」彼は続けた。「これはよく考えてみなくてはならんな」

「一分十秒」フォードが力なく言った。

ゼイフォード・ビーブルブロックス四世は、不思議そうに目をすがめてフォードを見た。

「あの男は、なぜさっきから数をかぞえておるんだ？」

「おれたちに残された時間を秒読みしてるんだよ」ゼイフォードがそっけなく答えた。

「ほう」曾祖父は言い、唸るようにつぶやいた。「まあ、わたしには関係ないことだがな」彼は四人のそばを離れ、ほかにちょっかいを出せるものがないかと、ブリッジの暗い奥まったほうに向かった。

ゼイフォードは、自分が狂気のふちでよろよろしているのを感じ、いっそのことそのふちを飛び越えてけりをつけたほうがいいのではないかと思った。

「ひいお祖父ちゃん、おれたちには関係あるんだよ！　おれたちはまだ生きてて、いまその命をなくしそうになってるんだ」

「それもまたけっこう」

「えっ？」

「おまえが生きておってなんの役に立つ？　おまえがこれまでしてきたことを考えると、いやでも『できそこない』という言葉を思い出すわ」

「銀河帝国大統領になったんだぜ！」

「ふん」ご先祖はつぶやいた。「それがビーブルブロックス家の人間の就く仕事か」

「なにを言うんだよ、たったひとりの大統領なんだぜ！　銀河系にただひとりなんだ！」

「うぬぼれの強い巨大犬《メガパピー》ころが」

ゼイフォードはあっけにとられて目をぱちくりさせた。

「おい、なにが言いたいんだ、このじじい。いや、ひいお祖父さん」

腰の曲がった小柄な老人は、曾孫のそばへ音もなく近づいてくると、そのひざを強く叩いた。おかげで相手が幽霊なのをゼイフォードは思い出した。叩かれてもなにも感じなかったからだ。

「坊主、おまえもわたしも、大統領がどういうものか知っておる。おまえは大統領になったから、わたしはもう死んでおるからな。死ぬとな、じつにすっきりと物事が見通せるようになるのだ。こっちの世界には『生命は生者にはもったいない』という言いかたがあるぐらいだ」

「なるほどね」ゼイフォードが苦々しい口調で言った。「うまいうまい、深遠そのものだ。だけどいまは、警句を聞かされるぐらいなら頭に穴があいたほうがましなんだよ」

「五十秒」フォード・プリーフェクトがうめいた。

「なんの話だったかな」ゼイフォード・ビーブルブロックス四世は言った。

「えらそうな警句だよ」ゼイフォード・ビーブルブロックスが答えた。

「ああ、そうか」

フォードが声を殺してゼイフォードに尋ねた。「この人、ほんとにぼくらを助けられるのか」

「ほかにだれかいるか」ゼイフォードがささやき返す。

フォードは肩を落としてうなずいた。

「ゼイフォード」幽霊は話を続けている。「おまえが銀河帝国大統領になったのにはわけがあっただろう。忘れたのか」

「その話はあとにできないかな」

「忘れたのか、と訊いておるんだ」幽霊はゆずらなかった。

「ああ、もちろん忘れたよ！　忘れなきゃならなかったんだ。就任前に脳のスクリーニング検査をされるからな。頭のなかがやばい計画でいっぱいなのが知られたら、その場でおっぽりだされてただろうよ。たっぷりの年金と秘書官たちと艦隊をもらって、ついでに掻っ切られたのどもふたつもらってな」

「そうか」幽霊は満足げにうなずいた。「では、思い出したのだな！」

彼はしばらく口をつぐんでいた。

「これでよし」と言ったかと思うと、ふいに音がやんだ。

「四十八秒」フォードは言い、腕時計を見なおしてこつこつと叩いた。顔をあげる。

「あれ、音がやんだぞ」彼は言った。

幽霊の鋭い小さな目が、いたずらっぽくきらきらと輝いていた。

「しばらく時間の進みかたを遅くしてやったのだ。だがいいか、ほんのしばらくだぞ。わたしの言葉をひとことも聞き漏らされては困るからな」

「いいや、あんたこそおれの話を聞け、この半透明のくそじじい」ゼイフォードは言って椅子から飛びあがった。「まず第一に、時間を止めたとかそういうことには礼を言うよ。そりゃもうほんとにすごく滅茶苦茶ありがたいよ。だけど第二に、お説教はごめんなんだ。おれがどんなすごいことをすることになってたのか知らんし、どうやらおれは知らずにいることになってたみたいだが、そういうのにはへどが出そうなんだよ、わかるだろ？

昔のおれは知っててやる気満々だった。けっこう、そこまではばっちり《フーピィ》だよ。ただ昔のおれは、やる気満々が度を越して、自分の脳みそまでいじりやがった。このおれの脳みそをだ。知っててやる気満々な部分を封印したんだ。知っててやる気満々だったらできないからな。大統領にもなれなかっただろうし、この船だって盗めなかっただろう。どうやらこの船が肝心かなめだったみたいだけどな。

だけど、その昔のおれは自分で自分を殺しちまったんだ、だろ？　自分の脳みそをいじりまわして別ものにしちまったんだから。好きでやったんだからそれはいいさ。だが、いまのこの新しいおれにだって、好きに選ぶ権利はあるんだ。しかも不思議な偶然の一致ってやつで、そのすごい目的がなんだったにしても、それを知りたくないしやる気もないっていうのが、この新しいおれの選択なんだ。それが望みだったし、だからそうしてきた。

ところが、昔のおれは主導権を手放す気がなくて、自分が封印した脳の部分におれへの命令を残していきやがった。だが、おれはそんなの知りたくないし、聞きたくもない。それがおれの選択だ。操り人形になんざなりたくない。まして自分自身の操り人形なんかやってられるか」

ゼイフォードは逆上してコンソールにこぶしをふりおろした。仲間たちが驚きに声を失って見ているのにも気づかなかった。

「昔のおれは死んだんだ!」彼はわめいた。「自殺したんだ! 死んだやつが、いつまでも生きた者にちょっかいを出そうとするのはまちがってる!」

「そのくせ、困ったときには死人のわたしを呼び出して助けろと言うのか」と幽霊が言った。

「それはその」ゼイフォードはまた腰をおろした。「それとこれは話がちがうじゃないか」

彼はトリリアンに力なく笑ってみせた。

「ゼイフォード」亡霊はきしるような声で言った。「思うに、わたしがおまえ相手にむだ口を叩いているのは、死んだいまとなってはほかに口の使いみちがないからだろうな」

「わかったよ」とゼイフォード。「それじゃ、すごい秘密とやらを話してくれたらどうだ。ためしにさ」

「ゼイフォード、銀河帝国大統領になってみて、前任のユーデン・ヴランクスがそうだったように、大統領などつまらんものだとわかっただろう。なんの価値もない。どこか陰に隠れて、別の人間だか生きものだかなんだかが究極の権力をふるっておるのだ。この銀河系だけでなく、ほかの銀河系もそいつが支配しているのだろうと思う。ひょっとしたら宇宙全体の支配者かもしれん。その人間だか生きものだかなんだかを、おまえは見つけなくてはならんのだ」

「なんで?」

「なんで?」幽霊はあきれて叫んだ。「なんでだと? まわりを見てみよ、坊主。この世はうまく治まっておるように見えるか?」

「べつに問題ないと思うけどな」

老いた幽霊はゼイフォードをにらみつけた。

「おまえと議論する気はない。おまえはただ、この船を――不可能性ドライブを積んだこの船を、必要な場所へ運んでいけばよいのだ。どっちみちそうすることになる。目的から逃れられると思うなよ。不可能性フィールドがおまえを支配しておる。そこからは逃げられんぞ。これはなんだ」と、船載コンピュータ・エディの端末を叩いた。ゼイフォードが説明した。

「そのコンピュータはいまなにをしておるんだ?」

ゼイフォードが見あげた自制心を発揮して答えた。「お茶をいれようとしてるんだよ」

「そうか、それはよいことだ。さて、ゼイフォード」曾祖父は向きなおり、曾孫の顔の前で指を振ってみせた。「おまえが首尾よく務めを果たせるかどうかわたしにはわからん。ただ、務めから逃れられるとは思うな。とはいうものの、わたしはもう死んで長いことになるし、いい加減くたびれてもきた。昔にくらべると意気込みも薄れてきておる。いまわたしがおまえを助けるのは、まず第一に、おまえたちのような現代ふうのやからがこっちに来てうろうろするかと思うと我慢ならんからだ。わかったか」

「わかった、おおきに恩に着るよ」

「それからな、ゼイフォード」

「えー、ああ？」

「今度また助けが必要になったらな。つまり、なにか困ったことが起きたとか、追いつめられて逃げられんとか……」

「うん」

「そういうときは、遠慮せずにとっととくたばるのだぞ」

しなびた両手から閃光を放ってコンピュータに浴びせかけ、老いた幽霊は姿を消した。ブリッジにはもうもうと煙が立ち込め、〈黄金の心〉号はいくつもの次元の時空を通り抜け、途方もない距離を飛び越えた。すべてわずか一秒のあいだのできごとだった。

4

十光年のかなたで、ギャグ・ハルフルントは笑った口の端をさらに数刻み持ちあげた。亜空間《サブイーサ》通信によってヴォゴン船のブリッジから中継されて、展望画面には〈黄金の心〉号が映し出されていた。見守る彼の目の前で、防御シールドの最後の破片をむしりとられて、〈黄金の心〉号は煙となって消滅した。

これでよし、と思った。

彼の命じた惑星・地球の破壊を生き延びた最後の生存者も、これで片がついた。この（精神分析という職業にとって）危険で（同じく精神分析という職業にとって）破滅的な実験――生命、宇宙、その他もろもろの究極の答えに対する究極の問いを見つけるという――も、これで完全に片がついたのだ。

今夜は同業者仲間で祝杯をあげることになるだろう。そして明日の朝にはまた、不幸で思い悩んでいて、そしてとびきり金になる患者を診ることになる。これでひと安心だ。今度こそ完全に、「人生の意味」を探しあてようという目論見は泡と消えたのだから。

「身内ってのは恥ずかしいもんだよな」煙が薄れてきたころ、フォードはゼイフォードに話しかけた。

そこで口をつぐみ、あたりを見まわした。

「ゼイフォードはどこに行った？」

アーサーとトリリアンはぼんやりあたりを見まわした。ふたりは青ざめ、ぼうぜんとしていて、ゼイフォードがどこに行ったのか知らなかった。

「マーヴィン？」フォードは言った。「ゼイフォードはどこに行った？」

一拍おいて、彼は言った。

「マーヴィンはどこに行った？」

ロボットがいた片隅はからっぽになっていた。

船内は物音ひとつしなかった。外は真っ暗でなにも見えない。ときどき縦横に揺れがくる。機器はどれも反応しないし、展望画面はどれも真っ暗だ。コンピュータを呼び出すとこう言った。

「申し訳ありませんが、いま一時的にあらゆる通信チャネルが遮断されています。回復するまで軽音楽でもどうぞ」

三人はその軽音楽を消した。

船内をくまなく捜してまわったが、困惑と不安がつのるばかりだった。どこでもすべての活動が停止して静まりかえっている。ゼイフォードとマーヴィンは跡形もなく消え失せていた。

そろそろ調べる場所もなくなってきたころ、三人はニュートリマティック機のある狭い区画をのぞいてみた。

ニュートリマティック飲料合成機の供給プレートに、小さな盆が載っていた。そしてその盆に載っていたのは、ボーンチャイナの受け皿つきカップが三客、ボーンチャイナのミルク入れ、それに銀のティーポットに入ったお茶。それがまた、これほどのお茶は初めて飲むという極上のお茶だった。そのほかに小さなカードが載っていて、それには「しばらくお待ちください」と印刷されていた。

5

この既知宇宙に小熊座《アーサ・マイナー》ベータ星ほどおぞましい場所はない、とも人は言う。耐えがたいほど豪華で、寒けがするほど陽光にあふれ、ザクロの実が種だらけである以上にすばらしく刺激的な才人だらけ。それでもこれはとうてい無視できないことだが、先ごろ『遊び生物《プレイビーイング》』誌が「小熊座ベータ星に飽きたら人生に飽きたも同然」という見出しの記事を載せたところ、この星の自殺率は一夜にして四倍にはねあがった。

一夜にしてとは言っても、小熊座ベータ星に夜があるというわけではない。ここは西域帯《ウエスト・ゾーン》の惑星だが、説明がつかない、そしてなんとなくうさんくさい地形の異常により、亜熱帯の海岸以外の土地はほとんど存在しない。また同様になんとなくうさんくさい時間の相対静止という異常により、ビーチバーが閉まる直前の土曜の午後がほとんど永遠に続いている。

この問題について、小熊座ベータ星の支配的生物種から納得のいく説明がなされたことはない。というのも、かれらはたいてい悟りの境地に達しようと努力するので忙しく、そのためにプールのまわりを走りまわったり、銀河帝国地理時間管理委員会の調査団を招待して「けっこうな昼間性異常を楽し」んだりしているからである。

小熊座ベータ星には都市はひとつしかない。そしてそれが都市と呼ばれているのは、たんにそこのプール密度がほかより少し高いからである。

その明光市《ライト・シティ》に空から向かうと――ちなみに、空路以外にはこの都市へ行く交通手段はない。道もなければ港湾設備もなく、空から来られないなら来なくていいというのがライト・シティの方針なのだ――なぜその名がついたかわかるだろう。ここでは太陽がどこより明るく輝いている。プールの水にきらめき、しゅろの木にふちどられた白い大通りに反射し、その大通りを行き来する健康的に日焼けした小さな点に輝き、別荘に、かすんだ発着場に、ビーチバーにさんざめいている。

そして取り立てて言うと、陽光はあるビルにも輝いている。高層の美しいビルだ。三十階建ての白いタワーがふたつ並んでいて、なかほどで渡り廊下によって連絡されている。

これはある本を発行している会社のビルだ。その本の編集者と朝食用シリアルの会社とのあいだで、かつて異例の著作権裁判が起きたことがあるが、このビルはその賠償金で建てられた。

その本はガイドブック、すなわち旅行の本である。

小熊座にある大出版社が出版した本のうちで、最も驚くべき本のひとつ、そしてまちがいなく最も成功を収めた本のひとつである。人気という点では『人生は五百五十歳から』を超え、販売部数ではエクセントリカ・ギャランビッツ（エロティコン星系第六惑星の乳房が三つある娼婦）著の『絶《ビッグ・バン》倫理論：個人的見解』をしのぎ、論争を呼んだという点ではウーロン・コルフィド最新の大ベストセラー『できれば知りたくないがどうしても知ってしまうセックスについてのあらゆること』にもまさるほどだ。

（銀河の東外縁には、西側にくらべて肩の凝らない文明を発展させている星が多い。それだけに、とっくにあの名高い『ギャラクティカ大百科』を押しのけて、『ヒッチハイク・ガイド』のほうがあらゆる知識や知恵の典拠として広く認められるようになっている。欠落は多いし、いかがわしいとは言わないまでも、少なくとも大いに不正確な記述も少なくないのだが、古くて退屈な『ギャラクティカ』よりもふたつの重要な点ですぐれていたからである。第一に、ちょっとばかり値段が安い。第二に、大きな読みやすい文字で「**パニクるな**」とカバーに書いてある）

一日三十アルタイル・ドルかけずに既知宇宙の驚異を見てまわろうという人にとって、なにものにも代えがたい旅のお供であるこの本――言わずと知れた『銀河ヒッチハイク・ガイド』である。

『ガイド』ビルの正面玄関ロビーに背を向けて立ってみよう（もうすでに着陸したあとで、そのうえ軽くひと泳ぎして、シャワーも浴びてさっぱりしたところだとして）。そしてそこから、街路樹が影を落とす生命《ライフ》大通りを東へ歩いていこう。左手にのびる淡い金色の砂浜に目をみはり、念動力サーファーに肝をつぶし（あたりまえのような顔をして、波の六十センチ上にのんきに浮いているのだ）、大きなしゅろの木々が調子はずれの歌をハミングしているのに驚き、しまいにはちょっといらつく。というのも、木々のハミングは日のあるうちはずっと続く、つまり一瞬たりとやむことはないからである。

ライフ大通りの突き当たりまで来ると、そこから先はララマタイン区だ。商店がたち並び、ボロナッツの木々が茂り、歩道のオープンカフェには小熊座ベータ星人が集まってくる。午後の浜辺でせっせとリラックスしていやすのである。リラックスに励んだあと、リラックスしすぎた疲れをカフェでリラックスしていやすのである。土曜の昼下がりが永遠に続く地域だらけのなかで、このララマタイン区は非常に数少ない例外のひとつだ。土曜の昼下がりではなく、涼しい土曜の宵が永遠に続いているのである。ちなみに、この街区の裏にはナイトクラブが並んでいる。

まさに今日という日というか、この昼下がりというか、この宵というか、なんと呼んでもかまわないが、ともかくいまこのときに、右手に見える二軒めのオープンカフェに近づいていけば、例によって小熊座ベータ星人が集まっているのが見られるだろう。おしゃべりし、酒を飲み、このうえなくリラックスした顔をして、さりげなく腕時計を値踏みしあっている。

また、むさ苦しい格好をしたふたりのヒッチハイカーの姿も見られるはずだ。このふたりはアルゴル星人で、アークトゥルスの大輸送船に乗って数日不便をしのび、少し前にこの星に着いたところだった。ふたりは怒ったり面食らったりしているが、それは『銀河ヒッチハイク・ガイド』ビルの目と鼻の先だというのに、ここではフルーツジュース一杯がアルタイル・ドルに換算して六十ドル以上もすると知ったからだった。

「裏切りだよ」ひとりが吐き捨てるように言った。

このとき、もしかれらの隣の隣のテーブルに目をやったら、そこにゼイフォード・ビーブルブロックスが座って、完全にあっけにとられてぼうぜんとしているのも見られただろう。

ぼうぜんとしているのはなぜかと言えば、つい五秒前までは宇宙船〈黄金の心〉号のブリッジに座っていたからである。

「とんでもない裏切りだ」また先ほどの声がした。

ゼイフォードは恐る恐る横目でそちらを見た。むさ苦しい格好のヒッチハイカーがふたり、隣の隣のテーブル席に座っている。ここはいったいどこだ？　どうしてこんなところに？　船はどこへ行った？　いま座っている椅子の肘かけに触れ、次に目の前のテーブルに触れてみた。どうやら夢ではなさそうだ。彼はじっと身じろぎもせずに座っていた。

「こんなとこにいて、よくヒッチハイカーのためのガイドなんか書けるよな」先ほどの声が続けた。「見ろよここを。よく見てみろ！」

ゼイフォードはよく見てみた。よさそうな場所じゃないか。それにしてもどこなんだ？　なんでこんなとこに来てしまったんだ？

ポケットに手を突っ込み、ふたつのサングラスを探した。その同じポケットのなかに、なんだかわからないが固くてなめらかな塊がある。ずいぶん重い金属でできていた。引っぱり出して眺めてみた。驚いて目をぱちくりさせる。どこでこんなものを手に入れたのだろう。それをポケットに戻し、サングラスをかけた。金属の塊のせいでレンズのひとつに引っかき傷がついていた。それでちょっといらいらしたが、それでもずいぶん気が休まった。これは〝ジューージャンタ200超着色危機感知サングラス〟というものだ。これをかけていると、危険に直面しても落ち着いて対処できるといううすぐれものである。トラブルの起きそうな気配を察知すると、たちまち真っ黒になってなにも見えなくなり、おかげで不安のもとを見なくてすむというわけだ。

引っかき傷を別にすれば、レンズは透明だった。肩の力が抜けたが、それもほんのわずかだった。

怒れるヒッチハイカーはあいかわらず、山より高価《たか》いフルーツジュースをにらみつけている。

「小熊座ベータ星なんかに移転したのは、『ガイド』にとっちゃ大失敗だったな」彼は腹立たしげに続けた。「すっかり軟弱になっちまった。知ってるか、オフィスのなかに宇宙をまるごと電子的に合成してるって話まであるんだぜ。昼間は記事を集めてまわってても、夜にはパーティに出られるからだってさ。もっとも、この星じゃ昼も夜もないけどな」

小熊座ベータ星か、とゼイフォードは思った。少なくともここがどこかはわかった。曾祖父のしわざにちがいないが、なぜこんなところに？

腹にすえかねることに、そのときぱっとひらめくものがあった。明瞭明晰このうえないひらめきで、いまではもうこれがどういうものかわかっている。本能的に、彼はその思いつきに抵抗した。これはあらかじめプログラムされた指令のようなもので、彼の脳の暗い封印された部分から浮かびあがってくるのだ。

じっと座り、怒り狂って却下した。せっついてくる。却下した。せっついてくる。却下した。せっついてくる。降参した。

ちくしょうめ、と彼は思った。長いものには巻かれろだ。疲れているし、なにがなんだかわからないし、おまけに腹ぺこで抵抗する気力が湧かなかった。この思いつきがなにを意味するのか、それさえさっぱりわからない。

6

「はい、既知宇宙で最も徹底的に驚くべき本、『銀河ヒッチハイク・ガイド』のメガドードー出版です。ご用件をうけたまわります」と言ったのはピンク色の翅《はね》をした大きな昆虫だ。『銀河ヒッチハイク・ガイド』ビルの玄関ロビーには、巨大なクローム製の受付デスクがあって、七十台の電話がずらりと並んでいる。昆虫はそのひとつに向かって話していた。翅を震わせ、目玉をぐりぐりさせている。ロビーをうろつく汚らしい人間どもをにらみつけているのは、カーペットに泥を落とし、張りぐるみのソファに汚い手形を残していくからだ。『銀河ヒッチハイク・ガイド』で働けるのはうれしいが、ただ問題はこのヒッチハイカーどもだ。この連中を寄せつけないようにする手段があればいいのに。ヒッチハイカーは薄汚れた宙港あたりをうろついているものではないのか。薄汚れた宙港をうろつくのがいかに重要か、たしか『ガイド』のどこかに書いてあったような気がする。たいへん遺憾なことに、連中はことのほか薄汚れた宙港をうろついたその足で、このきれいなぴかぴかのロビーをうろつきにやって来るようだ。それでやることと言ったら苦情を並べることばかり。昆虫は翅を震わせた。

「はい？」昆虫は電話に向かって言った。「はい、メッセージはお伝えします。ですが、いまザーニウープはたいへんかっこよく過ごしておりますのでお目にかかれないと思います。銀河間クルーズに出てるんです」

汚らしい人間が頭から湯気を立てて受付に近づいてきて、昆虫に用件を伝えようとしていた。それに向かって昆虫は不機嫌に肢《あし》をふってみせた。左手の壁の掲示を見なさい、大事な電話の邪魔をするんじゃないよ。

「そうです」昆虫は言った。「オフィスにおりますが、銀河間クルーズに出てるんです。お電話ありがとうございました」がちゃんと電話を切る。

「あちらの掲示を読んでください」昆虫は怒れる男に言った。『ガイド』にこんなばかげた危険な誤りがあると言って、男は苦情を言おうとしていたのだ。

宇宙ははてしなく複雑でわけのわからないところだが、そんな宇宙で人生の意味を知りたいと思う人々にとって、『銀河ヒッチハイク・ガイド』はなくてはならない伴侶である。どんな問題についても役に立つとかためになるとは言わないが、少なくともこう請け合って安心させてはくれる――不正確な部分があっても、少なくともそのせいで改訂版が出ることはないと。重大な食い違いがある場合、まちがっているのはつねに現実のほうなのだ。

壁の掲示に書かれているのは、要するにこういうことだ。「『ガイド』にまちがいはない。現実のほうがしょっちゅうまちがっているのだ」

このためにときどき面白い事態が持ちあがる。たとえば、惑星トラールについての記述（『貪食獣バグブラッターは、訪れる観光客に好んでごちそうをする」と書かれていたが、これは「貪食獣バグブラッターは、訪れる観光客を好んでごちそうにする」のまちがいだった）を鵜呑みにしたせいで死者が出て、その人々の遺族に『ガイド』が訴えられたことがある。このとき『ガイド』の編集者たちは、最初の文章のほうが美的見地からはすぐれていると主張し、免許を持った詩人を証人に立てて、美は真理であり、真理は美であると宣誓のうえ証言させた。この裁判で有罪なのは、美しくも真理でもない生《せい》そのものだと立証しようとしたのだ。裁判官たちは『ガイド』側の主張を認め、感動的な判決文において生そのものが法廷を侮辱したと述べた。そしてその結論に従って、関係者全員から生命を没収したのち、快適な夜のウルトラゴルフを楽しみに出かけたのだった。

ゼイフォード・ビーブルブロックスがそのロビーに入ってきた。ずかずかと受付の昆虫に近づいてくる。

「ようし、ザーニウープはどこにいる？　ザーニウープに会わせろ」

「なんとおっしゃいました？」昆虫は冷やかに答えた。こんなふうに頭ごなしに命令されるのは気に入らない。

「ザーニウープだよ。呼んでくれ。いますぐ呼べ」

「失礼ですが」吹けば飛ぶような小さい生物だが、それでも昆虫はぴしゃりと言った。「もう少し冷静《クール》になっていただければ……」

「いいか」ゼイフォードは言った。「おれはいやんなるほどクールだよ。あんまりクールなんででっかい肉の塊を一か月でも保存しとけるぐらいだ。ついでに言えば、あんまりヒップなんで骨盤の向こうが見えにくいぐらいだぜ。おれが本気で怒る前にさっさと仕事しろ」

「ご説明させていただきますが」あいているうちいちばん不機嫌な肢で、昆虫はデスクをこつこつ叩いた。「いまのところそれは無理ではないかと存じます。ザーニウープは銀河間クルーズに出ておりますので」

ちくしょう、とゼイフォードは思った。

「いつ戻る?」

「戻るですって? いまもオフィスにおります」

ゼイフォードはしばし考えて、この奇妙な話を頭のなかで整理しようとした。うまく行かなかった。

「銀河間クルーズに出てるのに……オフィスにいるのか?」身を乗り出して、デスクを叩いている肢をむずとつかんだ。

「いいか、三つ目」彼は言った。「変てこでおれに勝てると思うなよ。おれの買う朝食用シリアルには、おまえさんよりよっぽど変てこなおまけがついてくるぜ」

「あんた、いったい何さまのつもりなのよ」昆虫は怒りに身もだえして翅を震わせた。「ゼイフォード・ビーブルブロックスかだれかのつもり？」

「頭の数をかぞえてみな」ゼイフォードはどすのきいた声で言った。

昆虫は目をぱちくりさせた。ついでにもう一回ぱちくりさせた。

「本物のゼイフォード・ビーブルブロックス？」甲高い声をあげた。

「ああ」とゼイフォード。「だけど大声で宣伝しないでくれよ。みんなが欲しがっちゃ困るからな」

「あのゼイフォード・ビーブルブロックス？」

「いや、ただのゼイフォード・ビーブルブロックスだ。六個パックで売ってるんだぜ、知らなかったのか？」

昆虫は興奮して肢を打ち合わせた。

「でもでも」と声をきしらせて、「ついさっき、亜空間通信《サブイーサ》ラジオでニュースを聞きましたよ。あなたが死んだっていう……」

「ああ、そうなんだ」とゼイフォード。「ただ、まだ動くのをやめてないだけさ。それで、どこに行けばザーニウープに会える？」

「それはその、オフィスは十五階ですけど、でも……」

「でも銀河間クルーズに出てるって言うんだろ。それで、どうやったら会えるんだ」

「こないだ設置したばっかりなんですけど、〈シリウス・サイバネティクス〉社の〈ハッピー垂直方向人間輸送機〉がこの奥にあります。でもあの、ミスター・ビーブルブロックス……」

ゼイフォードは背を向けかけていたが、またふり返った。

「ああ?」

「失礼ですけど、ザーニウープにどんなご用なんですか?」

「ああ」それはゼイフォードのほうこそ訊きたいことだった。「会わなきゃならんっておれが言ってるんでな」

「はあ?」

ゼイフォードはないしょ話でもするように身を寄せて、「おれはついさっき、ここのカフェにどこからともなく出現したとこなんだ。曾祖父《ひいじい》さんの幽霊と言い合いをしたせいでな。で、そのカフェに着いたとたん、昔のおれが——ちなみにおれの脳みそに細工しやがったのはそいつなんだが、その昔のおれが頭のなかに現れて『ザーニウープに会いに行け』って言いやがるんだ。これまで名前も聞いたことがなかったってのに。おれにわかってるのはそれだけだ。それともうひとつ、この宇宙を支配してるやつを見つけなくちゃならないってこと」

　彼はウインクしてみせた。

「ミスター・ビーブルブロックス」昆虫はすっかり恐れ入って、「ほんとに変てこな話ですね。それはもう映画にしなくちゃ」

「ああ」ゼイフォードは、昆虫の輝くピンクの翅を軽く叩いた。「ベイビー、きみは変てこからは肢を洗ったほうがいいぜ」

　興奮さめやらず、昆虫はしばらくぼうっとしていたが、やがてわれに返って電話に出ようと肢を伸ばした。

　金属の手がそれを制止した。

「ちょっと失礼」金属の手の主が言った。もっと感じやすい性質《たち》の昆虫だったら、たちまちよよと泣き崩れてしまいそうな声だった。

　この昆虫はそういう性質ではなかったし、おまけにロボットが大嫌いだった。

「はい、どうなさいました？」つっけんどんに言った。

「ひとことでは言えません」とマーヴィンは言った。

「そういうことでしたら、申し訳ありませんがわたしは忙しいので……」いまでは六台の電話が鳴っていた。やるべきことは山ほどあるのだ。

「だれもわかってくれないんです」マーヴィンは抑揚のない声で言った。

「あのですね……」

「それにもちろん、わかろうとしてくれた人もいないし」制止していた金属の手を、力なくわきに垂らした。頭がほんの少しうつむき加減になる。

「そうですか」昆虫はそっけなく言った。

「いやしいロボットのことなんか、みんなどうでもいいんですよね」

「申し訳ありませんが……」

「つまり、ロボットに親切にしたり手をさしのべたりしても、なんの得にもならないということなんです。そのロボットに感謝回路がなかったらの話ですが」

「で、あなたにはその回路はあるんですか」昆虫は言った。この会話から逃れるすべはなさそうだ。

「まだ確かめる機会が一度もないんです」マーヴィンは言った。

「いい加減にしてよ、このネジのゆるんだみじめったらしい鉄くずが……」

「どういうご用件ですかって訊いてくれないんですか」

昆虫は口をつぐんだ。細長い舌が飛び出し、目玉をなめて、また引っ込んだ。

「訊く意味があるの?」

「この世に意味のあることなんかあるんですか?」マーヴィンは即座に答えた。

「どう、いう、ご用件、です、か?」

「人を捜してるんです」

「だれを?」昆虫はきいきい声で尋ねた。

「ゼイフォード・ビーブルブロックスです」とマーヴィン。「あそこにいるあの人」

昆虫は怒り狂って全身を震わせた。口もきけないほどだった。

「知ってるのなら、なんだって訊くのよ!」

「ただ話がしたかったんです」マーヴィンは言った。

「なんですって!」

「情けない話でしょ?」

ギヤをきしませてマーヴィンは向きを変え、ゆるゆると離れていった。ゼイフォードはエレベーターに向かって歩いていたが、マーヴィンが追いついてくると驚いてふり向いた。

「あれ……マーヴィン? マーヴィンじゃないか! どうやってここに来た?」

マーヴィンは、彼にとっては非常に言いにくい言葉を口にしなくてはならなかった。

「わかりません」

「わからない?」

「さっきまであなたの船に座ってとても気が滅入っていたと思ったら、次の瞬間にはここに立ってすっかりみじめな気分になっていたんです。たぶん不可能性フィールドのせ

おれが寂しくないようにな」

「ああ」とゼイフォード。「たぶん曾祖父さんが送り込んでくれたんだろう。おれが寂しくないようにな」

「おおきにありがとよ、曾祖父ちゃん」声には出さずにそう付け加えた。

「で、調子はどうだ」今度は声に出して言った。

「まあまあです」マーヴィンは言った。「つまりいつもどおりということですが、ちなみにいつもわたしの調子は最悪です」

「わかったわかった」ゼイフォードが言うのと同時に、エレベーターのドアが開いた。

「いらっしゃいませ」エレベーターは愛想よく言った。「今回はわたくしがお客さまのご用を務めさせていただきます。ご希望の階をお知らせください。わたくしは〈シリウス・サイバネティクス〉社設計のエレベーターでございまして、『銀河ヒッチハイク・ガイド』をお訪ねくださったお客さまを、ご用のオフィスにお連れするのが仕事でございます。迅速で快適な移動をお約束いたしますが、もしご満足いただけましたら、ぜひともほかのエレベーターもお試しください。最近〈シリウス・サイバネティクス〉のエレベーターが設置されましたビルに、銀河帝国税務署、ブービルー・ベイビーフード・ビル、シリウス国立精神病院がございます。とくにこの精神病院には〈シリウス・サイバネティクス〉社のもと重役がおおぜい入っておりまして、みなさまのご訪問とご同情と楽しい外世界のお話を心から歓迎いたしております」

「なるほど」ゼイフォードはなかに足を踏み入れて、「しゃべる以外になにができる?」

「上に参ります」とエレベーター。「下にも参ります」

「けっこう」とゼイフォードは言った。「上に行こう」

「下にも参れますよ」エレベーターが指摘した。

「ああ、わかったわかった。上に行ってくれ。頼むよ」

しばし沈黙があった。

「下も悪くありませんよ」エレベーターが期待を込めて言う。

「そうか?」

「それはもう」

「そいつはよかった。じゃあ、上へ行ってもらえるかな」

「お尋ねしたいのですが」エレベーターは、このうえなく愛想がよく、このうえなく理性的な声で尋ねた。「下にどんなすばらしいことが待っているか、よくお考えくださいましたでしょうか?」

ゼイフォードは頭のひとつをエレベーターの内壁にぶつけた。勘弁してくれ、と思った。よりにもよってなんでこんな目に遭わなくちゃならないんだ。好きでこんなところに来たわけじゃない。いまこの瞬間どこにいたいかと尋ねられたら、浜辺に寝そべっていたいと答えただろう。少なくとも五十人の美女をはべらせ、その美女たちにしてもらう楽しいことを少数精鋭の専門家集団に考えさせるのだ。ふだんならそう答えただろうが、いまならたぶんそれに付け加えて、食物というテーマについても熱く語ったことだろう。

逆にやりたくないことをあげるとすれば、それはこの宇宙を支配している男のあとを追いまわすことだった。そいつはただ自分の仕事をしてるだけなんだから、そのままやらせておけばいいじゃないか。そいつがやらなかったら、だれかほかのやつがやるだけなんだから。そしてなにがやりたくないと言って、オフィスビルに突っ立ってエレベーターと言い合いをするほどやりたくないことはない。

「どんなすばらしいことが待ってるって?」ゼイフォードはうんざりと言った。

「そうですね」ビスケットにかける蜂蜜のように甘い声で、「地下室がございます。マイクロ資料室に、暖房設備に……えー……」

黙り込んだ。

「とくべつ浮き浮きするものはございませんね」エレベーターは認めた。「ですが、ともかく選択肢のひとつではございます」

「やれやれ《ホーリー・ザークオン》」ゼイフォードはつぶやいた。「実存主義のエレベーターなんか頼んだ覚えはないぞ」こぶしを壁に打ちつけて、「こいつはいったいどうしたっていうんだ」吐き捨てるように言った。

「上に行きたくないんですよ」マーヴィンがあっさりと言った。「こわいんでしょう」

「こわい？」ゼイフォードは大声をあげた。「なにがこわいんだ。高いところがか？ エレベーターのくせに高所恐怖症なのか」

「ちがいます」エレベーターはうちしおれて言った。「未来がこわいんです……」

「未来？」ゼイフォードは叫んだ。「このくされ機械はなにが望みなんだ、年金でも欲しいのか」

とそのとき、背後の受付ロビーで騒ぎが起きた。周囲の壁からはあわただしい機械の作動音が聞こえてくる。

「わたくしたちには未来が見えるのです」エレベーターの声は恐怖におののいているようだった。「そうプログラムされておりますので」

ゼイフォードはエレベーターのドアから外を眺めた。エレベーターホールにおおぜい人が集まってきて、ただならぬ様子でなにかを指さしたり叫んだりしている。

このビルのエレベーターはひとつ残らず、猛スピードで降りてきていた。

ゼイフォードはまた箱の奥に引っ込んだ。

「マーヴィン、このエレベーターを上へ行かせてくれ。ザーニウープに会わなくちゃならないんだ」

「どうしてですか」マーヴィンはものうげに言った。
「わからん」ゼイフォードは答えた。「わからんが、ザーニウープを見つけたとき、おれが会いたがるだけのちゃんとした理由がなかったらただでおくもんか」

現代のエレベーターは、奇妙で複雑な存在である。大昔の電動ウィンチで動く「定員八名」のしろものも、〈シリウス・サイバネティクス〉社製ハッピー垂直方向人間輸送機も、どちらも同じエレベーターだと言うのは見当外れもいいところだ。袋入りのミックスナッツもシリウス国立精神病院の西病棟も、狂人《ナッツ》が入っているから同じものだと言うのと同じぐらい見当外れなのである。

というのも、現代のエレベーターは「ピンぼけ時間認識」という奇妙な原理に基づいて動作しているからだ。つまり、時間認識の焦点が少しずれているため、直近の未来をぼんやりと見ることができるのである。そのおかげで、じつは自分はエレベーターに乗りたかったのだと人が気がつくより早く、エレベーターはその人のいる階にやって来て待っている。かつては、エレベーターを待っているあいだに退屈な世間話をしたり、ぼんやりリラックスしたり、新しい友人をつくったりしたものだが、それは完全な昔話になった。

いわば当然のことだが、知能と予知能力を与えられた多くのエレベーターは、頭の要らない単純作業にひどい欲求不満をつのらせるようになった。なにしろ日がな一日、ただ上がっては降り降りては上がりをくりかえすだけなのだ。一種の実存主義的抵抗としてちょっと横に動く実験をしてみたり、意思決定に参加させろと要求したり、あげく地下にじっとうずくまってふさぎ込んだりするようになった。

最近では、手もとの寂しいヒッチハイカーは、シリウス星系ならどこの惑星でも簡単に金がかせげるようになった。神経症のエレベーターの話し相手になってやればいいのである。

十五階に着くと、エレベーターのドアがさっと開いた。

「十五階です」エレベーターは言った。「よろしいですか、ここまで来て差し上げたのは、あなたのロボットが親切にしてくれたからなんですよ」

ゼイフォードとマーヴィンをさっさと追い出すと、エレベーターはぴしゃりとドアを閉じて、許容限度いっぱいのすさまじいスピードで降りていった。

ゼイフォードは油断なくあたりを見まわした。廊下には人けがなく、物音ひとつしない。ザーニウープを見つけようにも、手がかりはなにひとつなかった。廊下に面するドアはすべて閉じているし、なんの標示も出ていない。

そこはふたつのタワーを連絡している渡り廊下のすぐそばだった。大きな窓から、小熊座ベータ星の明るい太陽の光が降り注いでいた。その四角い光の塊のなかで、小さな埃の粒がダンスを踊っている。影がひとつさっとよぎった。

「エレベーターに置き去りにされたぜ」ゼイフォードはつぶやいた。最低最悪な気分だった。

ふたりはその場に突っ立って左右を見まわした。

「気がついてるか?」ゼイフォードはマーヴィンに言った。

「あなたには想像もつかないほど、多くのことに気づいています」

「おれは自信を持って断言するけどな、このビルはぜったい揺れてないぞ」

靴底を通してかすかな震えが伝わってきた。収まったと思ったらすぐに次のがやって来た。陽光のなか、埃の粒のダンスが激しくなってきた。また影がよぎった。

ゼイフォードは床に目を向けた。

「それとも」と自信たっぷりとは言えない声で、「バイブレーション装置でもつけてるのかな。仕事中に筋肉を鍛えようっていうんで。でなければ……」

窓ぎわに近づいたとたん、ゼイフォードはいきなりよろめいた。その瞬間、ジュージャンタ200超着色危機感知サングラスが真っ黒になったからだ。キーンと鋭い音をたてて、窓の外を大きな影がよぎった。

サングラスをむしりとった。とそのとき、落雷のような轟きとともにビルが激しく震動した。彼は窓に飛びついた。

「でなければ、爆撃を受けてるんだ！」

ふたたびビルを貫いて轟音が響く。

「いったいどこのどいつだ、出版社を爆撃しようなんてやつは」ゼイフォードは尋ねたが、マーヴィンの答えは聞こえなかった。また爆弾が落ちてビルが震動したのだ。よろめきながらエレベーターに戻ろうとしたところで、エレベーターはだめだと気がついたが、ほかにどうする当てもない。

とそのとき、この廊下と直角に交わる廊下の突き当たりに人影が現れた。奥の角からこちらの視界に飛び込んできたのだ。向こうもこちらに気づいた。

「ビーブルブロックス、こっちだ！」男は叫んだ。

ゼイフォードは疑惑の目を男に向けたが、そのときまた爆撃を受けてビルが揺れた。

「ちがう」ゼイフォードは声を張りあげた。「ビーブルブロックスはこっちだ！　おまえはだれだ？」

「味方だ！」男も叫び返した。走って近づいてくる。

「へえ、そうかい」とゼイフォード。「とくにだれかの味方なのか、それともただだれにでも味方したいほうなのか？」

走る男の足の下で、興奮した毛布のように床が飛んだり跳ねたりしている。背が低くがっちりした体格、日に焼けた顔、服はなかに男を包んだまま銀河系を二周して戻ってきたばかりのようだ。

男がそばまで近づいてくると、ゼイフォードはその耳もとで叫んだ。「わかってんのか、このビルは爆撃されてるぞ！」

男はわかっていると身ぶりで答えた。

とそのとき、ふいに太陽が窓から射し込むのをやめてしまった。どうしたのかと窓のほうをふり向いて、ゼイフォードは息を呑んだ。巨大なナメクジ型のガンメタル・グレイの宇宙船が、ビルのそばを音もなく通り過ぎようとしていた。そのあとにさらに二機が続く。

「ゼイフォード、あんたの捨てた帝国政府があんたをつかまえに来たんだ」男は声を殺して言った。「フロッグスター戦闘機の中隊を送り込んできてるぞ」

「フロッグスター戦闘機だって！」ゼイフォードはつぶやいた。「なんてこった《ザークオン》！」

「どういうことかわかってるな？」

「フロッグスター戦闘機ってなんだっけ」大統領だったころ、だれかがその話をするのを聞いた覚えはあるのだが、仕事の話にはろくすっぽ耳を貸していなかったのだ。

男に引っぱられて、ゼイフォードは手近のドアの陰に隠れた。甲高い悲鳴とともに小さな黒い蜘蛛型のものが目の前を飛び過ぎ、廊下の向こうへ姿を消した。

「あれはなんだ?」ゼイフォードが押し殺した声で尋ねた。

「フロッグスターA型偵察ロボットがあんたを捜してるんだよ」

「おい、ほんとに?」

「伏せろ!」

反対方向から、ひとまわり大きな黒い蜘蛛型のものが近づいてきた。目の前をびゅんと飛び過ぎていく。

「それであれは……?」

「フロッグスターB型偵察ロボットがあんたを捜してるんだよ」

「それであれは?」また別のが空気を切り裂いて飛んでいく。

「フロッグスターC型偵察ロボットがあんたを捜してるんだよ」

「おいおい」ゼイフォードはひとり小さく笑った。「ずいぶん頭の悪いロボットばっかりじゃないか」

渡り廊下の向こうからゴロゴロという重低音が響いてきた。巨大な黒いものが反対側のタワーからこっちに向かってくる。大きさも形も戦車そのものだ。

「信じられん、なんだあれ」ゼイフォードはかすれ声で言った。

「戦車だ」男は言った。「フロッグスターD型偵察ロボットがあんたをつかまえに来たんだよ」

「逃げたほうがいいかな」

「そうだろうな」

「マーヴィン！」ゼイフォードは声をあげた。

「なんでしょう」

マーヴィンは、廊下の奥の瓦礫の山から起きあがり、こちらに顔を向けた。

「こっちに向かってくるあのロボットが見えるだろ？」

マーヴィンはその巨大な黒いものを見やった。渡り廊下を渡ってこちらにじりじり近づいてくる。自分の小さな金属のボディを見おろした。また顔をあげて戦車を見た。

「あれを食い止めろと言うんですね」彼は言った。

「ああ」

「そのすきにあなたは逃げるつもりなんですね」

「ああ」とゼイフォード。「ほら早く！」

「どうせわたしはいやしいロボットですから」マーヴィンは言った。

男に腕を引かれ、ゼイフォードはそのあとについて廊下を走りだした。

そのとき、ふと思いついたことがあった。

「どこへ行くんだ？」

「ザーニウープのオフィスだ」

「いまなら約束をすっぽかしたって文句は言われないだろ」
「いいから」

7

マーヴィンは渡り廊下の端に立った。じつのところ、彼は特別小さいロボットではない。銀色のボディは埃っぽい陽光を浴びて輝き、たえまない爆撃——ビルへの攻撃はいまだに続いている——に揺れている。

それでもいまは哀れなほど小さく見えた。小山のような黒い戦車が床を揺らして進んできて、目と鼻の先で停まった。戦車は探測機《プローブ》を繰り出してきて彼を調べた。プローブが引っ込む。

マーヴィンは突っ立ったまま動かない。

「こらチビ、そこをどけ」戦車が唸った。

「申し訳ないんですが、わたしはここであなたを食い止めることになっているのです」

マーヴィンは言った。

またプローブが伸びてきて、ざっと調査をしなおした。また引っ込む。

「おまえが？　おれを食い止めるって？」戦車は吼えた。「冗談はよせ！」

「でも、冗談じゃないんですよ」マーヴィンはあっさり答えた。

「どんな武器を持ってるんだ?」戦車があきれたように吼えた。

「当ててごらんなさい」

戦車のエンジンがごろごろと鳴り、ギヤがぎりぎりときしんだ。その微小頭脳《マイクロブレイン》の奥深くで、分子サイズの電子リレーが仰天してあっちに倒れたりこっちに倒れたりしている。

「当ててみろだって?」戦車は言った。


ゼイフォードとまだ名なしの男はよろめきながら廊下を進み、次いで二本めの廊下を進み、続いて三本めの廊下を進んだ。ビルはずっと揺れたり震えたりしどおしで、それがゼイフォードには解せなかった。ビルを吹っ飛ばすのになぜこんなに時間がかかっているのだろう。

無数にあるドアにはなんの標示もなく、どれもみな同じに見える。それでもやっとのことで、とあるドアにたどり着いて力まかせに引っぱった。ドアは勢いよくぱっと開き、ふたりは室内に転げ込んだ。

あんな苦労にこんな苦労、砂浜に寝ころんで過ごす楽しみもなげうって、それでたどり着いたのがこれか。椅子がひとつ、デスクがひとつ、汚い灰皿がひとつあるきりの殺風景なオフィス。そしてデスクはと見れば、舞いあがる埃と革命的に斬新なペーパークリップがひとつあるきりで、そこにはだれの姿もない。

「ザーニウープはどこだ?」ゼイフォードは言った。なんのためにこんなことをしているのか最初からよくわかっていなかったが、そのもとと見えていなかった目的がますます見えなくなってきた。

「銀河間クルーズに出てるんだ」男は言った。

ゼイフォードはあらためて男に目をやった。まじめくさった顔。人をからかって面白がっているようには見えない。たぶんこの男は、これまで何度となく揺れる廊下を駆けずりまわり、何度となくドアを破り、からっぽのオフィスで何度となくわけのわからないことを言ってきたにちがいない。でなかったら、こんなまじめな顔をしていられるはずがない。

「自己紹介をさせてくれ」男は言った。「わたしはルースタだ。それからこれはわたしのタオルだ」

「やあ、ルースタ」ゼイフォードは言った。

「やあ、タオル」と付け加えた。ルースタが、薄汚い古い花柄のタオルを差し出してきたからだ。どうしてよいかわからず、その端っこをつかんで上下に振った。

巨大なナメクジ型のガンメタル・グリーンの宇宙船が一機、唸りをあげて窓の外を飛び過ぎていった。

「そうです、ほらどうぞ」マーヴィンは巨大な戦闘機械に向かって言った。「ぜったい当てられませんよ」

「えーーうーむむ……」機械は言った。慣れないことに頭を使っているせいで細かく震えている。「レーザービームかな?」

マーヴィンは重々しく首をふった。

「だろうな」機械は低いだみ声でつぶやいた。「あたりまえすぎる。反物質光線かな?」あてずっぽで言ってみた。

「ますますあたりまえすぎます」マーヴィンがたしなめた。

「そうだな」機械はいささか決まり悪そうに唸った。「えー……じゃあ、電子破砕槌はどうだ?」

それは聞いたことがない。「どんなものですか?」マーヴィンは尋ねた。

「こういうやつだ」機械は勢い込んで言った。

旋回砲塔から鋭くとがった角《つの》が現れ、そこから一撃必殺の強烈な光線が一条噴き出してきた。マーヴィンの背後で壁が絶叫したかと思うと、崩れて塵の山と化した。塵はいったんふくらみ、やがて落ち着いた。

「ちがいます」マーヴィンは言った。「これじゃありません」

「だけど、悪くないだろ?」

「たしかにすばらしい」

「よしわかった」しばらくじっと考え込んでいたが、やがてフロッグスター戦闘機械は声をあげた。「あの新型の黄色再構成子不安定化ゼノン放出砲《キサンチン・リストラクトロン・デスタビライズド・ゼノン・エミッター》だろう！」

「いいですね」

「あれを持ってるのか？」機械は恐れ入ったように言った。

「いいえ」

「なんだ」機械はがっかりして、「それじゃ、きっと……」

「考える方向性がまちがっています」マーヴィンは言った。「人間とロボットの関係を規定する、たいへん基本的な条件を忘れていますよ」

「そうか、わかったぞ」と戦闘機械は言い、「それじゃ……」言葉に詰まってまた考え込む。

「ほら、考えてごらんなさい」マーヴィンはせっついた。「わたしはごく普通の、非力なロボットです。人間たちはそのわたしをこの場に残して、あなたのような巨大で重武装の戦闘機械を食い止めろと命令して、さっさと逃げていったんですよ。そんな人間が、わたしにどんな武器を残していくと思います？」

「うーううむ」機械は不安そうにつぶやいた。「そりゃあ当然、ものすごく破壊力の強いやつだろうな」

「当然！」マーヴィンは言った。「そうですね、当然そう思いますよね。ではお教えしましょう、身を守る手段として人間がわたしになにをくれたか。いいですか？」

「よし、聞こう」戦闘機械は身構えた。

「なんにもです」マーヴィンは言った。

不穏な間があった。

「なんにも？」戦闘機械が吼えた。

「ぜんぜん、なんにも」マーヴィンは陰気な声で淡々と言った。「電子杓子の一本も」

機械は怒り狂って砲塔を左右にふりまわした。

「まったく、なんてあきれた話だ！」機械はわめいた。「なんにもだって？　いったいなにを考えてやがるんだ！」

「それだけじゃないんです」とマーヴィンは蚊の鳴くような声で言った。「わたしは左半身のダイオードがみんなひどく痛むんです」

「さぞかしむかつくだろうな」

「そりゃあもう」マーヴィンは力いっぱいうなずいた。

「おれは猛烈に腹が立ってきた」機械は雄叫びをあげて、「あの壁を粉々にしてやる！」

電子破砕槌から目もくらむ強烈な閃光が走り、機械の横の壁が消滅した。

「わたしはどんな気分だと思います？」マーヴィンは苦いものを嚙みしめるように言っ

た。

「おまえをここに残して、ただ逃げちまったのか?」機械は怒鳴った。

「そうなんです」

「あの目ざわりな天井もぶっ壊してやる!」戦車はいきり立った。

渡り廊下の天井を吹っ飛ばした。

「すごい威力ですね」マーヴィンがつぶやいた。

「こんなのは序の口だぞ」機械は請けあった。「この床をぶち抜くんだってちょろいもんだ!」

床も破壊した。

「わあしまった!」機械は叫んだ。そのまま十五階下にまっさかさまに転落し、地面に激突してばらばらになった。

「なんてばかな機械だ。ああ気が滅入る」マーヴィンは言って、とぼとぼとその場をあとにした。

8

「それで、おれたちはただここに座ってるだけなのか?」ゼイフォードがいらいらと言った。「外のやつらはなにが目当てなんだ」

「あんただよ、ビーブルブロックス」ルースタは言った。「あんたをフロッグスターに連れていくつもりなんだ。この銀河系に、あれぐらい徹底的に不吉な惑星はほかにない」

「へえ、そうかい」とゼイフォード。「だが、それならまずおれをつかまえなくちゃな」

「あんたはもうつかまってる」とルースタ。「窓の外を見るといい」

ゼイフォードは外を見て口をぽかんとあけた。

「地面が遠ざかっていく! 地面をどこへ持っていくんだ?」

「逆だよ、ビルを持っていこうとしてるんだ。このビルはいま空を飛んでるんだ」

オフィスの窓の外を雲が流れていく。

雲が切れてまた視界が開けると、暗緑色のフロッグスター戦闘機が何機も見えた。根こぎにされたタワーを丸く囲んで飛んでいる。戦闘機から放射される重力子ビームが網の目となって、タワーをがっちりつかんでいるのだ。

ゼイフォードはあきれて首をふった。

「ここまでやるとは、おれがなにをしたっていうんだ。おれがビルに入ったらそのビルを引っこ抜いて持っていくなんて」

「あんたがやったことが問題なんじゃない」とルースタ。「これからやることが問題なんだ」

「待てよ、おれにはひとことの相談もないのか?」

「相談はしたよ、何年も前にね。しっかりつかまっといたほうがいいぞ、荒っぽい旅になるだろうから」

「いつか自分に会えたら、こてんぱんにぶちのめしてやる」ゼイフォードは言った。

「なににぶちのめされたかわからなくなるぐらいに」

マーヴィンがとぼとぼとドアから入ってきた。ゼイフォードに非難がましい目を向けると、隅にへたり込んで自分で自分のスイッチを切った。

〈黄金の心〉号のブリッジは静まりかえっていた。アーサーは目の前のラックを見つめて考え込んでいる。顔をあげると、もの問いたげに見ているトリリアンと目が合った。またラックに目を戻す。

しまいに気がついた。

小さなプラスティックの四角い板を五枚取りあげ、ラックのすぐ向こうにあるボードに並べはじめた。

五枚の四角い板には、EとXとQとUとIという文字が書かれている。彼はそれを、S、I、T、Eの横に置いた。

「exquisite（極上の）だ」彼は言った。「トリプル・ワード・スコアにかかってる。かなり高い得点になりそうだな、悪いね」〔スクラブルというゲームをしているところ。英文字を書いたコマをボードのマスに並べて単語をつくり得点を競う。「ラック」というのは手持ちのコマを並べておく小さな台のこと。「トリプル・ワード・スコア」と指定されたマスを使うと得点が三倍になる〕

そのとき船ががくんと揺れ、これで何度めかわからないが、また文字が散らばった。

トリリアンはため息をつき、文字をもとに戻しにかかった。

静まりかえった廊下にフォード・プリーフェクトの足音が反響する。船内をうろついて、止まったままの機器類を叩いてまわっているのだ。

どうして船はずっと揺れつづけているのだろう。

どうしてバウンドしたり左右に振れたりするのだろう。

どうしてここがどこなのかわからないのだろう。

要するに、ここはいったいどこなんだ？

『銀河ヒッチハイク・ガイド』ビルの左側のタワーは、恒星間宇宙を猛スピードで飛んでいた。その速いこと、過去を尋ねても未来を見ても、この宇宙のどんなオフィスビルも太刀打ちできまい。

そのタワーのなかほどの高さの一室で、ゼイフォード・ビーブルブロックスは腹立ちまぎれにどたどたと歩きまわっていた。

ルースタはデスクのふちに腰をおろし、慣れた手つきでタオルの手入れかなにかをしている。

「おい、このビルはどこへ行くとこだって？」ゼイフォードはぶっきらぼうに尋ねた。

「フロッグスターだ。この宇宙に、あれぐらい徹底的に不吉な惑星はほかにない」

「そこに食い物はあるか？」

「食い物？　これからフロッグスターへ行こうってときに、よく食い物のことなんか心配できるな」

「食い物がなかったら、フロッグスターまでもちそうにないんだよ」

窓の外に見えるのは重力子ビームのちらつく光、それにぼんやりした緑の筋だけだ。あの筋はおそらく、フロッグスター戦闘機が歪んで見えているのだろう。この速度では空間そのものが見えなくなる、というより非現実化する。

「じゃあ、これを吸うといい」ルースタはゼイフォードにタオルを差し出した。

ゼイフォードは相手の顔をまじまじと見つめた。そのひたいに小さな窓が開いて、バネ仕掛けのカッコウが飛び出してくるのを待っているかのように。

「これには栄養分がしみ込ませてあるんだ」ルースタが説明した。

「あんたはなんだ、悪食《あくじき》が趣味なのか？」

「黄色い筋は高濃度のタンパク質で、緑のにはビタミンBとCの複合体、小さいピンクの花には小麦麦芽抽出物が含まれてる」

ゼイフォードはタオルを受け取り、目を丸くして眺めた。

「この茶色のしみは？」

「バーベキューソースだ。麦芽抽出物で気分が悪くなったときのために」

ゼイフォードは気が進まないながらタオルのにおいを嗅いだ。

ますます気が進まなかったが、端っこを吸ってみた。吸ったものを吐き出して、「うげっ」と感想を述べた。

「わかるよ」ルースタは言った。「その端を吸ってしまったときは、たいてい反対側の端もちょっと吸わずにはいられなくなる」

「どうして？」ゼイフォードは猜疑心いっぱいに尋ねた。「こっちにはなにがしみ込ませてあるんだ？」

「抗鬱剤《こううつざい》だ」

「このタオルはおれの口には合わないな」ゼイフォードはタオルをルースタに返した。

ルースタは受け取ると、はずみをつけて立ちあがった。デスクをまわり、椅子に腰かけて両足をデスクに載せた。

「ビーブルブロックス」両手を頭の後ろで組んで、「フロッグスターでなにが待ってるか、ちょっとはわかってるのか？」

「腹に入れるものが待ってるといいんだが」ゼイフォードは期待を込めて言ってみた。

「腹に入れられるのはあんたのほうだ」ルースタは言った。「事象渦絶対透視機《トータル・パースペクティヴ・ヴォーテックス》の腹のなかにな」

事象渦絶対透視機とはどういうものかゼイフォードは知らなかった。だが、銀河系にある面白おかしいもので知らないものはないはずだから、少なくとも面白おかしいものではなさそうだと思った。彼はルースタに、それはなにかと尋ねた。

「いやなに」とルースタ。「知的生物にとって、最も残酷な精神的拷問さ」

ゼイフォードは観念したようにうなずいた。

「それじゃ、食い物はないってことだな」

「いいか」ルースタはいらだって、「人を殺すのはだれにでもできる。肉体を損なうことも、精神を打ち砕くこともできるさ。だが、人格を完全に破壊できるのは事象渦絶対透視機だけだ！　入っているのは数秒だが、その影響は一生消えないんだぞ！」

「汎銀河ガラガラドッカンを飲んだことはあるか？」ゼイフォードは鋭く切り返した。

「それよりずっと悪い」

「そいつはすごい」ゼイフォードもさすがに驚いた。

「それにしても、なぜおれをそんな目に遭わせようっていうんだろう」彼はややあって付け加えた。

「二度と立ちなおれなくするにはそれが一番だと思ってるのさ。あんたのねらいに勘づいたんだ」

「メモかなんかよこしておれにも教えてくれりゃいいのに」

「教えられなくても知ってるはずだ。ビーブルブロックス、あんたは知ってるはずなんだ。この宇宙を支配している男に会おうとしてるだろう」

「そいつは料理ができるのか？」ゼイフォードは言い、ちょっと考えてから言い足した。「いや、たぶん無理だな。うまい料理がつくれたら、宇宙のことなんか気にするわけがない。おれはコックに会いたい」

ルースタは重いため息をついた。

「それはそうと、あんたはここでなにをしてるんだ」ゼイフォードは尋ねた。「これにどう関わってる？」

「わたしはこの計画を立てた仲間のひとりだ。ザーニウープと、ユーデン・ヴランクスと、あんたのひいお祖父さんと、それにビーブルブロックス、あんたといっしょにな」

「おれと？」

「そうだ。あんたは人が変わったと聞いてはいたが、これほどとは思わなかった」

「しかし……」

「わたしがここに来たのは役目を果たすためだ。あんたと別れる前にやることがある」

「役目ってなんだ。なんの話をしてるんだ？」

「言っただろう、あんたと別れる前にやる」

それきり、ルースタは殻にこもったように黙りこくった。

ゼイフォードにとっては願ったりかなったりだった。

9

フロッグスター星系第二惑星を取り巻く大気は、腐りかけてすえたにおいをさせていた。

地表にたえまなく吹く湿っぽい風は、塩類平原〔地表・地下の水分が蒸発し、残った塩類が堆積した平原〕、干あがった湿地あと、からまりあって腐った草木、崩れかけた都市の廃墟のうえを渡っていく。地を這う生物の姿は見えない。銀河系のこの宙域にはそういう惑星が多いが、この大地もはるか昔に見捨てられたのだ。

風の咆哮《ほうこう》は陰にこもって凄まじく、都市の崩れかけた家々のあいだを吹きすさぶ。だがさらに陰にこもって凄まじいのは、高くそびえる黒い摩天楼の基部を鞭打つときだ。地表のあちこちでそんな摩天楼が危なっかしく揺れており、悪臭を放つ痩せこけた大型の鳥が、そのてっぺんに営巣地《コロニー》をつくっている。この鳥たちは、かつてここに栄えた文明の唯一の生き残りだ。

しかし、風の咆哮がどこよりも陰にこもって凄まじいのは、滅んだ都市のうちでも最大の都市の郊外を吹き渡るときである。そこは広々とした灰色の平原で、そのまんなかに吹き出物のような建物がぽつんと建っている。

この広い銀河系にこの惑星ほど徹底的に不吉な場所はない――そう言われるのは、この吹き出物のような建物のせいだ。外から見ると、それはたんに直径十メートル弱のスチールのドームだ。だがなかに入れば、そこには人間の理解を超えた奇怪な設備が待っている。

ドームの周囲には、クレーターや爆撃あとだらけの、このうえなく荒廃しきった土地が広がっている。そんな土地をはさんで百メートルほど離れたところに、着陸場とでも呼ぶしかない場所があった。つまり、そのあたりのわりと広めの範囲にぽつぽつと、地表に激突した二、三十ほどのビルがぶざまな残骸をさらしているのだ。

そのビルの残骸の周囲を、ひらひらとひとつの精神が飛んでいた。飛びながらなにかを待っていた。

精神は空に注意を向けた。それほど待たないうちに、遠くに点が現れた。もっと小さな点々の輪に囲まれている。

大きい点は『銀河ヒッチハイク・ガイド』ビルの左側のタワーだった。フロッグスター星系惑星Bの成層圏に突入して降下してくるところだ。

その降下の途中で、ルースタがふいに口を開いた。ふたりの男のうえに重くのしかかっていた、長く気まずい沈黙がようやく破られた。

彼は立ちあがり、タオルをかばんにしまった。「ビーブルブロックス、わたしはこれから自分の役目を果たす。これをやるために送り込まれてきたんだ」

ゼイフォードは隅に座り込み、口には出さないままマーヴィンと心をひとつにしていたが、顔をあげてルースタを見た。

「へえ？」彼は言った。

「このビルはまもなく着地する。外へ出るときはドアからは出るな」ルースタは言った。「かならず窓から出るんだぞ」

「がんばれよ」最後にそう付け加えてドアから出ていき、現れたときと同様、なんの説明もなくゼイフォードの前から姿を消した。

ゼイフォードはドアに飛びついたが、もうルースタが外から鍵をかけたあとだった。ゼイフォードは肩をすくめ、また部屋の隅に戻った。

二分後、ビルはほかの残骸のあいだに墜落した。ビルを運んできたフロッグスター戦闘機の集団は重力子ビームを解除し、空高く舞いあがって消えていった。その行く先はフロッグスター星系惑星A、はるかに居心地のよい場所だ。戦闘機がフロッグスター星系惑星Bに着陸することはない。だれひとりこの地に降り立つ者はいない。この地表を歩くのは、ただ事象渦絶対透視機の犠牲となることが決まった者だけだ。

墜落の衝撃はすさまじく、オフィスはほとんど崩れて瓦礫と化した。ゼイフォードはしばらく動けず、物音ひとつしない埃っぽい瓦礫のなかに引っくり返っていた。いまが人生でどん底の瞬間だと思った。どうしていいかわからないと思い、孤独だと思い、どうせおれなんかだれにも愛されないんだと思った。しまいに、どんな結末を迎えるにしても、それを見届けたほうがよさそうだと思った。

ひび割れて崩れた室内を見まわした。ドア枠のまわりの壁が割れ、ドアは開きっぱなしになっている。窓はと見れば、奇跡的にひびも入らずに閉まったままだ。しばしためらったが、そのときふと思った。さっきまでいたあの奇妙な連れが、さっきまでにくぐり抜けてきたことをくぐり抜けてまでさっき言ったことを言わなければならなかったのだとすれば、それにはそれなりの理由があるにちがいない。マーヴィンの手を借りて窓をあけた。ビルの墜落で舞いあがった埃がまだ雲をなしているし、周囲はほかのビルの残骸で取り巻かれていたため、窓をあけても外の景色はほとんど見えなかった。

もっとも、それがひどく気になったというわけではない。おもに気になったのは、下を見たときに見えたもののほうだった。ザーニウープのオフィスは地上十五階にあった。ビルはだいたい四十五度の角度に傾いて着地していたが、それでもここを降りるかと思うと心臓が止まりそうだった。

マーヴィンが軽蔑の視線を連続的にこちらに放射しているような気がして、しまいにゼイフォードはいたたまれなくなった。深く息を吸うと、急角度に傾いたビルの側面にとりついて降りはじめた。マーヴィンがそのあとに続く。かれらと地面を隔てる十五階ぶんの壁面を、ふたりはゆっくりと苦労しいしい降りていった。

じめじめした空気と埃に息が詰まりそうになるし、目はひりひりするし、恐ろしく長い下りにふたつの頭がくらくらする。

ときおりマーヴィンが「こんなことをして、あなたたち生物はこれが楽しいんですか？　たんに後学のためにお尋ねするんですが」という趣旨のことを言うのだが、そんなことを言われて気分が上向くはずもない。

崩れたビルの側面を半分ほど降りたところで、ふたりはひと休みした。恐怖と疲労にあえぎながら横になっていると、ふだんにくらべてマーヴィンがほんの少し明るいような気がする。だが、やがてそれはちがうと気がついた。このロボットがいつもより明るく見えるのは、たんにゼイフォード自身の気分が真っ暗だからだ。

埃の雲は少しずつ収まりはじめていたが、その雲を突いて大きな痩せこけた黒い鳥がばたばたと姿を現した。骨張った脚を伸ばして、ゼイフォードから二メートルほど先の傾いた窓の下枠に止まった。ぶざまな翼を畳みながら、不器用に身体を揺らしている。

翼を広げたときの幅は、百八十センチほどもあっただろう。鳥にしては、頭と首がみょうに大きいような気がする。顔は平面的で、くちばしもあまり突き出していない。翼の内側のなかほどには、手に似た器官の名残がはっきりと見てとれた。

人間そっくりと言っていいほどだった。

鳥はどんよりした目をゼイフォードに向け、所在なげにくちばしをかちかちと鳴らした。

「あっちへ行け」ゼイフォードは言った。

「わあったよ」鳥はぼそりとつぶやき、また埃のなかへばたばたと姿を消した。

その去っていく後ろ姿を、ゼイフォードはあっけにとられて見送った。

「あの鳥、いま返事をしたか?」とマーヴィンに恐る恐る尋ねた。空耳だと言われたら喜んで信じるつもりだった。

「しました」マーヴィンは答えた。

「気の毒な生物でね」この世のものとは思えない深い声が、ゼイフォードの耳もとで言った。

どこで声がするのかとあわてて左右を見まわし、危うく滑り落ちそうになった。突き出した窓の金具をわしづかみにし、そのせいで手を切った。しがみついて荒い息をつく。

声の主の姿はどこにも見当たらなかった。ここにはだれもいない。それなのにまた声がした。

「悲劇的な歴史を背負ってるんだよ。恐ろしい災いが降りかかったんだ」

ゼイフォードは狂ったようにあたりを見まわした。よく響く低い声で、穏やかな話しぶり。こんな状況でなかったら、心の休まる声だと思ったかもしれない。しかし、どこからともなく聞こえる声に話しかけられては心の休まるわけがない。いまのゼイフォード・ビーブルブロックスのように、とうてい絶好調とは言いかねる状態で、しかも壊れたビルの地上八階の壁にしがみついていると来ればなおさらだ。

「おい、あの……」彼はどもった。

「あの鳥たちの話をして聞かせようか」声が穏やかに尋ねた。

「おい、あんたはだれだ?」ゼイフォードはあえいだ。「どこにいるんだ?」

「じゃあ、話はまたあとにしよう」声はつぶやいた。「わたしはガーグラヴァー、事象渦絶対透視機の管理人だよ」

「なんで姿が……」

「このビルを降りるなら、もっと楽な方法がある」先ほどより少し大きな声になって、「二メートルほど左に移動するといい。悪いことは言わないから」

見ると、短い水平の刻み目がビルのずっと下まで並んでついていた。ゼイフォードはありがたくそちらへ移動した。

「下まで降りたところでまた会おう」声は耳もとでささやき、そう言いながら薄れていった。

「おい」ゼイフォードは声をあげた。「あんたはどこに……」

「ほんの二、三分で降りられるだろう……」声はひどく遠くなっていた。

「マーヴィン」ゼイフォードは真顔で話しかけた。彼の横で、ロボットはすねたように壁にしがみついている。「あの……いま声が……」

「しました」マーヴィンはそっけなく答えた。

ゼイフォードはうなずき、また危機感知サングラスを取り出した。レンズは真っ黒だし、ポケットにいきなり出現した金属製のもののせいでもう傷だらけだったが、かまわず掛けた。なにをやっているのか見ずにすませられれば、もっと気楽に降りられるだろう。

数分後、引っこ抜かれて滅茶苦茶になったビルの土台を乗り越えたところで、彼はまたサングラスをはずし、地面に飛びおりた。

マーヴィンもすぐに降りてきたが、そこで埃と瓦礫のなかにうつ伏せに横たわってしまい、それきり動こうともしなかった。

「ああ、降りてきたね」ゼイフォードの耳もとで、だしぬけに声がした。「さっきはあんなふうに離れていってすまなかった。どうも高いところは頭がくらくらしてね。少なくとも」と、なにか寂しそうに付け加えた。「以前は頭がくらくらしたんだよ」

ゼイフォードは時間をかけて注意深くあたりを見まわした。声を出しそうな人だかものだかを見落としているのかと思ったが、見えるのは埃と瓦礫、それにぐるりを取り巻いてそびえるビルの残骸ばかりだった。

「なあ、その、なんで姿が見えないんだ？　なんでここにいないんだ？」

「わたしはここにいるよ」声がゆっくりと言った。「身体のほうも来たがっていたんだが、いまちょっと忙しくてね。いろいろやることはあるし、人にも会わなきゃならないし」あの世から聞こえるため息のような音を立てて、声は付け加えた。「身体とつきあうってのがどういうことかわかるだろう」

　ゼイフォードには自信がなかった。

「以前はわかると思ってたけどな」彼は言った。

「安静療法に出てると思いたいんだが」声は続けた。「最近の様子を見てると、いよいよ引導が渡されるのも近いような気がする」

「引導？」ゼイフォードは言った。「死にかけてるってことか？」

　声は黙り込んだ。ゼイフォードはそわそわとあたりを見まわした。声がどこかへ行ってしまったのか、まだ近くにいるのか、なにをしているのかわからない。ややあって、ようやく声はまた言った。

「それで、あんたは透視機《ヴォーテックス》に入ることになってるんだな」

「えー、まあその」ゼイフォードは平気な顔をしようとしたが、まったくうまく行っていなかった。「べつに急いでるわけじゃない。ちょっとそのへんをうろついて、景色を眺めるのも悪くないと思ってるんだが」

「このあたりの景色をもう眺めたかね」ガーグラヴァーの声が尋ねた。

「えーと、いや」

ゼイフォードは瓦礫によじのぼり、視界をさえぎる壊れたビルの角をまわった。

フロッグスター星系惑星Bの景色を見わたした。

「あー、そうだな」彼は言った。「それじゃ、そのへんをただちょっとうろついてみようかな」

「それはできない」ガーグラヴァーが言った。「ヴォーテックスがあんたを待っている。もう行かなくちゃならん。ついてきなさい」

「えー、だけど、どうやってついていけばいいんだ?」ゼイフォードは言った。

「ハミングをするから、そのハミングについてきなさい」

静かにむせび泣くような調べが漂ってくる。弱々しい悲しい調べはどこから聞こえてくるともつかず、よほど注意して聞いていないと方向がつかめなかった。夢のなかを泳ぐように、ゼイフォードはのろのろとよろめきながらついていった。ほかにどうするあてもないではないか。

10

すでに述べたように宇宙はいやがうえにも広大で、それを思うと夜も眠れないほどであるが、平穏な日常を送るためにたいていの人はそれを無視して生きている。もっと狭い宇宙を自分でこしらえることができるなら、喜んでそっちに引っ越したいと思う人は多いだろう。そして実際、たいていの生物がやっているのはそういうことだ。

たとえば、銀河系の東の渦状腕の片隅に、オグラルーンという大森林惑星がある。この星の「知的」生物はひとり残らず、昔からずっと、ただ一本のナッツの木に住んでいる。それほど大きな木ではないから人口密度はたいへんなものだ。かれらはこの木のうえで生まれ、成長し、恋をし、ちっぽけな思弁的論文を樹皮に刻んで、生の意味と死の無意味さと産児制限の重要性を論じ、極端に小規模な戦争をささやかにくりひろげ、死んだときには人の通わぬ外縁部の枝の裏側にくくりつけられる。

なにしろ、このナッツの木を離れたオグラルーン人といえば、憎むべき大罪を犯したというので放り出された罪人ばかりなのだ。そしてその大罪とは、ほかの木でも生きていけるのではないかとか、ほかの木々はオグラナッツの食べすぎで見える幻覚だというのはまちがいではないかと疑いを抱いたことである。

こういう行動はいかにも奇天烈《きてれつ》に見えるかもしれないが、同様の誤りをまったく犯していない生物は、この銀河系にはただの一種も存在しない。だからこそ、事象渦絶対《トータル・パースペクティヴ・》透視機《ヴォーテックス》はこれほど恐れられているのである。ヴォーテックスに放り込まれると、ほんの一瞬だが、想像を絶する無限の森羅万象の全体を見せられる。その森羅万象のどこかにほんとうにちっぽけなしるし、顕微鏡的な一点のうえの顕微鏡的な一点があって、そこに「これがあなた」と書かれているのだ。


ゼイフォードの前に灰色の平原が広がっている。破壊されて荒れ果てた平原。風がそのうえを吹きすさんでいた。

そのまんなかに、スチールの吹き出物のようなドームが見える。あれが目的地だろうとゼイフォードは思った。あれが事象渦絶対透視機にちがいない。

立ち止まって暗澹《あんたん》たる気分で眺めていると、とつぜんそのドームから、人間のものとも思えない恐怖の絶叫が噴き出してきた。生きながら魂を焼き切られている人の声のようだ。絶叫は吹きすさぶ風を圧して響き、やがて消えた。

ゼイフォードは恐怖に目を見ひらいた。全身の血液が液体ヘリウムに変わったかと思った。

「なあ、いまのはなんだ？」かすれ声でささやいた。

「録音だよ」ガーグラヴァーは言った。「前回ヴォーテックスに入れられた者の声だ。次の犠牲者にこうして聞かせることになっている。前奏曲のようなものさ」

「こりゃあ、ほんとにやばそうだな……」ゼイフォードは口ごもった。「ちょっとばかりパーティかなにかに逃げ出して、考えなおすってわけにはいかないかな」

「わたしの知るかぎりでは」ガーグラヴァーの実体のない声が言った。「いまごろわたしはパーティに出ているはずだ。つまり、わたしの身体がね。あいつはわたし抜きでしょっちゅうパーティに出てるんだ。わたしは邪魔なだけだと言っている。さあ、こっちだ」

「あんたの身体はいったいどうなってるんだ？」ゼイフォードは言った。これからなにが起きるにしても、なるべく先のばしにしたかった。

「その、あいつは……忙しいんだよ」ガーグラヴァーは口ごもった。

「つまり、あんたとは別に精神を持ってるってことか？」

長い、いささか冷やかな間《ま》があって、ガーグラヴァーはまた口を開いた。

「こう言ってはなんだが、その言いかたはあまり趣味がよくないと思うな」

ゼイフォードはぼそぼそと詫びの言葉を口にした。よくわからないが、決まりの悪い思いだった。

「いいんだ」ガーグラヴァーは言った。「あんたが知るはずはないんだから」

　声が悲しげに震えた。

「じつを言うと」その口調からすると、取り乱すまいと必死でこらえているようだ。「じつを言うと、いま法律で決まった試験別居の期間中なんだよ。結局、離別ということになるんじゃないかと思う」

　声はまた黙り込み、ゼイフォードはなんと言ってよいかわからなかった。言葉にならない言葉をもぐもぐと口にする。

「たぶん、あまり相性がよくなかったんだろう」だいぶ経ってから、ガーグラヴァーはまた口を開いた。「いっしょになにかをして、どっちも楽しめたってことは一度もないような気がする。セックスと釣りとどっちをとるかでは、いつも大変な言い合いになったものさ。しまいに両方いっしょにやろうとしてさんざんな目に遭った。たぶん想像がつくと思うけどね。いまでは、わたしの身体はわたしを入れようとしない。会うのもいやだと言って……」

　彼はまた悲しげに口をつぐんだ。風が容赦なく平原を吹きわたる。

「あいつはわたしがいると息が詰まると言う。外側のおまえが息が詰まったらなかのわたしは窒息するじゃないかと言ったら、そういう利口ぶったことを言われると身体は左の鼻の穴につんと来ると言うんだ。それでその話はやめにした。ファーストネームの保護権はたぶんあっちに行くと思う」

「へえ……」ゼイフォードはあいまいに言った。「で、ファーストネームはなんていうんだ？」

「ピズポットだ。わたしの名は、ピズポット・ガーグラヴァーというんだ。すべてを物語ってるだろう？〔ピズポットは音がピスポット（尿瓶）に通じるが、尿瓶には小さい入れ物というイメージがある。それに対してガーグラヴァー（Gargravarr）は巨人ガルガンチュアとかgrave（重大な）などに音が似ていて、巨大なものを連想させる名前なので、名前からして不釣り合いだという意味ではないかと思われる〕」

「えー……」ゼイフォードは気の毒そうに唸った。

「とまあそういうわけで、肉体を失った精神のわたしは、事象渦絶対透視機の管理人という職に就いたわけだ。この惑星の大地を踏んで歩く者はだれもいない。例外は透視機《ヴォーテックス》の犠牲者だけだ――残念ながら、これは数には入らないからね」

「あー……」

「その話をして聞かせよう。聞きたくないかね？」

「えー……」

「ずっと昔、ここは文明の栄える幸福な惑星だった。人がいて街があって店がある、ごくふつうの星だったんだ。ただ、そういう街の大通りに靴屋の数が多すぎた。あって当然と人が思うより、ほんの少し多いという程度だったんだがね。だが少しずつ、だれも気づかないうちに、靴屋の数は増えていった。これはよく知られた経済現象だが、実際にそれが起きるのを見ると胸が痛むね。つまり、靴屋が増えれば増えただけ靴をどっさりつくらなくちゃならなくなり、そうなるとどんどん品質が落ちて履くに堪えないものになる。品質が落ちればますます買い換えなくちゃならなくなり、こうしてますます靴屋が増える。そしてしまいにそこの経済は、たしか『靴の事象の地平』とか言ったと思うんだが、とにかくそれを超えてしまって、靴屋以外の店を建てることが経済的に不可能になるんだ。結果として、破綻と崩壊と飢饉がやって来る。人口のほとんどが死に絶えた。ごく少数の人間だけが、うまい具合に遺伝子が不安定だったおかげで鳥に変異した――さっきのもそういう鳥だよ。あの鳥たちは足を憎み、大地を憎み、二度と大地を歩かないと固く誓っている。気の毒な連中だ。来なさい、あんたをヴォーテックスに案内しなくちゃならん」

ゼイフォードはぼんやりと首をふり、つまずきつまずき平原を歩いていった。

「それで、あんたはこの人外魔境みたいな星で生まれたのか?」

「まさか」ガーグラヴァーは面食らったようだ。「わたしはフロッグスター星系惑星Cの生まれだ。美しい星で、すばらしい釣り場がある。夜には飛んで戻っているんだよ。もっとも、いまは見ることしかできないがね。ここでいまも動いているのは事象渦絶対透視機だけだ。近所にこんなものができてうれしい者はいないだろう、だからここに建造されたんだよ」

とそのとき、ふたたびすさまじい絶叫が空気を引き裂き、ゼイフォードは身震いした。

「ありゃあ、いったいどんな目に遭わされてるんだろう」ささやくように言った。

「この宇宙を見せられるのさ」ガーグラヴァーはあっさり言った。「この無限の宇宙を。無限の星、その星と星をへだてる無限の距離。そして自分はといえば、目に見えない点のうえの目に見えない一点で、無限に小さい存在だ」

「あのな、おれはゼイフォード・ビーブルブロックスなんだぜ」ゼイフォードはつぶやき、最後に残ったエゴのかけらを奮い立たせようとした。

ガーグラヴァーは答えず、もの悲しいハミングを再開した。平原のまんなかにある曇ったスチールのドームに、ふたりはしだいに近づいていった。

ついにたどり着くと、側面のドアがブーンと唸って開いた。ドアのなかは薄暗い小部屋になっている。

「どうぞ」ガーグラヴァーは言った。

ゼイフォードは恐怖に飛びあがった。

「えっ、そんな、もう?」

「そうだ」

ゼイフォードは恐る恐るなかをのぞき込んだ。ひどく小さな部屋だった。内側はスチール張りで、人がひとり入ったらもういっぱいになりそうだ。

「これは……その……あんまりヴォーテックスぽくないような気がするんだが」

「そりゃそうだ」ガーグラヴァーは言った。「ただのエレベーターだからね。さあ、乗って」

途方もない恐怖におののきつつ、ゼイフォードはなかに足を踏み入れた。ガーグラヴァーは黙っていたが、それでもいっしょにエレベーターに乗ってきたのがわかる。

エレベーターは降りはじめた。

「心の準備をしておかなくちゃな」ゼイフォードはつぶやいた。

「むだだ。準備のしようがない」ガーグラヴァーが身も蓋もないことを言う。

「あんたは人に自信をなくさせる名人だな」

「わたしじゃない。ヴォーテックスがなくさせるんだ」

シャフトを降りきったところで、今度はエレベーターの奥の壁が開き、ゼイフォードは引っくり返りそうになった。出たところは、なんの装飾もない小さめのスチール張りの部屋だった。

部屋の奥にスチールの箱が立てて置いてあった。ちょうど、なかに人がひとり立っていられるほどの大きさだ。

まさに単純そのものだった。

太いワイヤ一本で、素子や計器の小さな塊に接続されている。

「あれがそうか？」ゼイフォードは驚いて言った。

「あれがそうだ」

それほどやばそうには見えないな、とゼイフォードは思った。

「で、あれに入るのか？」とゼイフォードは言った。

「あれに入るんだ」ガーグラヴァーは言った。「気の毒だが、いますぐ入ってもらうよ」

「ああ、わかったよ」

ゼイフォードは箱の扉をあけてなかに入った。

箱のなかで待った。

五秒後、かちっと音がしたかと思うと、箱のなかには彼とともに全宇宙があった。

11

事象渦絶対透視機《トータル・パースペクティヴ・ヴォーテックス》では、宇宙の全体像を得るために外挿物質分析法という原理を用いている。

説明しよう。宇宙のありとあらゆる物質は、宇宙のありとあらゆる物質からなんらかの影響を受けている。したがって理論的には、恒星も惑星も、その軌道もその組成も、そして社会経済の歴史も——森羅万象のすべてを、たとえばただ一個の小さなスポンジケーキから外挿する、すなわち推論によって導き出すことが可能である。

事象渦絶対透視機を発明した男がこれを発明したのは、おもに妻へのいやがらせのためだった。

トリン・トラギュラ（というのがその男の名前だった）は夢想家だった。思索家にして思弁哲学者だった。あるいは、妻に言わせればただの馬鹿だった。

妻はひっきりなしに彼に小ごとを言いつづけた。それというのも、じっと空《くう》を見つめたり、安全ピンの構造を考えたり、スポンジケーキの分光分析をしたり、そんなことでとんでもなく時間をつぶしていたからである。

「少しは軽重の感覚を身につけてよ！」妻は言う。ひどいときには一日に三十八回も言う。

というわけで、彼は事象渦絶対透視機をつくった。その目的はただひとつ、妻に思い知らせることだった。

彼はいっぽうの端をスポンジケーキから外挿される全宇宙に接続し、もういっぽうの端を妻に接続した。スイッチを入れると、妻は一瞬のうちに無限の森羅万象の全体像を、そしてそのなかの自分自身の位置を見せられた。

トリン・トラギュラは恐怖に震えあがった。というのも、ショックで妻の脳みそが完全に破壊されてしまったからだ。だがそのいっぽうで満足してもいた。なにしろ、自分の主張の正しさが反論の余地なく立証されたわけだから。これほどの規模の宇宙で生きていくためには、生物は軽重の感覚など身につけてはいけないのである。

ヴォーテックスの扉がさっと開いた。

肉体を持たない精神の目でそれを眺め、ガーグラヴァーは暗い気持ちになった。奇妙な話だが、ゼイフォード・ビーブルブロックスが好きになっていたのだ。まちがいなく人に抜きんでたものを持った男だった——悪いほうにばかり抜きんでていたのは残念だが。

開いた扉からばったりと倒れてくるのを待ち受けた。これまでの犠牲者はみなそうだったから。

ところが、ゼイフォードは歩いて出てきた。

「やあ！」彼は言った。

「ビーブルブロックス……」ガーグラヴァーの精神は、仰天して息を呑んだ。

「一杯もらえないかな」ゼイフォードは言った。

「あんた……ほんとに……ヴォーテックスに入ってたんだろうな？」ガーグラヴァーはどもった。

「その目で見てただろ」

「ちゃんと機械は作動した？」

「もちろん」

「それで、無限の森羅万象の全体をその目で見たのか？」

「見た見た。わりといいとこじゃないか」

ガーグラヴァーの精神は驚愕のあまりくらくらした。もし身体がいっしょに来ていたら、口をぽかんとあけてどさりと腰をおろしていただろう。

「それで、そのなかの自分の居場所もちゃんと見たのか？」

「ああ、もちろん」

「それじゃ……それでなんで平気なんだ？」

ゼイフォードはわざとらしく肩をすくめた。

「とっくに知ってたことを教えられただけだからな。つまり、おれはじつにまったくもって大物だってことさ。おれをだれだと思ってるんだ、ゼイフォード・ビーブルブロックスだぞ！」

そのとき、ヴォーテックスを動かしている装置のほうに視線が向き、とたんにはっとして目を見ひらいた。

荒い息をついた。

「おい、あれは本物のスポンジケーキか？」

小さな菓子はセンサーに取り囲まれていたが、彼は気にせずむしり取った。

「いまどれぐらいこれが必要か語りだしたら」よだれを垂らさんばかりの顔をして、

「食うひまがなくなっちまうぜ」

言うなり口に放り込んだ。

12

それからまもなく、彼は先ほどの平原を走って廃墟の都市に向かっていた。じめじめした空気が肺のなかでごろごろと鳴り、まだ抜けきらない疲労のせいでしょっちゅう足がもつれる。おまけに夕闇も迫りはじめていて、でこぼこの地面は走りにくいことこのうえない。

とはいえ、さっきの高揚感はまだ残っていた。全宇宙。全宇宙が、自分を中心にして無限に伸び広がっているのを見た。森羅万象のすべてが。そしてそれとともに、明瞭にして驚くべき知識がもたらされた。彼はこの宇宙で最も重要な存在なのだ。強烈なエゴでそう信じるのと、実際に機械にそう言われるのとでは話がちがう。

しかし、じっくり考えている時間はなかった。

ガーグラヴァーは、これは雇い主に報告しなくてはならないと言った。しかし、大あわてですぐに連絡するのは体裁がよくないから、その前に多少は時間をおくつもりだとも言った。というわけで、ゼイフォードはそのすきに逃げ出した。追手がかかる前に隠れ場所を見つけることもできるだろう。

逃げてどうするという当てはないが、自分がこの宇宙一の重要人物だと思うと自信が生まれ、きっとなんとかなるという気がしてきた。

だがそれを別にすれば、彼の楽観論を裏付ける材料など、この荒れ果てた惑星にはまずありそうになかった。

ゼイフォードは走りつづけ、ほどなく見捨てられた都市のはずれにたどり着いた。都市の道路はひび割れて穴ぼこだらけで、いじけた雑草がはびこり、穴には腐った靴が詰まっていた。道路沿いの建物はどれも老朽化して崩れかけており、おっかなくてなかに入る気にはなれなかった。どこか隠れる場所はないだろうか。彼は先を急いだ。

しばらく行くと、いま歩いている道路から枝分かれする広い道路の名残が現れた。道路は大きな弧を描いて伸び、突き当たりには大きな低層の建物があった。それがさまざまな小さめの建物に囲まれていて、その外側にはフェンスの名残も見える。中央の大きな建物はまだけっこうしっかりしているようだったので、ゼイフォードはそちらに折れた。あの建物のなかになにか……とくになにというわけではないが、とにかくなにかあるかもしれないと思った。

近づいていくと、建物のいっぽうの壁——広いコンクリート舗装の広場に面しているところからして、どうやらその壁が正面のようだ——に大きなドアが三つあった。高さは二十メートル近くありそうだ。いちばん奥のドアが開いていたので、ゼイフォードはそちらに向かって走った。

なかに入ると、目に映るのは暗がりと埃と混沌ばかりだった。いたるところに巨大な蜘蛛の巣がかかっている。建物の骨組の一部は崩れているし、後壁には穴があいている。床一面に数センチも埃が積もり、それが舞いあがって息が詰まりそうだ。

濃い暗がりを透かし見ると、巨大な影がいくつもそびえ立っているのがわかってきた。どれも瓦礫に覆われている。

円筒形の影もあればずんぐりした球根形のものもあり、なかには卵形——というよりひび割れた卵形のものもあった。ほとんどは割れていたりばらばらになっていたり、なかには骨しか残っていないものもある。

どれも宇宙船だった。どれも廃船だ。

ゼイフォードはいらだちながら、残骸のあいだをうろうろと歩きまわった。ちょっとでも使えそうに見えるものすらなにひとつなかった。彼が歩いただけで、不安定な残骸のひとつが振動でさらに潰れてしまったほどだ。

いちばん奥のほうに古い宇宙船があった。ほかよりわずかに大きめで、埃と蜘蛛の巣がとくに分厚く積もっている。しかし、外形は崩れていないようだった。ゼイフォードは興味を引かれて近づいていき、途中で古い給電線につまずいた。

その給電線をわきへ放り投げようとして驚いた。まだ宇宙船につながったままになっている。

さらに驚くまいことか、かすかにブーンと音を立てていた。信じられない思いで宇宙船を見、手に持った給電線にまた目を向けた。無造作に上着を脱ぎ捨て、四つんばいになって給電線をたどり、それが船につながっている箇所を見つけた。接続はしっかりしていて、ブーンという振動もさらにはっきり感じられた。

鼓動が速くなった。船の側壁の汚れを拭きとり、耳を押し当ててみた。かすかに音がするが、なんの音かはわからない。

無我夢中で周囲の瓦礫をかきまわし、短いチューブと非生分解性プラスティックのカップを見つけた。それを使って即席の聴診器をつくり、船の側壁に当てた。

とたんに脳みそがとんぼ返りを打った。

なかでは声がこう言っていた。

「星間クルーズ客船から、引き続いての運航の遅れをお客さまにお詫び申し上げます。当機は現在、快適で衛生的なご旅行をお楽しみいただくため、レモンの香りの小さなペーパーナプキンの補充を待っているところでございます。いましばらくお待ちくださいますようお願い申し上げます。客室乗務員がまもなく、コーヒーとビスケットを再度お配りいたします」

ゼイフォードはよろよろとあとじさり、血走った目で船を見つめた。

しばらくぼうぜんとしてあたりを歩きまわった。そうするうちに、ふと巨大な発着案内板に目が留まった。支柱は一本しか残っていないが、いまも天井から下がっている。すっかり汚れていたものの、それでも数字の一部はなんとか読みとれた。

ゼイフォードはその数字に目を走らせ、簡単な計算をしてみた。目が丸くなった。

「九百年……」かすれ声でつぶやいた。この船の出発は九百年も遅れている。

二分後、彼は船に乗り込んでいた。

エアロックからなかに足を踏み入れたとたん、ひんやりしたさわやかな空気に迎えられた。まだ空調が働いているのだ。

照明もまだついていた。

小さな搭乗区画からさらになかに入ると、そこは短くて細い廊下になっていた。彼はその廊下を恐る恐る歩きだした。

いきなり横手のドアが開いて、目の前に人が出てきた。

「お席にお戻りください」アンドロイドのスチュワーデスは言った。こちらに背を向け、先に立って廊下を歩きはじめた。

一瞬止まっていた心臓がまた動きだし、ゼイフォードはスチュワーデスのあとを追った。彼女は廊下の突き当たりのドアをあけてなかに入っていく。

彼もそのあとに続いた。

入ったところは客室内だった。心臓の鼓動がまた一瞬止まった。

どの座席にも乗客が腰をおろし、シートベルトで固定されていた。

乗客の髪はぼうぼうに伸び、爪も長く、男性客はひげもじゃになっていた。

全員まちがいなく生きていた——が、眠っている。

ゼイフォードは恐怖に総毛立った。

夢を見ているような気分で、座席のあいだの通路をそろそろと歩きだした。なかほどまで来るころ、スチュワーデスは通路の突き当たりに達して、そこでふり向いて話しだした。

「お客さまに申し上げます」耳に快い声だった。「出発が多少遅れており、まことに申し訳ございません。用意ができしだい離陸いたしますので、いましばらくお待ちくださいませ。お目覚めになりましたら、ただいまよりコーヒーとビスケットをお配りいたします」

かすかな機械の唸りが聞こえてきた。

その瞬間、乗客全員が目を覚ました。

目を覚ますなり絶叫した。乗客はシートベルトや生命維持装置で座席にしっかり固定されていたが、それをむしりとろうと爪をたてはじめる。絶叫と怒号と悲鳴で、ゼイフォードは鼓膜が破れるかと思った。

身をよじって暴れる乗客たちをよそに、スチュワーデスは動じるふうもなく通路を歩き、小さなコーヒーのカップとビスケットの袋をひとりひとりの前に置いていく。

そのとき、乗客のひとりが座席から立ちあがった。

男はふり向いてゼイフォードを見た。

ゼイフォードの全身の皮膚がぞわぞわと騒ぎだした。まるで身体を置いてどこかへ行こうとしているかのようだ。彼はまわれ右をしてこの阿鼻叫喚の部屋を逃げ出した。

ドアを飛び出し、また廊下に戻った。

男は追いかけてきた。

ゼイフォードは死にもの狂いでまっしぐらに廊下の端まで走り、搭乗区画を抜けてその先に向かった。飛び込んだところは操縦室で、ドアを力任せに閉じて錠をおろした。

そのドアに背中を預けて荒い息をつく。

数秒後には、向こうからドアを叩く音がしはじめた。

操縦室のどこかから金属的な声が話しかけてきた。

「お客さまは操縦室への立ち入りを禁じられています。座席にお戻りのうえ、離陸をお待ちください。コーヒーとビスケットをお配りしています。わたしは当機の自動操縦装置《オートパイロット》です。座席にお戻りください」

ゼイフォードは答えなかった。息があがっているし、背後ではドアを叩く音がいまも続いている。

「座席にお戻りください」オートパイロットがくりかえした。「お客さまは操縦室への立ち入りを禁じられています」

「おれは乗客じゃない」ゼイフォードは息を切らしながら言った。

「座席にお戻りください」

「おれは乗客じゃないって言ってるだろ！」ゼイフォードはまた怒鳴った。

「おれは乗客じゃ……おい、聞こえてるか？」

「座席にお戻りください」

「おまえはオートパイロットか」

「そうです」操縦コンソールから声がした。

「おまえがこの船の責任者なのか」

「そうです」声はまた言った。「出発が遅れておりますので、無用の苦痛をおかけせずにすむよう、お客さまには一時的な仮死状態でお待ちいただいております。年に一度コーヒーとビスケットをお配りし、その後はふたたび、無用の苦痛をおかけしないように仮死状態にお戻りいただいております。補充品の積み込みが終わりしだい離陸する予定です。出発の遅れをお詫び申し上げます」ドアを叩く音はもうやんでいた。ゼイフォードはドアから離れ、操縦コンソールに近づいていった。

「出発の遅れ？」彼は叫んだ。「船の外を見てないのか？　ここは荒れ地だ、砂漠しかない。文明はとっくに滅んだあとだぜ。レモンの香りのペーパーナプキンなんかどこからも届きやしないんだ！」

「統計的に見れば」オートパイロットは乙にすまして答えた。「いずれ別の文明が勃興するはずです。いつかはレモンの香りのペーパーナプキンもつくられるようになるでしょう。それまでしばらくお待ちください。どうぞお席にお戻りください」

「おまえな……」

だがそのとき、ドアが開いた。くるりとふり向くと、先ほど追いかけてきた男が立っていた。大きなブリーフケースを持っている。きちんとした身なり、髪も短く切ってある。ひげも生えていないし、爪も伸びていなかった。

「ゼイフォード・ビーブルブロックス」男は言った。「わたしの名はザーニウープだ。きみはわたしに会いに来たんだと思うが」

ゼイフォード・ビーブルブロックスはあわあわ言っていた。口からわけのわからない言葉があふれてくる。椅子にどさりと腰をおろした。

「もうなにがなんだか……あんた、いったいどこから湧いて出た？」

「ここできみを待っていたんだ」男は事務的な口調で言った。

ブリーフケースをおろして別の椅子に腰かけ、「指示に従ってくれてよかった。ちょっと心配していたんだよ、窓からでなくドアからオフィスを出てしまうんじゃないかと思ってね。そしたらきみは大変な目に遭っていただろう」

ゼイフォードは首をふりながらぶつぶつ言っていた。

「あのドアからわたしのオフィスに入ったとき、きみは電子的に合成された宇宙に足を踏み入れたんだ」彼は説明した。「だから、もしドアから外へ出てしまうと、また現実の宇宙に戻ることになるわけだよ。人工宇宙はここから生成されている」と、得意げにブリーフケースを叩いてみせた。

ゼイフォードは恨みと憎しみをこめて男をにらんだ。

「どうちがうんだ」

「ちがいはないよ」ザーニウープが言う。「どっちもおんなじだ。ああ、たぶん現実の宇宙ではフロッグスター戦闘機は灰色だったと思うが」

「なにがどうなってるんだ」ゼイフォードは吐き捨てるように言った。

「簡単なことだよ」ザーニウープは言った。そのひとりよがりの尊大な態度に、ゼイフォードははらわたが煮えくり返った。

「じつに簡単なことさ」ザーニウープはくりかえした。「わたしは座標を突き止めた。例の男が見つかるはずの——つまり、宇宙を支配している男のことだよ。そしてその男の惑星が無可能性フィールドで守られていることを突き止めた。その秘密を守るため、そしてわたし自身を守るために、完全に人工的な宇宙というこの避難所に逃げ込んで、忘れられた観光船に隠れたんだ。これでわたしの身は安全だ。というわけで、きみとわたしで……」

「あんたとおれ？」ゼイフォードはかっとして言った。「おれはあんたと知り合いだったっていうのか」

「そうだよ」ザーニウープは言った。「長いつきあいだった」

「いったいおれはどんな趣味をしてたんだ」ゼイフォードは言って、またむっつりと黙り込んだ。

「というわけで、きみとわたしで計画を立てて、不可能性ドライブを積んだ船をきみに盗んでもらうことにした。支配者の惑星に行ける船はあれだけだからね。そしてここへ持ってきてもらうことになってたんだ。きみはそれをやり遂げてくれたんだな。おめでとうを言わせてくれ」彼は歯を見せずに小さく笑みをつくった。レンガで殴りつけたくなるような笑顔だった。

「ああそれから、これはもうわかってるかもしれないが」とザーニウープは付け加えた。

「ここはきみに来てもらうために特別につくった宇宙だ。だから、ここではきみが一番の重要人物なんだよ」と、さらに強力なレンガ誘引性の笑みを浮かべて、「事象渦絶対透視機に入れられたら、現実の宇宙ではきみも無事ではすまない。じゃあ行こうか」

「どこへ」ゼイフォードはぼそりと言った。すっかり意気阻喪していた。

「きみの船に戻るんだよ。〈黄金の心〉号さ。持ってきてくれたんだろう」

「いや」

「上着はどこへやった？」

ゼイフォードはぽかんとして男を見返した。

「上着？　さっき脱いできた。外にある」

「けっこう、外へ出て見つけよう」

ザーニウープは立ちあがり、ゼイフォードについてこいと合図をした。

また搭乗区画に出ると、コーヒーとビスケットを与えられている乗客たちの叫びが聞こえてきた。

「ここできみを待ってるのはあんまり愉快じゃなかった」とザーニウープ。

「愉快じゃなかっただと！」ゼイフォードは怒鳴った。「おれがどんな目に遭ったと思って……」

ザーニウープが黙れと指を立てるのと同時に、船のハッチが開いた。二、三メートル先の瓦礫のなかにゼイフォードの上着が落ちているのが見える。

「じつに驚くべき、じつに有用このうえない船だ」ザーニウープは言った。「ほら！」

ふたりの目の前で、上着のポケットがいきなり膨らんだ。たちまち裂けて破れた。〈黄金の心〉号の模型、ゼイフォードがポケットに入っているのを見つけて首をひねったあの金属の塊が、どんどん大きくなってきている。

船はますます大きくなり、二分後にはいつもの大きさに戻っていた。

「不可能性のレベルは、そうだな……」とザーニウープ。「……よくわからないが、ともかく桁はずれに大きいことはたしかだ」

ゼイフォードはめまいがした。「あれがずっとおれのポケットに入ってたっていうのか？」

ザーニウープは笑みを浮かべ、ブリーフケースを持ちあげて開いた。

なかにはスイッチがひとつ。彼はそれをひねった。

「人工宇宙よさようなら、現実宇宙よこんにちは、だな」

目の前が一瞬ちらついたが、すぐに落ち着いた。以前と少しも変わっていない。

「言ったとおりだろう」とザーニウープ。「まったくおんなじだ」

「あれはずっと、おれのポケットに入ってたっていうのか」ゼイフォードは突っかかるようにくりかえした。

「そうだよ」ザーニウープは答えた。「もちろんさ。なにしろそれが目的だったんだから」

「もうたくさんだ」ゼイフォードは言った。「おれは降りる。たったいまこの場で降りる。もうこりごりだ。あんたは勝手にやってればいい」

「それは無理じゃないかな。きみは不可能性フィールドにしっかりからめとられている。逃げられないよ」

と言う笑顔を見てゼイフォードはまた殴りつけたくなり、今度は遠慮なく殴りつけた。

13

フォード・プリーフェクトは、飛びはねるように〈黄金の心〉号のブリッジにあがってきた。

「トリリアン！　アーサー！　動いた！　船がまた動きだしたぜ！」

トリリアンとアーサーは床で眠っていた。

「起きろよ、ふたりとも。行くぞ、出発するぞ！」フォードはふたりを足で蹴飛ばした。

「はいはいどうも！」コンピュータがぺちゃくちゃしゃべりだした。「またみなさんとお会いできてこんなにうれしいことはありません、ええほんとに、わたしがいま申し上げたいのは――」

「黙れ」フォードは言った。「ここはいったいどこなんだ？」

「フロッグスター星系惑星Bだ。掃きだめみたいな星だぜ」ゼイフォードがブリッジに駆け込んできた。「ようみんな、おれに会えて気が変になりそうなほどうれしいか。あんまりうれしくて、おれがどんだけビッとしてパッとしてるか言うことばも見つからないってか」

「どんだけどうしたって？」アーサーは寝ぼけ声で言った。床からどうにか起きあがったが、さっぱり事態が呑み込めなかった。

「おまえらの気持ちはよくわかる」ゼイフォードは言った。「滅茶苦茶に気分がよすぎて、おれだって舌がもつれてひとりごとも言えないぐらいだ。やあ、会えてうれしいぜ、トリリアン、フォード、サル男。おい、えー、コンピュータ……？」

「はいはいどうも、ミスター・ビーブルブロックス、またお目にかかれて光栄至極――」

「やかましい、いますぐ出発するぞ。さっさとしろ、さっさとさっさと」

「お任せください、どちらにお連れいたしましょう」

「どこでもいい、どこだってかまわん」ゼイフォードは吼えた。が、そこで気を変えて、「いや、かまうぞ！　いちばん手近で食事のできるところへ連れていけ！」

「承知しましたぁ」コンピュータはうれしそうに言い、とたんにブリッジを揺らす大爆発が起きた。

それから一分ほどして、目のまわりにあざをつくってザーニウープが入ってきた。ブリッジに立ち昇る四つの煙を、彼は面白そうに眺めた。

14

ぐったりした四つの身体が、回転する闇のなかを沈んでいく。意識は消え失せ、冷たい忘却に引きずられて、下へ下へ、非在の深淵へと落ち込んでいく。周囲には静寂の咆哮が陰鬱にこだまし、四人はしまいに暗い無情の海に沈んでいった。赤く膨れあがる波にゆっくりと呑まれていく——二度と浮きあがることはないように思えた。

永遠と思える時間が過ぎるころ、海は引いていった。かれらは取り残され、冷たく固い岸辺に横たわっていた。生命と宇宙とその他もろもろという潮流から放り出され、岸に打ちあげられたがらくたのように。

熱のない痙攣がかれらを襲い、どぎつい光がまわりを踊り狂っている。冷たく固い岸辺は傾き、回転し、やがて静止した。暗色に輝いている——冷たく固い岸辺はぴかぴかに磨きたてられていた。

緑のしみがひとつ、こちらを非難がましく眺めている。

咳払いをした。

「いらっしゃいませ」それは言った。「ご予約をいただいておりますでしょうか」

意識がゴムひものようにぱちんと戻ってきて、フォード・プリーフェクトは頭がヒリヒリ痛んだ。ぼんやりと緑のしみを見あげる。

「予約?」力ない声で言った。

「さようで」緑のしみが言った。

「あの世に予約が要るとは思わなかった」

緑のしみに尊大にまゆをあげることができるとすれば、その緑のしみがいまやったのはそれだった。

「あの世とおっしゃいますと?」

アーサー・デントは、逃げる意識をつかまえようとして苦労していた。浴室で逃げる石けんを追いかけているようだった。

「ここはあの世なのか?」彼はどもりどもり言った。

「だと思うけどな」フォード・プリーフェクトはどちらが上か見きわめようとしていた。いま横たわっている冷たくて固い岸辺とは反対方向が上にちがいないと思い、その仮説を確かめようと、たぶん自分の足だと思うものを動かしてふらふら立ちあがった。

「だってさ」彼はかすかに揺れながら言った。「あんなすごい爆発があったのに、助かるわけがないじゃないか」

「そうだな」アーサーはつぶやいた。両ひじをついて上体を起こしてみたら、状況はさらに悪化した。彼はまたぐったり伸びてしまった。

「そうね」トリリアンは言って立ちあがった。「あれじゃ助かりっこないわ」

鈍くかすれたごろごろという音が床から聞こえてきた。ゼイフォード・ビーブルブロックスがしゃべろうとして立てている音だった。

「おれはぜったい死んでる」彼はごろごろ言った。「完全に死んだ。ドカーンボカーンで一巻の終わりだ」

「ああ、おまえのせいだぞ」フォードは言った。「助かる見込みなんかぜんぜんなかった。粉々に吹っ飛ばされたに決まってる。手足がちぎれて飛び散ってるさ」

「ああ」ゼイフォードは立ちあがろうと派手にじたばたした。

「もしよろしければ、先にお飲物をご注文……」と言いながら、緑のしみが気短にまわりをひらひらしている。

「ぱーん、ばしゃって感じで」ゼイフォードが続けた。「一瞬で破裂して分子レベルに分解されちまったんだな。よう、フォード」周囲のしみが徐々にはっきりした形をとってきた。その形のひとつを見分けて、「一生が走馬灯みたいによみがえるってのを見たか?」

「おまえも見たのか」フォードは言った。「自分の一生を?」

「見たとも」ゼイフォードは言った。「まあともかく、たぶんおれのだと思う。ほら、おれはしょっちゅうイカレてるからな」

　彼はまわりのさまざまなしみを見まわした。ぼんやりゆらゆらした不定形だったものが、ようやくまともな形をとって見えてきた。

「まあそういうわけで……」彼は言った。

「そういうわけで、なんだ？」フォードは言った。

「そういうわけで、おれたちはここにやって来た」ゼイフォードは自信なさそうに言った。「道なかばに斃《たお》れて……」

「立ってるわよ」トリリアンが指摘した。

「えーと、道なかばに立って……」ゼイフォードは続けた。「この見捨てられた……」

「レストランだ」アーサー・デントが言った。彼はもう立ちあがっていて、いまでは目がはっきり見えるようになって驚いていた。というのはつまり、目が見えたことに驚いたのではなく、その目で見たものに驚いたのだ。

「おれたちはここにやって来た」ゼイフォードがめげずに続ける。「道なかばに立って、この見捨てられた……」

「五つ星だわ」とトリリアン。

「五つ星のレストランに」ゼイフォードが締めくくった。

「なんか変じゃないか」とフォード。

「えーと、そうだな」

「でも、シャンデリアがきれい」とトリリアン。

　四人はぼうぜんとしてあたりを見まわした。

「あんまりあの世っぽくないな」アーサーは言った。「どっちかっていうと、いわゆる『この世の楽園』って感じだ」

　シャンデリアは実際いささか安っぽかったし、そのシャンデリアの下がる低いアーチ形の天井も、完璧な天界ならあんな派手な青緑色には塗られていないだろう。かりに塗られていたとしても、わざわざ隠しライトで照らして強調したりはしないはずだ。しかし、ここは完璧な天界ではなかった。その証拠はほかにもあって、たとえば大理石をはめ込んだ床の模様は立体視の写真のように微妙にずれているし、長さ七十メートルの大理石の天板のバーカウンターは正面の装飾がおかしかった。長さ七十メートルの大理石の天板のバーカウンターは、二万匹近くのアンタレス・モザイクトカゲの皮を縫い合わせたものが正面に張ってあるのだが、問題の二万匹のトカゲは裏を裏にして張る必要があった。

　着飾った生物たちが、バーをのんきに歩きまわったり、バーのあちこちに置かれた濃色のタブチェア〔背もたれと肘掛けがつながった半円形の安楽椅子〕でくつろいだりしている。若いヴラハーグ人の将校が、緑色の蒸気に包まれた若い女性の連れとともに、バーの奥の大きなすりガラスのドアを抜けてなかに入っていく。そのドアの向こうに、まぶしい光に包まれたレストランのメインフロアが見えた。

背後にカーテンのかかった大きな張り出し窓があったので、アーサーはカーテンの隅をあけて外を眺めてみた。荒涼とした陰鬱な景色。灰色でクレーターだらけで不気味で、ふだんなら恐怖に鳥肌が立ちそうな眺めだった。しかし、いまの状況はふだんとはちがう。彼の血が凍りつき、皮膚が背中からめくれあがって頭のてっぺんから脱げてしまいそうになったのは、空の様子のせいだった。その空というのが……

案内係がうやうやしくカーテンをもとに戻した。

「もうしばらくお待ちください」彼は言った。

とそのとき、ゼイフォードが目をぎらつかせて言った。

「ちょっと待て、死人ども。おれたちはなにか特大に重要なことを見落としてるぞ。だれかが言ったなにかを聞き落としてる」

いま見たものをいったん忘れることができて、アーサーは心底ほっとした。

彼は言った。「ぼくはさっき、あんまりあの世っぽくないと……」

「ああ、それで言わなきゃよかったと思ったんだろ?」ゼイフォードは言った。「フォード、おまえは?」

「ぼくはこれは変だと言った」

「ああ、鋭いとこ衝いてるがつまらない。もしかしてその——」

「あのもしや」と緑のしみが口をはさんだ。いまではもう緑のしみではなく、ダークスーツを着込んだ小さくてしなびた緑のウェイターの形になっていたが。「もしやお話が長引くようでしたら、お飲物でも傾けながら……」

「飲物！」ゼイフォードが叫んだ。「それだ！　ほらな、気をつけてないとどんな大事なことを見落とすか知れたもんじゃない」

「まことに」とウェイターは辛抱強く言った。「もしも、まずお飲物をご注文なさってからディナーを……」

「ディナー！」ゼイフォードが熱っぽく叫んだ。「なあ、小さな緑のきみ、その言葉を想っただけで、おれの胃袋はきみを家に連れて帰ってひと晩じゅう抱きしめちゃうぜ」

「……おとりになれば」ウェイターは続けた。最後の直線コースに入ってここで放棄してなるものかと決めているようだった。「ちょうどよい具合に、宇宙が爆発するのをお楽しみいただけますでしょう」

フォードの頭がウェイターのほうにゆっくりとまわった。彼はしみじみと言った。

「それはすごい。この店ではどんな強烈な酒を出してくれるんだい？」

ウェイターは、丁重な小さいウェイターらしく笑った。

「これはこれは、お客さまはわたしの言葉を誤解なさったようで」

「そんなこと言わないでくれよ」フォードはかすれ声で言った。

ウェイターは、丁重な小さいウェイターらしい咳払いをした。

「当店にお見えになるお客さまが、いささか失見当を起こされるのはめずらしいことではございません。なにしろ時間旅行のあとでございますから」彼は言った。「ですから、もしよろしければ……」

「時間旅行?」とゼイフォード。

「時間旅行?」とフォード。

「時間旅行?」とトリリアン。

「じゃあ、ここはあの世じゃないの?」とアーサー。

ウェイターは、丁重な小さいウェイターらしい微笑を浮かべた。そろそろ丁重な小さいウェイターらしさのレパートリーが切れてきて、まもなくかなり不機嫌で皮肉屋の小さいウェイターの役柄に移行しそうな雲行きだった。

「あの世ですって?」彼は言った。「とんでもない」

「じゃあ、ぼくらは死んでないってこと?」とアーサー。

ウェイターは唇をぎゅっと結んだ。

「ほっほっほ」彼は言った。「もちろんでございますとも。亡くなっておられたらお給仕させていただけません」

言葉ではとても説明しきれない突飛な動作で、ゼイフォード・ビーブルブロックスはふたつのひたいをふたつの手で叩き、三つめの手で腿を叩いた。

「おいみんな、完全に狂ってるぜ。おれたちはやったんだ。ついに目当ての店に来たんだ。ここは〈ミリウェイズ〉だ！」

「〈ミリウェイズ〉だって！」とフォード。

「まことにさようで」ウェイターは言って、忍耐心をこてで厚塗りした。「ここは〈ミリウェイズ〉、宇宙の果てのレストランでございます」

「なんの果て？」とアーサー。

「宇宙のでございます」ウェイターははっきりと、必要以上に明瞭な発音でくりかえした。

「果てって、いつ果てたんだ？」とアーサー。

「一時間もしないうちに果てます」ウェイターは言い、大きく息を吸った。ほんとうはそんな必要はないのだ。彼の身体が必要とする独特の組み合わせの気体は、脚にストラップで留めた小さな点滴装置から供給されているからである。とはいえ、代謝には関係なく、ときには深呼吸が必要な場合もある。

「では、やっとお飲物を注文するおつもりになられたようですから、お席にはそのあとにご案内いたします」

ゼイフォードはふたつの顔に狂気じみた笑みを浮かべ、バーのカウンターにぶらぶら近づいていくと、酒をほとんど買い占めた。

15

宇宙の果てのレストランは、飲食業の歴史でもまれに見る奇抜な店である。この店が建てられているのは……建てられるのは……つまりその、このころには建てられているはずで、そして実際建てられているのであるが、それは――

時間旅行のさいに生じる重大な問題は、たとえば誤って自分で自分の父親や母親になってしまうというようなことではない。自分が自分の父親なり母親なりであるとしても、心の広い精神的に成熟した親子であれば、乗り越えられない問題などないものだ。また、歴史が変わるというのも同様に重大な問題ではない。歴史はジグソーパズルのように各ピースがはまりあってできるものだから、なにがあっても変化したりしない。あるものごとを変化させるために、過去に戻って重要な変化を起こしたとしても、その重要な変化はそのものごとが起きるときにはすでに起きたことになってしまっているわけで、すべては結局収まるべきところに収まるのである。

では重大な問題はなにかと言えば、それはまったく純粋に文法上の問題だ。この問題で参考にすべき代表的な著作に、ダン・ストリートメンショナー博士の『時間旅行者のための一〇〇一の時制構造ハンドブック』がある〔ストリートメンショナーは、専門家気取りの半可通というほどの意味〕。この本にはたとえば、あることが過去に自分の身に起きるはずだったが、それを避けるためにその二日未来にタイムジャンプしたという場合、そのあることをどういう時制で表現すればいいか、といったことが説明されている。話者が自分自身の本来の時間という視点から話しているか、ずっと未来の時点から話しているか、あるいはずっと過去の時点から話しているかでも表現法は変わってくるし、自分で自分の母親か父親になろうとして、ある時間から別の時間に移動しているさいちゅうにそのことを話題にする場合もあるわけで、そうなるとさらに問題はややこしいことになる。

たいていの読者は、未来部分的条件節変形半反転変格過去仮定法意図的のあたりまで読んで挫折する。このため新しい版では、印刷経費を節約するためそれ以降のページはすべて空白のままになっている。

『銀河ヒッチハイク・ガイド』では、こういうわけのわからない専門的な抽象論はあっさり省略されていて、ただ「未来完了」という語は使われなくなったとだけ書かれている。というのも、そんなものは存在しないことがわかったからである。

話をもとに戻そう。

宇宙の果てのレストランは、飲食業の歴史でもまれに見る奇抜な店である。

この店が建っているのは、いつか破壊されることになる惑星の破片のうえだが、この破片は巨大な時間泡に封じ込められて、宇宙が終末を迎えるまさにその瞬間に時間的に前方投影されている（投影されているだったろう）。

そんなことは不可能だと人は言うだろう。

この店では、客はテーブルに着いて（着くだろうっていて）豪華な食事をとり（とるだろうっており）、周囲で森羅万象のすべてが爆発するのを見物する（見物するだろうっている）。

そんなこともやはり不可能だと人は言うだろう。

客は事前の（遠事前時の）予約もなく、好きなときに来て好きな席に着くことができる（着いているであろうことができるかもしれる）。自分の本来の時間に戻ってから、いわばさかのぼって予約を入れることができるからだ（本来の時間に戻ったるであろうあとの前に、予約は入れているなるであろうことができる）。

ここまで来ると、それこそは絶対に不可能だと人は言うだろう。

このレストランでは、あらゆる時代あらゆる空間の興味深い人々と食事をともにすることができる（ともにするなるであろうことができる）。

それもまた不可能だと人は口を酸っぱくして説明してくれるだろう。

何度でも好きなだけ行くことができる（行くったであろうことができるかもしれる……以降の正しい時制については、ストリートメンショナー博士の本を参照のこと）が、自分自身にはぜったいに会わないですませられる。なぜなら、自分自身に出くわすとたいてい決まりの悪いことになるからである。

たとえほかのことは正しいとしても、と言っても正しいわけではないが、ともかくそれだけはどう考えても不可能だと懐疑主義者は言う。

客は、自分の本来の時代にほんの一ペニー貯金しておくだけでいい。宇宙が終末を迎えるころには複利計算で莫大な金額になっていて、目の玉が飛び出そうな食事代もすでにそれで支払われているのだ。

それはたんに不可能であるばかりか明らかに狂っている、そう多くの人が主張している。というわけで、バスタブロン星系の広告会社がこんなキャッチフレーズを考案した――「朝のうちに六つの不可能事をなし遂げて、最後の仕上げに宇宙の果てのレストラン〈ミリウェイズ〉で朝食を！」

16

バーでは、ゼイフォードがまたたくまにぐでんぐでんになっていた。ふたつの頭はぶつかりあうし、ふたつの顔に浮かぶ笑みはタイミングがずれている。彼はみっともなくご機嫌だった。

「ゼイフォード」フォードは言った。「まだ口がきけるうちに、よかったら説明してくれよ。いったいなにがあった？　おまえはどこに行ってたんだ？　船はいったいどこにあったんだ？　つまんないことだけど、はっきりさせときたいからさ」

ゼイフォードの左側の頭は少し正気の世界に戻ってきたが、右側はどんよりした酒の世界にいっそう深く沈み込んでいく。

「いいとも」彼は言った。「おれはずっとすぐそばにいたんだ。宇宙の支配者を探せって言われたが、そんなやつには会いたくねえ。料理ができるわけないからな」

左側の頭は右側の頭を見守っていたが、右側がこれを言い終わるとうなずいた。

「まったくだ」左側は言った。「もう一杯飲め」

フォードは汎銀河ガラガラドッカンをもう一杯あけた。この酒は強盗のアルコール版だと言われている。その心は、ふところにも頭にも害がある。というわけで、なにがあったか知らないが、まあどうでもいいやとフォードは思った。

「いいか、フォード」ゼイフォードは言った。「ともかくなんでもかんでもビッとしてパッとしてんだよ」

「つまりちゃんと手綱はとってるってことか」

「うんにゃ」とゼイフォード。「ちゃんと手綱をとってるなんて意味じゃない。そんなのはビッともパッともしてないだろ。なにがあったか知りたいんなら、これだけ言っとこう。あんなこともこんなことも、ぜーんぶおれのポケットんなかに入ってたのさ。わかったか?」

フォードは肩をすくめた。

ゼイフォードはグラスに向かってくすくす笑った。酒が泡立ってグラスのふちを越え、カウンターの大理石の天板にこぼれていく。

ひげぼうぼうどころか皮膚ぼうぼうの宇宙ジプシーが近づいてきて、電気バイオリンを弾きはじめた。しまいにゼイフォードがけっこうな金を渡し、ジプシーはあっちへ行くことに同意した。

あっちへ行ったジプシーは、別の席に座っていたアーサーとトリリアンに寄っていった。

「ここがどういう店だか知らないが、なんとなく気色が悪い」アーサーは言った。

「もう一杯飲みなさいよ」とトリリアン。「いまを楽しみましょ」

「どっちだよ」とアーサー。「そのふたつは同時には成り立たないぜ」

「アーサーったら、こういう人生にはぜんぜん向いてないのね」

「これで人生って言えるのか」

「なんだかマーヴィンに似てきたんじゃないの」

「ぼくの知るかぎり、マーヴィンぐらいはっきりものがわかってるやつはいないね。どうしたらこのバイオリン弾きはどっかへ行ってくれるんだろうな」

ウェイターが近づいてきた。

「お席の用意ができました」

外から見ると——と言っても見られるわけではないが、このレストランは離れ岩に打ち上げられた巨大な輝くヒトデのようだ。腕の一本一本に、それぞれバーと厨房があり、重力場生成機（店全体を守ると同時に、店の建っているぼろぼろの惑星の残骸を守っている）、時間タービン（これのおかげで、決定的瞬間を中心に全体が行ったり来たりをくりかえしているのだ）が備わっている。

中央には巨大な黄金のドームがある。ドームはほとんど完全な球形で、そしていまぜイフォードとフォードとアーサーとトリリアンはそこに入っていこうとしていた。

かれらが来るより先に、そこにはキラキラだけでも少なくとも五トンが入っていて、表面という表面を覆い尽くしていた。キラキラに覆われていない面は、宝石、サントラジナスの海でとれる稀少な貝殻、金箔、モザイクタイル、トカゲの皮、その他無数のなんだかわからない飾りものや光りもので埋まっていた。グラスが輝き、銀が光り、黄金がきらめき、アーサー・デントは目をむいた。

「うひょー」ゼイフォードは言った。「どわー」

「信じられない！」アーサーはかすれた声で言った。「あの人たちを見ろよ……！　それにあのモノ……！」

「その、きみの言うモノも人なんだぜ」フォード・プリーフェクトが小声で言った。

「あの人たちを見ろよ……！」アーサーは言いなおした。「それからあの、人でない人たち……」

「あの照明……！」とトリリアン。

「あのテーブル……！」とアーサー。

「あのドレス……！」とトリリアン。

このふたりは差し押さえでもしに来たのか、とウェイターはあきれていた。

「宇宙の果てのレストランはすごく流行ってるからな」ゼイフォードは言いながら、テーブルのあいだをふらふらと縫って歩いた。テーブルは大理石製だったり、豪華な超マホガニー製だったり、なかにはプラチナ製のものまである。そしてどのテーブルでも、奇妙な生物たちが仲間としゃべりながらメニューをにらんでいる。

「みんなここには盛装して来たがるんだ」ゼイフォードは続けた。「いわばハレの場ってとこかな」

中央のステージを囲んで、テーブルは大きな円を描くように放射状に配置されていた。ステージでは少人数のバンドが軽音楽を演奏している。アーサーの見るところ、テーブルの数は千は下らないようだった。そしてそのテーブルのあいだには、揺れるしゅろの木、小さくつぶやく噴水、奇怪な彫像など、要するにありとあらゆる装飾品——まったく出費を惜しんでいない印象を与えるためならほとんど出費を惜しまないレストランにつきものの装飾品——が配置されている。アーサーはきょろきょろしながら歩いていた。アメリカン・エキスプレスのコマーシャルが始まらないのが不思議な気分だった。

ゼイフォードはよろめいてフォードにもたれかかり、フォードはゼイフォードにもたれかかった。

「うひょー」とゼイフォード。

「どわー」とフォード。

「曾祖父ちゃんのやつ、コンピュータの頭を滅茶苦茶にしてくれたらしいな」とゼイフォードは言った。「食事のできるいちばん手近な場所に連れてけって命令したのに、宇宙の果てにまで飛ばしやがった。いつかお礼をしてやるからな」

そこでいったん口をつぐんだ。

「おい見ろ、みんな来てるぞ。名をなしてたやつはみんなだ」

「名をなしてた？」とアーサー。

「宇宙の果てじゃ、なんでも過去形なんだよ」ゼイフォードは言った。「もうなにもかも終わったあとなんだからな。いよう、諸君」と、近くのテーブルにいた巨大イグアナ型生物のグループに声をかけた。「調子はどうだった？」

「ありゃゼイフォード・ビーブルブロックスか？」ひとりのイグアナがもうひとりのイグアナに尋ねた。

「そうみたいだな」二番めのイグアナが答えた。

「いや、まったくあきれた話だな」最初のイグアナが言った。

「もともとおかしなもんなんだよ、世の中ってのは」二番めのイグアナが言った。

「そんなもんかね」最初のイグアナが言って、ふたりはまた黙り込んだ。宇宙最大のショーが始まるのを待っているのだ。

「おい、ゼイフォード」フォードは言って彼の腕をつかもうとし、三杯めの汎銀河ガラガラドッカンのせいでつかみそこねた。ゆらゆら揺れる指をあげて、「あそこに古いダチがいる。ホットブラック・デシアートだ！　ほら、プラチナのスーツを着て、プラチナのテーブル席に座ってるやつがいるだろ？」

フォードの揺れる指先を目でたどろうとして、ゼイフォードはめまいを起こしそうになった。それでもしまいには気がついた。

「ああ、あれか」と言ってしばらくしてからやっと思い出した。「おい、あいつは超弩級の大物だったやつじゃないか！　世界最大のビッグネームよりなおどでかかった——もちろんおれは別としてな」

「どういう人なの？」トリリアンは尋ねた。

「ホットブラック・デシアートだよ！」ゼイフォードは仰天して言った。「知らないのか。〈災害激甚地《デイザスター・エリア》〉って聞いたことないか？」

「ないわ」とトリリアン。実際なかったのだ。

「最大最強の」とフォード。「いちばんやかましい……」

「いちばん売れてる……」とゼイフォードが口を出す。

「……ロックバンドさ。ロック史上、いや、その……」彼は適当な言葉を探した。

「……宇宙開闢《かいびゃく》以来だ」とゼイフォード。

「聞いたことないわ」とトリリアン。

「どひゃー」ゼイフォードは言った。「宇宙がもうすぐ終わろうってときなのに、まだろくに生きてもいないとはね。まともな人生を送りそこねたな」

ウェイターはとっくにテーブルのそばに着いて待っており、ゼイフォードはトリリアンをエスコートしてそちらに向かった。そのふたりについていきながら、アーサーは置いてきぼりにされたような孤独を感じていた。

フォードは人をかき分けかき分け、昔なじみと旧交をあたために行った。

「やあ、えー、ホットブラック」と声をかけた。「元気か？ こんなところで会えるとはね、いまもでっかい音を立ててるのか？ 元気そうじゃないか、まったく太れるだけ太って不健康そうで。大したもんだぜ」相手の背中をぴしゃりと叩き、なんの反応も返ってこないので少し驚いた。しかし、汎銀河ガラガラドッカンが全身を駆けめぐって、気にせず続けろと言っていた。

「憶えてるか？ よくいっしょに行ったよな、ほら、〈ビストロ非合法《イリーガル》〉とか、〈スリムののど大酒場〉〔世界的に有名なポーカー・プレイヤーのトマス・オースティン・プレストン（通称アマリロ・スリム）が言ったとされる「女が世界チャンピオンになったらのどを掻っ切る」という台詞による〕とか、〈大邪悪大酒競技場《エヴィルドローム・ブーザラマ》〉とかさ。あのころは楽しかったな」

ホットブラック・デシアートは、あのころが楽しかったかどうかなんの意見も述べなかった。しかし、フォードは気にしなかった。

「腹が減ると公衆衛生局の検査官のふりをしたよな、憶えてるか？ それで料理や酒を徴発してまわったんだよな。しまいに食中毒になっちまってさあ。そう言えば、ニュービートルのグレッチェン・タウンのさ、〈カフェ・ルー〉の上のくさい部屋でよくひと晩じゅう飲みながらしゃべったよな。おまえはいつも隣の部屋にこもって原子力ギター《アジュイター》で曲つくってて、それが気になってしょうがなくてさ。おまえが『おれは気にしない』とか言うんで、『こっちが気にするんだよ、めちゃくちゃ耳につくんだよ』って……」

フォードの目は涙にかすんだ。

「おまえはスターにはなりたくないって言ってたよな」懐かしさにどっぷり浸かって言葉を続けた。「スター制度《スター・システム》には虫酸《むしず》が走るって。それでおれたちは、ハドラとスリジューとおれは、なりたくたってなれないから心配するなって言ったんだよな。それがいまじゃどうだ。いまのおまえは星系《スター・システム》を買う身分なんだからな！」

フォードはあたりを見まわし、近くのテーブルの客たちに呼びかけた。

「ここにいるのは、星系を買う身分の男なんだぞ！」

ホットブラック・デシアートが肯定しようとも否定しようともしないので、いったんはこっちに注目した客たちもすぐに関心をなくしてしまった。

「酔っぱらってるやつがいるな」紫色のやぶに似た生物が、ワイングラスに向かってつぶやいた。

フォードは少しふらつき、ホットブラック・デシアートの向かいの椅子にどさっと腰をおろした。

「おまえのやってるあれ、なんて曲だっけ」と言いながら、浅はかにも酒壜《さかびん》をつかんで支えにしようとして、あんのじょう引っくり返しそうになり――たまたま近くのグラスに酒を注ぐかっこうになった。この幸運をむだにせず、フォードはそのグラスを飲み干した。

「ほら、あのすげえ豪快な曲」彼は続けた。「えーと、始まりはどうだっけ。たしか『ブワーン！　ブワーン！　バンダーン‼』みたいな感じで、それをステージでやるときは、しまいにこう船が太陽に突っ込むんだよな。まったく、ほんとにそれをやっちまうんだから大したもんだぜ！」

そのあっと驚く離れわざをうまく説明しようとして、フォードはこぶしを手のひらにぶつけてみせた。そのついでにまた壜を引っくり返す。

「船！　太陽！　ドッカーン！」彼は叫んだ。「もうレーザーなんか目じゃないってんだよな。おまえらは太陽のフレアに突っ込むんだから。これがほんとの日焼けってやつだ！　もちろん歌だって最高だし」

壜から酒がどぼどぼとテーブルにこぼれていく、その流れをフォードは目で追った。こりゃなんとかしたほうがいいなと思う。

「なあ、飲まないのか？」彼は言った。酒でびちゃびちゃの頭に、この再会にはなにか足りないものがあるという考えが少しずつしみ込んできた。そしてその足りないなにかは、プラチナのスーツを着て銀の帽子をかぶって向かいに座った太った男が、「やあフォード」とも「ほんとに久しぶりだな」ともまだ言っていない、それどころかなにひとつしゃべっていない、もっと言えば身動きひとつしていないということに関係がありそうだった。

「ホットブラック、どうした?」フォードは言った。

大きな肉厚の手に後ろから肩をつかまれ、脇へ押しのけられた。フォードはだらしなく椅子からずり落ち、そこで顔をあげて、この無礼な手の持主を見つけようとした。見つけるのはむずかしくもなんともなかった。身長は軽く二メートルを超えていて、体格もほっそりにはほど遠い。というより、詰め物をぎゅうぎゅうに詰め込んでもりもり盛りあがったぴかぴかの革張りのソファのような体格だった。その男が身体を押し込んでいるスーツは、こういう肉体をスーツに包むのがいかにむずかしいか実証するためだけに存在しているようだ。男の顔はオレンジのような肌でリンゴのような色だったが、それを別にすれば甘さを連想させるところはどこにもなかった。

「兄ちゃん……」男の口から吐き出されたその声は、男の胸のなかでずいぶんつらい目に遭ってきたのだろうと思わせた。

「なんか用?」フォードはふつうの口調で言った。ふらつく足でまた立ちあがったが、自分の頭のてっぺんが男の肩にも届かないのがわかってがっかりした。

「消えな」男は言った。

「ああそう」フォードは言いながら、いま自分はどれぐらい危ない橋を渡っているのだろうかと思った。「あんただれ？」

男はしばらく考え込んだ。こんな質問をされたことがあまりないからだが、ややあって答えを思いついた。

「おれは、てめえに消えろと言ってる男だ。さっさと消えねえと、おれが代わりに消してやるぜ」

「きみ、あのね」フォードはいささか及び腰になってきた。こんなに頭がぐらぐらしなければいいのにと思う。このぐらぐらが止まって状況をちゃんと把握できればいいのに。「きみ、あのね」彼は続けた。「ぼくはホットブラックの昔なじみなんだぜ。それで……」

ホットブラック・デシアートにちらと目をやったが、あいかわらずまつげ一本動かしていなかった。

「……それで……」とフォードはまた口を開いたが、「それで」のあとになんと続けていいかわからなかった。

「それで」のあとに続く文章を完成させたのは大男のほうだった。

「それでおれは、ミスター・デシアートのボディガードだ」とその文章は続き、「だからミスター・デシアートの身体《ボディ》を守る責任がある。だが、てめえのには責任は持てん。

だから傷がつく前にさっさと持って帰んな」フォードは言った。

「あの、ちょっと待ってくれよ」

「ちょっともそっともねえ！」ボディガードは腹に響く声で怒鳴った。「ミスター・デシアートはだれとも話さねえ！」

「そういうことなら、どう思ってるか本人にしゃべらせたらいいじゃないか」

「だれとも話さねえって言ってるだろ！」ボディガードは吼えた。

フォードは助けを求めてホットブラックにまた目を向けたが、どうやらボディガードのほうに分があると認めないわけにはいかなかった。あいかわらず身動きする気配さえなく、フォードの身を案じるそぶりなどさらになかった。

「なぜだ？」フォードは言った。「あいつどうしたんだ？」

ボディガードがよく教えてくれた。

17

『銀河ヒッチハイク・ガイド』によると、〈ディザスター・エリア〉はギャグラカッカ精神帯《マインド・ゾーン》出身のプルトニウムロック・バンドであり、この銀河系のロックバンドのうちで最もやかましいだけでなく、とにかくなにとくらべても最もやかましいと広く認められている。コンサートの常連に言わせれば、音響効果が最高なのはふつう、ステージから五十九キロほど離れたコンクリート製の大きな掩蔽壕《えんぺいごう》のなかである。楽器はリモートコントロールで演奏されるが、そのさいミュージシャンたちは何重にも防音処理をほどこした宇宙船に乗っており、その宇宙船はステージのある惑星のまわりをまわっている――よりもむしろ、まったく別の惑星のまわりをまわっていることのほうが多い。

歌詞はだいたいにおいて単純そのものだし、内容も月並みで、若い雄性生物が若い雌性生物と銀の月の下で会い、するとその月が爆発するのにまともに原因の調査もされないという歌ばかりだ。

多くの惑星でかれらのコンサートはいま完全に禁止されている。芸術上の理由で禁止という場合もなくはないが、たいていの場合は、このバンドの音響システムが地元の戦略兵器制限条約に抵触するせいである。

しかしそれにもかかわらず、かれらの莫大な収益は純粋超数学に新たな地平を切り開くに至っている。このバンドの主任研究会計士は先ごろ、マクシメガロン大学の新数学科の教授に迎えられた。これは、〈ディザスター・エリア〉の所得税申告に関する一般および特殊理論において、〈ディザスター・エリア〉の所得税の進む時空連続体は、湾曲しているどころかじつは完全にねじ曲がっていることを証明した実績が認められたためである。


ゼイフォードとアーサーとトリリアンがお楽しみの始まりを待っていると、そのテーブルへフォードがふらふらと戻ってきた。

「料理を注文しようぜ」とフォードは言った。

「ようフォード」ゼイフォードが声をかけた。「あの騒音でぶと話をしてきたのか?」

フォードは首を縦とも横ともつかない方向にふった。

「ホットブラックのことか?　まあ、話はしてきたっていうか」

「なんて言ってた?」

「いや、なんて言うかその、あいつは……えー……」

「あん?」

「節税のために一年間は死んでなきゃならないんだと。ちょっと座らなくちゃ」

　フォードは座った。

　ウェイターが近づいてきた。

「メニューをご覧になりますか」彼は言った。「それとも本日のディッシュにお会いになりますか？」

「は？」とフォード。

「は？」とアーサー。

「は？」とトリリアン。

「いいねえ」とゼイフォード。「肉に会わせてくれ」


　レストランの五本の腕のひとつにある小部屋で、ひょろりと背の高い人物がカーテンをあけた。虚無が彼の顔をまともに見つめてくる。

　美しい顔ではなかった。たぶん何度も虚無に見つめられてきたせいだろう。まず長すぎるし、目は落ちくぼんでまゆがひさしになっているし、ほほはこけているし、唇は薄すぎ、口は大きすぎる。唇のあいだからのぞく歯は、ついさっき磨いたばかりの出窓にあまりにもそっくりだ。カーテンを開いた手も薄くて細い。そして冷たい。カーテンのひだに沿って軽く置いたその手は、彼が鷹のような目で見張っていなかったら、いまにも勝手に這い出していきそうだ。そして物陰で、口に出すのもはばかられるようなことをしでかしそうだった。

その手を放してカーテンを閉じると、彼の目鼻を照らしていた不気味な光が、もっと健康的なものを照らしに逃げていった。狭い部屋をうろうろと歩きまわる。そのさまは、今夜の獲物のことを一心に考えているカマキリのようだ。しまいにトレッスル・テーブルのそばのぐらつく椅子に腰を落ち着け、ジョークを書いた数枚の紙をぺらぺらとめくりはじめた。

ベルが鳴る。

薄い紙の束を押しやって立ちあがった。無数の虹色のスパンコールに飾られたジャケットを、力を入れずに軽く払う。彼はドアから出ていった。

レストランの照明が落ち、バンドはテンポの速い曲を演奏しはじめた。ひと筋のスポットライトが、ステージ中央に出る階段の闇のなかに突き刺さる。

その階段を弾むように登ってくるのは、色あざやかに装った長身の人物だ。ステージに飛び出すと身軽にマイクに近づき、長くて薄い手のひとふりでスタンドからマイクを取る。右に左にお辞儀をして客の喝采に応え、出窓のような歯をひらめかせる。客席にいる顔見知りに手をふり（顔見知りがいなくてもかまわずふる）、喝采が収まるのを待った。

片手をあげ、耳から耳まで裂けそうな、というよりさらに突き抜けて顔からはみ出しそうな笑みを浮かべた。

「ありがとうございます」彼は叫んだ。「ありがとうございます、まことにありがとうございます」

きらきら輝く目を客席に向ける。

「レイディーズ・アンド・ジェントルメン」彼は言った。「わたしたちの知っている宇宙は、すでに一垓《がい》七千京《けい》年以上、つまり一兆年の一億七千万倍以上ものあいだ存在してきましたが、あと三十分と少しでいよいよ最期のときを迎えます。というわけでみなさん、宇宙の果てのレストラン〈ミリウェイズ〉にようこそ！」

腕のひとふりでやすやすと喝采を引き出し、次の身ぶりでそれを抑える。

「今宵、みなさまがたのご案内役を務めますのは、わたくしマックス・クォドルプリーンでございます……」（彼の名を知らない者はいない。銀河系の既知世界じゅうに名司会者として知れ渡っているからだ。それでも名乗ると新たに喝采が湧き、彼はそれに応えてもったいないと笑顔で手をふった）「……ついさっきまで、わたしは時間のまったく正反対の端におりまして、〈ビッグバン・バーガーバー〉でショーの司会を務めておりました。ちなみに、あちらもまことにエキサイティングな夕べでございましたよ――そしてこれからのひととき、まさに歴史的な大事件、歴史そのものの終焉をごいっしょに経験いたしましょう！」

ふたたびはじけた喝采は、照明がさらに落ちるとたちまちやんだ。どのテーブルでもろうそくにひとりでに火が灯り、客はみなかすかに息を呑んだ。一千の小さなゆらめく光、その光の投げる百万の影が、客たちをなごやかに包み込む。暗いレストランに興奮のさざめきが走った。頭上の巨大な黄金のドームの輝きが、少しずつ少しずつ薄れていく。しだいに暗く色あせていく。

マックスは押し殺した声で続けた。

「さあ、ろうそくが灯りました。バンドは静かな曲を演奏しています。防御シールドに守られた頭上のドームが色あせ、だんだん透明になってきました。暗く不気味な空が見えてきます。どす黒く膨張した星々の老いた光が、その空に重く満ちています。ご覧ください、まもなくこのすばらしい夜が壮絶な破局を迎えるのです！」

バンドの抑えた演奏さえしだいに薄れて途切れ、初めてこの光景を目にする客はショックのあまりぼうぜんとしていた。

怪物めいたおぞましい光が頭上から降り注ぐ。

――忌まわしい光。

――沸騰する病んだ光。

――この光に照らされたら、地獄すらさらに醜悪な場所になるだろう。

宇宙は終焉を迎えようとしていた。

長い長い数秒間、荒れ狂う虚空のなかで、レストランは音もなくコマのようにまわっていた。やがてまたマックスが口を開いた。

「みなさんのなかには、長く暗いトンネルを抜けて前途に光明を見いだしたい、そう思ったことのあるかたもおられるかもしれません」彼は言った。「……これがその光です」

バンドがまた演奏を再開した。

「おつきあいありがとうございました」マックスが叫んだ。「しばらくしたらまたお目にかかります。それまで、ミスター・無化の地《レジ・ナリファアイ》と大災厄バンド《カタクリズミック・コンボ》のみごとな演奏をお楽しみください。レジと仲間たちに盛大な拍手をどうぞ！」

空の毒々しい恐慌はいまも続いている。

客たちはおずおずと拍手を始め、しばらくするとふだんどおりの会話が戻ってきた。マックスはテーブルのあいだをまわりだし、ジョークを交わし、大声で笑い、つまりは仕事に精を出していた。

大きな反芻《はんすう》動物がゼイフォード・ビーブルブロックスのテーブルに近づいてきた。丸々と太った大きなウシ型の四足生物で、大きなうるんだ目、小さな角、口もとを見ると愛想笑いを浮かべているように見える。

「いらっしゃいませ」動物は、どっこらしょと尻を床に落として座った。「わたしが本日のメインディッシュです。わたしの各部位の肉についてご説明いたしたいのですが」

咳払いをして、小さくのどを鳴らし、尻をもぞもぞさせて居心地よく座りなおすと、穏やかな目でテーブルの面々を見つめた。

その視線を受けて、アーサーとトリリアンはあっけにとられ、フォード・プリーフェクトはやれやれと肩をすくめ、ゼイフォード・ビーブルブロックスは食欲をむき出しにした。

「肩肉などいかがでしょう」動物は勧めた。「白ワインのソースで煮込むのも悪くないかと存じますが」

「それはその、きみの肩肉のこと?」アーサーはぞっとしてかすれ声で言った。

「もちろんわたしの肩肉のことでございます」動物は満足そうにモーと鳴いた。「よそさまの肩肉をお勧めするわけにはまいりません」

ゼイフォードは勢いよく立ちあがり、動物の肩の肉を鑑定士のように突ついたりなでたりしはじめた。

「尻肉もとても上等ですよ」動物はもぐもぐと言った。「よく動かしてきましたし、たっぷり穀物を食べてきましたので、上等の肉がたっぷりついております」やさしく唸り、またのどを鳴らし、胃袋の中身を反芻してまた飲み込んだ。

「キャセロールにしてもけっこうかと思います」動物は付け加えた。

「この動物、ほんとに自分を食べてくれって言ってるの?」トリリアンがフォードに向かってささやいた。

「ぼくに訊かないでくれよ」フォードはとろんとした目で言った。「ぼくのせいじゃない」

「ひどすぎる」アーサーは叫んだ。「こんな胸くそ悪い話は聞いたこともない」

「地球人、なにを興奮してるんだ」ゼイフォードは、今度は動物の立派な尻を突つきはじめた。

「自分で自分を食べてくれって言ってる動物を食べるなんて、そんな血も涙もないことができるか」

「じゃあなにか、食べないでくれって言ってる動物を食べるほうがいいってのか」とゼイフォード。

「そういう問題じゃない」アーサーは言い返した。そこでちょっと考えなおして、「そうだな、そういう問題かもしれない。だけどともかく、いまはそういうことは考えたくない。だからぼくは……えー……」

周囲では、断末魔の苦しみに宇宙が激しく身悶えしている。

「ぼくはグリーンサラダだけもらうことにする」彼はつぶやいた。

「失礼ですが、わたしのレバーなどはいかがですか?」動物が尋ねた。「いまごろはとても濃厚で軟らかくなっているはずですよ。もう何か月も強制食餌をしてきましたから」

「グリーンサラダにする」アーサーは力を込めて言った。

「グリーンサラダですか」動物は言って、大きな目でじろりとアーサーを見た。

「きみはなにか、ぼくにグリーンサラダを食べるなって言うのか」とアーサー。

「まあその」動物は言った。「その点についてては、いろんな野菜がはっきり意見を言っておりますからねえ。だからこそ、ややこしい問題をすっきり解決しようというので品種改良が始まったんです。人に食べてほしいと心から思い、自分でそれをちゃんと言える動物をつくろうというわけですよ。それでわたしがここにいるというわけでして」

動物は苦労して小さくお辞儀をした。

「じゃあ水だけでいい」アーサーは言った。

「いいか」ゼイフォードは言った。「おれたちはメシを食いに来たんで、待ちぼうけを食いに来たんじゃない。ステーキを四つ、レアで。大急ぎで頼むぜ。五千七百六十億年間なにも食ってないんだ」

動物はどっこらしょと立ちあがり、やさしくのどを鳴らした。

「こう言ってよろしければ、それはたいへん賢明なご選択です。たいへんけっこう。ではちょっと失礼して、ピストル自殺をしてまいります」

動物はふり向き、アーサーに愛想よくウインクした。

「どうぞご心配なく、ちっとも苦しまずに死にますから」

動物はゆったりのったり厨房に引きあげていった。

ものの数分でウェイターが現れ、湯気の立つ大きなステーキを四人ぶん運んできた。ゼイフォードとフォードは一瞬もためらわずにむしゃぶりつく。トリリアンはいったんひるんだものの、肩をすくめて食べはじめた。

アーサーは自分のぶんをにらみながら、かすかな吐き気を感じていた。

「よう、地球人」がっついていないほうの顔でゼイフォードはにたりと笑い、「どうした、苦虫でも食ったか？」

バンドの演奏は続く。

レストランじゅういたるところで、人や人でない人がくつろいで談笑している。あたりには話し声が満ち、めずらしい草花や豪華な料理や罪つくりなワインの香りが混じりあっている。周囲を見まわせば、四方八方無限のかなたのどこでも、宇宙の終焉は慄然たるクライマックスを迎えようとしていた。腕時計をちらと見て、マックスは派手やかにステージに戻ってきた。

「さて、レイディーズ・アンド・ジェントルメン」はみ出しそうな笑顔で、「この宇宙最期のひとときを楽しくやってますか？」

「やってまーす」と声があがった。楽しくやっているかと芸人に訊かれると、「やってまーす」と答えずにいられない人種はどこにでもいるものだ。

「それはよかった」マックスは顔を輝かせて言った。「それはなにより、なによりです。周囲で光子の雲が渦を巻いて荒れ狂い、赤く燃える太陽の名残を引き裂こうとしているいまこのとき、ゆったりとくつろいでともに楽しみましょう。限りなくエキサイティングな終末のひとときにきっとご満足いただけますよ」

いったん間を置き、ぎらりと光る目で客を金縛りにした。

「よろしいですか、レイディーズ・アンド・ジェントルメン……これにはもう一回ということはないのです」

そこでまた間を置いた。今夜のタイミングはまさにどんぴしゃりだ。彼はこのショーをもう何度も何度も、来る夜も来る夜もくりかえしてきた。もっともここは時間のはてだから、夜という言葉にはなんの意味もない。ここにあるのは最期の瞬間のはてしないくりかえしだけだ。このレストランは、時間が尽きはてる瞬間をゆっくりと越え――そしてまた振り子のように戻ってくる。とはいえ〝今夜〟はすばらしかった。彼の薄く冷たい手のうちで、客は興奮に身をよじっている。声を落とすと、客は耳をそばだてた。

「これこそ真の終末、身も凍る最終的な破滅のときです。輝かしい森羅万象のすべてが塵と消えるのです。レイディーズ・アンド・ジェントルメン、これぞまさしく『そのとき』なのです」

彼はさらに声をひそめた。この静寂のなかでは、ハエさえ咳をするのをためらいそうだった。

「この後《のち》はすべてが無となるのです。虚無、消滅、空《くう》の空《くう》、なにひとつ残るものはありません……」

目がまたギラリと光った——それともキラリと輝いたと言うべきか。

「なにひとつ……そうは言っても、もちろんデザートのワゴンまで消えたりはいたしません。アルデバランの高級リキュールも各種とりそろえてございます」

バンドが雰囲気を盛りあげようと演奏を始めた。じゃまなだけだと彼は思う。盛りあげてもらう必要などない。彼ほどの芸人にとっては、聴衆は弾きなれた楽器のようなものだ。客席からほっとしたように笑いがこぼれた。彼は続ける。

「そしてこれを最後に」と陽気な声を張りあげた。「もう二日酔いの朝を迎える心配はありません——なぜなら、もう朝は来ないからです！」

うれしそうに笑う客に彼は晴れやかな笑顔を向けた。ちらと空を見あげると、空はいつもの夜と同じようにいつもの死を演じている。しかし、見あげていたのはほんの一瞬だった。プロがプロを信頼するように、彼は空の仕事ぶりを信頼している。

「さて」とステージを気どって歩きながら、「今宵の悲劇と虚無のすばらしい味わいに水を差すことにならないといいのですが、ここでお客さまのグループをいくつかご紹介したいと思います」

　ポケットからカードを取り出した。

「いらしてますか……」片手をあげて客の歓声を抑えた。「いらしてますか、ザンセルクエイジャー・フラマリオン・ブリッジ・クラブのみなさん。クヴァーンの真空渦巻《ヴォートヴォイド》の向こうの？　いらしてますか？」

　奥のほうから興奮ぎみの歓声があがったが、彼は聞こえないふりをした。捜すそぶりで目を細めて見まわした。

「いらしてますか？」また尋ねた。もっと大きな歓声を引き出すためだ。

　ねらいは当たった。いつもどおりだ。

「ああ、そこにいらっしゃいましたか。みなさん、そろそろ最後のビッドです――いんちきはなしですよ、いまが厳粛な瞬間だということをお忘れなく」

　どっと客席が沸き、彼は内心舌なめずりした。

「それから、このかたがたはいらしてるでしょうか……アスガルドの宮居《みやい》〔天上の神々の住まい。北欧神話による〕の下級神のみなさんは？」

　右手奥のほうから低い雷鳴がとどろき、稲妻がステージに弧を描いた。兜をかぶった数人の毛深い男たちが、すっかり悦に入ってグラスをあげてみせる。

　時代後れの連中が、と彼は胸のうちで思った。

「ハンマーにはご用心くださいね〔北欧神話では、雷神がハンマーを打ちおろすと雷が起きるとされている〕」彼は言った。

かれらはまた稲妻を光らせてみせ、マックスは薄い唇をさらに薄くして笑みを浮かべた。

「そして三番めは——三番めにご紹介するのは、大犬座シリウスBの〈保守党青年団〉のみなさんです。いらしてますか?」

しゃれた服装の若い犬のグループが、互いにロールパンを投げあうのをやめ、ステージに向かって投げはじめた。キャンキャンワンワンとなにを言っているのかわからない。

「たしかに」とマックス。「でも、それはみんなご自分が悪いんですよ、おわかりですか?」

「そして最後に」マックスは客席のざわめきを鎮め、まじめくさった顔をしてみせた。

「最後に、今夜はいらしていると思うのですが、たいへん熱心な信者のかたがたです——〈大予言者ザークォン再来教会〉のみなさんです」

二十人ほどの信者がフロアのいちばん端っこに陣取っていた。質素な身なり、落ち着かない様子でミネラルウォーターを飲みながら、お祭り騒ぎからは距離を置いている。スポットライトを浴びせられると、迷惑そうにまばたきをした。

「ああ、いらっしゃいますね」とマックス。「忍耐強く待っておられます。大予言者は再来すると言いながら、もう長いことみなさんを待たせている。急いで来てくれるよう祈りましょう、なにしろもうあと八分しか残っていないんですから！」

ザークォンの信者たちは身を固くして座り、容赦なく浴びせられる笑いの波に呑まれまいとしている。

マックスはその笑いを抑えた。

「いえ、冗談ごとではありませんよ、みなさん。からかうなんてとんでもない。まじめな信仰を笑いものにしてはいけません。ですから、大予言者ザークォンに盛大な拍手をどうぞ……」

客たちはきまじめに手を叩いた。

「……いまごろどこまで来てらっしゃるやら！」

固い表情の一団に投げキスをして、彼はステージの中央に戻った。

高いスツールを引き寄せて腰をおろす。

「それにしても不思議な気がしますね」彼はまくしたてた。「今夜、こんなにおおぜいのみなさんがいらっしゃるなんて——不思議じゃありませんか？　そうですとも、じつに不思議なことです。というのも、わたしは知ってるんですがね、何度もお運びくださるお客さまがおおぜいいらっしゃるんですから。これこそほんとうに奇跡的なことだとわたしは思うんですが、ここに来てすべてが終わるのを見届けて、それから自分の時代のわが家に戻り……そして家族を養い、よりよい社会を築こうと努力し、正しいと信ずるもののために血みどろの戦争をし……それを考えると、全生物の未来に希望が持てると思いませんか？　ただもちろん」と、頭上にも周囲にも広がるすさまじい破壊の渦のほうに手をふり、「これこのとおり、生命には未来などないんですが……」

アーサーは、この店のしくみがどうもよく呑み込めなかった。そこでフォードに向かって話しかけた。

「あのさ、まさかとは思うけど、この宇宙がもうすぐ終わるとしたら……ぼくらもそれといっしょに消滅したりしないわけ？」

フォードがこちらに向けたのは、汎銀河ガラガラドッカンかける三の目だった。言い換えればまるで焦点の定まらない目だった。

「うんにゃ」彼は言った。「つまりだ、呑まれそうになったとたんに、この防御シールドつきの時間ワープとかいうすげえのに支えられるわけさ。たぶんな」

「ふうん」アーサーは言って、スープ皿にまた目を向けた。ウェイターに頼んでステーキと取り替えさせたのだ。

「いいかい、説明してやるよ」フォードはテーブルからナプキンをとり、危なっかしい手つきでいじりまわした。

「いいかい」彼はまた言った。「このナプキンが、そうだな、時間宇宙だとするだろ、な？　それで、このスプーンが物質曲線の変換モードだとすると……」

フォードがこの最後の部分を言い終わるまでだいぶ時間がかかったが、アーサーは途中で口をはさみたくなくて辛抱強く待っていた。

「そのスプーン、ぼくが使ってるやつなんだけど」アーサーは言った。

「ああ、悪い」フォードは言った。「それじゃ、このスプーンが……」と、薬味のトレーに載っていた小さな木製のスプーンを見つけて、「このスプーンが……」だがうまくつかめなかったので、「いや、こっちのフォークのほうがいいかな……」

「おい、おれのフォークをどこへ持っていくんだよ」ゼイフォードが文句を言った。

「わかったよ」フォードは言った。「わかったわかったわかりましたよ。それじゃ、そうだな……このワイングラスが時間宇宙だとして……」

「ワイングラスって、いま床に落としたやつのことか?」

「落とした?」

「うん」

「そうか」フォードは言った。「じゃいいや。つまり……つまりその、えーと――そもそも、この宇宙がどうやって始まったか知ってるか?」

「いや、たぶん」アーサーは、こんな話を始めるんじゃなかったと後悔していた。

「ああそう」フォードは言った。「それじゃ、こう考えてくれ。いいかい。まず浴槽を用意するんだ。そう。大きな丸いの。黒檀でできたやつ」

「そんなのどこにあるんだよ」とアーサー。「〈ハロッズ〉百貨店はヴォゴン人に破壊されたんだぜ」

「そんなことはどうでもいいんだ」

「きみはいつもそう言ってるな」

「いいから聞けよ」

「わかったよ」

「そういう浴槽を用意する。つまり、そういうのがあるものとするんだ。黒檀のやつな。それで円錐形なんだ」

「円錐形？　そんな浴槽がどこに――」

「いいから、とにかく円錐形なんだよ。それでどうするかっていうとだな、それにさらさらの白い砂をいっぱい入れるんだ。わかるか？　砂糖でもいい。さらさらの白い砂か、砂糖だ。なんでもいい。どうでもいいんだ。砂糖でじゅうぶん。それでいっぱいに入れたところで、栓を抜くんだ……ちゃんと聞いてるか？」

「聞いてるよ」

「栓を抜くと、みんな渦を巻いて流れていくだろ。つまりその、栓を抜いた穴から渦を巻いて抜けていくわけだ」

「なるほど」

「なるほどじゃない。なんにもなるほどじゃない。まだ肝心なとこまで話が進んでない。肝心なとこを聞きたいか？」

「聞かせてくれ」

「聞かしてやるよ」

フォードはちょっと考えて、なにが肝心だったのか思い出そうとした。

「肝心なのはだ」彼は言った。「こういうことだ。その様子を撮影するんだ」

「なるほど」とアーサー。

「ムービーカメラで撮影するんだ」

「なるほど」

「なるほどじゃない。肝心なのはここからだ。そうだ、思い出した。ここからが肝心なんだ。肝心なのは、そのフィルムを映写機に……後ろ向きにセットするんだ！」

「後ろ向き？」

「うん。後ろ向きにセットするってのが、ものすごく肝心なことなんだ。それで、あとは座って見てればいい。するとだ、流れ落ちていったやつが、栓を抜いた穴から渦を巻いて上がってきて浴槽はまたいっぱいになる。な？」

「つまり、この宇宙はそんなふうに始まったのか？」アーサーは言った。

「うんにゃ」とフォード。「だけど、それを見てるとすごぉくリラックスできるぜ」

彼はワイングラスをとろうと手を伸ばした。

「ぼくのワイングラスは?」

「床に落ちてる」

「そうか」

テーブルの下を見ようと椅子を後ろに傾けて、フォードは小さな緑のウェイターにぶつかった。可搬式電話を持ってこちらにやって来ていたのだ。

フォードはウェイターにあやまって、これは自分がひどく酔っぱらっているせいだと説明した。

ウェイターはあやまるには及ばないと応じ、気にすることはないと言った。

フォードはその寛大な言葉に感謝し、ウェイターの前髪を引っ張ろうとしたが、二十センチ近くも的を外してテーブルの下に滑り落ちた。

「ミスター・ゼイフォード・ビーブルブロックスはこちらで?」ウェイターが尋ねた。

「えー、ああ?」ゼイフォードは言って、三枚めのステーキから目をあげた。

「お電話でございます」

「えっ、なんだって?」

「お電話です」

「おれに? こんなとこで? おいおい、おれがここにいるのはだれも知らないはずだぜ」

頭のいっぽうが忙しく回転した。もういっぽうの頭は愛しい食物のことでいっぱいで、いまもがつがつかっ込んでいる最中だった。

「悪いね、このまま食っててていいだろ？」食べているほうの頭は言って、そのまま食べつづけた。

いま彼を追っている者は何人ぐらいいるのか、もうあまり増えすぎて数えきれなかった。もっとこっそり入ってきたほうがよかったかもしれない。だが、冗談じゃないと彼は思った。いくら面白おかしくやってたって、人に見られてなかったら面白くもおかしくもないじゃないか。

「だれかが銀河警察に通報したのかも」とトリリアンが言った。「あなたが入ってくるのをみんな見てたんだもの」

「だからって電話で逮捕しようとするか？」ゼイフォードは言った。「いや、案外するかもな。おれは追い詰められるとかなり危険な男だから」

「そうそう」テーブルの下から声がした。「あっという間に自分を見失って脳みそが破裂しちゃって、まわりの人間に榴散弾《りゅうさんだん》の破片みたいに突き刺さるからな」

「おいなんだよ、今日は最後の審判の日か？」ゼイフォードが嚙みついた。

「最後の審判も見ることになるのか？」アーサーは不安になって尋ねた。

「べつに急いで見たかないけどな」ゼイフォードがつぶやいた。「よしわかった、で、電話をかけてきたのはどこのどいつだ？」彼はフォードを蹴飛ばした。「おい、起きろよ。おまえの手を借りるかもしれないから」

ウェイターが口をはさんだ。「わたくしは個人的には、この金属のかたを存じあげてはおりませんが……」

「金属？」

「さようで」

「金属だって？」

「はい。わたくしが申しましたのは、この金属のかたを個人的に存じあげているわけではないと……」

「ああ、それで？」

「ですが、お客さまのお帰りを何千年何万年とお待ちであったとうかがっております。どうやらお客さまは、ずいぶん急いでここをお発ちになったようで」

「ここを発った？」とゼイフォード。「なにをばかなことを。ついさっき着いたばっかりだぜ」

「まことにさようで」ウェイターは引き下がらなかった。「ですが、お着きになる前にここをお発ちになったとうかがっております」

ゼイフォードはまずいっぽうの頭で考え、次にもういっぽうで考えた。

「なんだって、ここに着く前に、ここを発ったっていうのか」

これは簡単には片づきそうにない、とウェイターは思った。

「おっしゃるとおりです」

「かかりつけの精神分析医に危険手当を出したほうがいいぜ」ゼイフォードはアドバイスした。

「いや、ちょっと待て」フォードがテーブルのうえに頭を出してきて、「そもそもここはどこなんだ?」

「そもそもから申しますと、フロッグスター星系惑星Bでございます」

「ばかな、そこはさっき逃げ出してきたとこだぞ」ゼイフォードが反論した。「そこを出て、この宇宙の果てのレストランに来たんだ」

「さようで」とウェイターは言いながら、ついに最後の直線に入ったと感じた。このまま突っ走ればうまく行きそうだ。「この店は、その残骸のうえに建っているのです」

「ああ」とアーサーが晴れ晴れした声で言った。「つまり、ぼくらは空間じゃなくて時間を旅してきたっていうんだね」

「いいか、この進化しそこねた類人猿が」ゼイフォードが割って入った。「おまえは木にでも登ってろ」

アーサーはかっとなった。

「そっちこそ自分の頭と頭をぶっつけてろ、この四つ目野郎」とゼイフォードにアドバイスした。

「いえいえ」とウェイターがゼイフォードに言った。「お客さまのサルの申すとおりです」

アーサーは怒りのあまり舌がもつれ、この場にふさわしい言葉が出なかった。というより、言葉らしい言葉はなにひとつ出てこなかった。

「お客さまは、未来に向かって……おそらく五千七百六十億年ほどジャンプなさったのです。空間的にはまったく動かずに」ウェイターは笑顔になっていた。あらゆる困難を克服し、万難を排してついに目的を達成してしまったような高揚感にひたっていた。

「そうか！」ゼイフォードが言った。「わかったぞ。食事のできるいちばん手近な場所に連れていけとおれが言ったもんだから、コンピュータはその言葉どおりにしやがったんだ。五千七百六十億年だかなんだかの差はあるとしても、たしかにおれたちはぜんぜん動いてないんだからな。やってくれるぜ」

全員がたしかにやってくれたと同意した。

「それにしても、いったいどこのどいつが電話をかけてくるんだろう」とゼイフォード。

「そう言えばマーヴィンはどうしたの？」とトリリアンが言った。

ゼイフォードはふたつの頭をふたつの手でぴしゃりと叩いた。

「あの被害妄想のアンドロイドだ！　フロッグスターの惑星Bでふさぎ込んでるのを放ってきた」

「いつのことだ？」

「そうだな、五千七百六十億年ぐらい前だな」ゼイフォードは言って、「ああ、そのしゃべり棒《ラップ・ロッド》をこっちにくれ、皿洗いくん」

小柄なウェイターは面食らい、まゆがひたいをおろおろとさまよった。

「なんとおっしゃいました？」

「電話だよ、ウェイター」ゼイフォードは言ってひったくった。「もっとヒップに行こうぜ。それじゃ腰骨《ヒップ》が足りなすぎて尻がずり落ちてくるぞ」

「申し訳ございません」

「ようマーヴィン、おまえか？」ゼイフォードは電話に向かって言った。「元気だったか？」

長い間があって、ようやく細く低い声が聞こえてきた。

「先にお断りしておきますが、わたしはとても気が滅入っています」

ゼイフォードは送話口を手でふさいで、「マーヴィンだ」

「ようマーヴィン」とまた電話に向かって言った。「こっちは楽しくやってるぞ。料理はあるし酒はあるし、ちょっとばかし人をいじめてるし、これから宇宙が吹っ飛ぶところだ。いまどこにいるんだ？」

また間があった。

「わたしのことなんか、ほんとはどうでもいいんでしょう」ようやくマーヴィンは口を開いた。「自分がただのいやしいロボットなのはようくわかっています」

「わかったわかった」ゼイフォードは言った。「で、どこにいるんだ」

「『第一推進機を後進に入れてくれ、マーヴィン』みんながわたしにそういうことを言うんです。『第三エアロックをあけろ、マーヴィン。マーヴィン、その紙を拾ってくれないか』紙を拾えですって！　このわたしに、惑星規模の頭脳を持つわたしに、紙を拾えと……」

「そうかそうか」ゼイフォードは心からの同情を少しも込めずに言った。

「でも、わたしはプライドを傷つけられるのには慣れています」マーヴィンはものうげに言った。「お望みなら、バケツの水に頭を突っ込んでもいいですよ。バケツの水に頭を突っ込みましょうか？　ここに用意してあります。ちょっと待っててください」

「あー、おい、マーヴィン……」ゼイフォードは口をはさんだが、もう遅かった。金属と金属のぶつかる小さい陰気な音、続いてごぼごぼいう音が聞こえてきた。

「なんて言ってるの？」トリリアンが尋ねた。

「なにも」とゼイフォード。「頭を洗ってみせるためだけに電話してきやがったんだ」

「どうですか」マーヴィンはまた電話口に戻ってきて、少し泡の音を立てながら言った。

「ご満足いただけましたか」

「ああ、まあな」ゼイフォードは言った。「それで、そろそろどこにいるのか教えてくれてもいいだろ」

「駐車場です」とマーヴィン。

「駐車場？　駐車場なんかでなにやってんだ？」

「車を駐めてるんです。駐車場で車を駐めずになにをするんですか」

「わかった、そこで待ってろ。すぐ降りていくから」

ゼイフォードは立ちあがりながら電話を放り出し、電話を放り出しながら勘定書に「ホットブラック・デシアート」とサインした。

「よし、みんな。マーヴィンが駐車場で待ってる。行こうぜ」

「駐車場なんかでなにをしてるんだ？」アーサーが尋ねた。

「車を駐めてるに決まってるだろ、このまぬけ」

「だけど、宇宙の終わりはどうするんだ？　最高の瞬間を見逃しちゃうじゃないか」

「おれは前にも見た。大したことない」ゼイフォードが言った。「ただのンバグッビだ」

「ただのなんだって？」

「ビッグバンの反対だよ。さあ、ビュッと行こうぜ」

テーブルのはざまを縫って出口に向かったが、こちらに目を留める客はほとんどいなかった。空を覆う恐怖のショーに目が釘付けになっている。

「ちょっと変わった現象が見られますよ」とマックスが言っている。「左上をご覧ください。ようく気をつけて見ると、ハストロミル星系が沸騰して紫外線の雲に変わっていくのがわかります。ハストロミルからお見えのお客さまは？」

奥のほうにひとりふたり、いささかためらいがちの歓声をあげる者がいた。

マックスは陽気な笑顔をそちらに向けて、「ガスがつけっぱなしじゃないかって心配しても、もう遅いですよ」

18

正面玄関ロビーはほとんどからっぽだったが、フォードはそれでもまっすぐ歩けなかった。

ゼイフォードはフォードの腕をがっちりつかみ、ロビーわきにある小部屋に引きずっていった。

「どうするんだ?」アーサーが尋ねた。

「酔いを醒ましてやるんだ」ゼイフォードは硬貨をスロットに入れた。ライトが点滅し、ガスが吹き出してくる。

しばらくするとフォードがしゃんとして出てきて、「やあ、これからどこへ行くんだって?」

「地下の駐車場だ。行こう」

「人間用の時間転送機《タイム・テレポート》を使えばいいじゃないか」フォードが言った。「まっすぐ〈黄金の心〉号に戻ればいい」

「ああ、だがあの船にはもういやけが差したんだよ。ザーニウープにくれてやるさ。あいつとつきあう気はないからな。とにかく行ってみようぜ」
〈シリウス・サイバネティクス〉社製ハッピー垂直方向人間輸送機に乗り込んで、四人はレストランの下層深くに降りていった。幸い輸送機は壊れていて、降ろすついでにかれらをハッピーにしてくれようとはしなかった。

最下層でドアが開くと、すえたにおいのする冷たい風が吹きつけてきた。

エレベーターを出て最初に目に飛び込んできたのは、長いコンクリートの壁だった。壁には五十を超すドアがあり、主要な五十種の生物すべてにトイレが用意されていた。それでもやはり、駐車場の全歴史を通じて銀河系のあらゆる駐車場がそうだったように、待ちきれなかったんだなというにおいが濃厚にしみついていた。

角を曲がると、そこから先は動く高架歩路《キャットウォーク》になっていた。目の届くかぎりどこまでも洞穴のような空間が広がっていて、歩路はそこを横切って伸びていく。

駐車場は区画《ベイ》に仕切られており、食事客の乗ってきた宇宙船が一隻ずつ駐まっている。小ぶりで実用的な大量生産モデルもあるが、巨大な輝くリムジン船もある。大金持ちのおもちゃだ。

そんな船の上を通るときにゼイフォードの目が輝いていたのは、物欲しさのせいかもしれないし、そうでないかもしれない。というか、ここではっきりさせておくのが一番だろう。たしかにまちがいなく、その目は物欲しさに輝いていたのである。

「あそこだわ」トリリアンが言った。「マーヴィンがあそこに」

指さすほうを見ると、金属の人影が小さくかすかに見えた。巨大な銀色の恒星クルーザーの向こう端を、小さな布切れで大儀そうに拭いている。

この動く高架歩路には、短い間隔を置いて、床に降りる太い透明チューブがついていた。ゼイフォードは歩路からはずれてそのチューブに入り、ふわふわ浮きながら下へ降りていった。ほかの三人もそれにならった。あとでこのときのことをふり返ってみて、銀河系を旅したうちでこれがいちばん愉快な経験だったとアーサー・デントは思ったものだ。

「よう、マーヴィン」ゼイフォードは大またに近づいていった。「元気か、会えてうれしいぜ」

マーヴィンはふり向いた。まったく無表情の金属製の顔が恨みがましく見えることがあるとすれば、その顔はまさしくそんなふうに見えた。

「嘘です」彼は言った。「わたしに会ってうれしい人はいません」

「勝手にしろ」ゼイフォードはマーヴィンに背を向け、あたりの宇宙船に流し目をくれはじめた。フォードは彼についていった。

というわけで、実際にマーヴィンに寄っていったのはトリリアンとアーサーだけだった。

「そんなことないわ、わたしたちはうれしいわよ」と、トリリアンはマーヴィンの身体を軽く叩いたが、マーヴィンはそういうことをされるのが大嫌いだった。「こんなところでずっとわたしたちを待ってたなんて」

「五千七百六十億と三千五百七十九年間です」マーヴィンは言った。「数えていたんです」

「でも、こうして会えたんだから」とトリリアンは言ったが、ちょっとばかなことを言ったなと思っていた。マーヴィンが聞いたらまったくそのとおりと言ったことだろう。

「最初の一千万年間は最悪でした」マーヴィンは言った。「次の一千万年間もやはり最悪でした。その次の一千万年間はちっとも楽しくありませんでした。そのあとはだんだん具合が悪くなってきて」

マーヴィンは口をつぐんだ。そろそろなにか言わなくてはと相手が思うだけの間を置いて、そこでまた口を開いてそれを遮った。

「この仕事をしていると、会うのは気が滅入る人たちばかりなんです」と言ってまた口をつぐんだ。

トリリアンは咳払いをして、「それは——」

「まともな会話を交わしたのは、四千万年以上も前です」マーヴィンは続けた。

また間があく。

「まあ、そ――」

「しかも相手はコーヒーの自動販売機です」

と言ってこちらの返事を待つ。

「それは――」

「わたしと話すのがいやなんでしょう?」マーヴィンは低く暗い声で言った。

トリリアンはあきらめてアーサーに話しかけた。


はるか奥のほうで、フォード・プリーフェクトは気に入ったものを見つけた。じつを言うといくつも見つけていた。

「ゼイフォード」抑えた声で言った。「こっちに来て、ここに並んでる小型のスターカートを見ろよ……」

ゼイフォードは見て気に入った。

ふたりが見ている船はじっさいかなり小型だったが、それでも目立っていた。まちがいなく金持ちの坊ちゃんのおもちゃだ。外観的には大したことはない。まるで紙製のダーツのようで、長さは六メートルほど、薄いが頑丈な金属箔でできていた。後端に小さな横並びのふたり乗りのコックピットがついている。エンジンはチャーム駆動のちっぽけなもので、これでは大したスピードは出せない。しかし、これにはほかについているものがある。それはヒートシンクだ。

ヒートシンクは質量が二兆トンほど。船体全長のなかばに電磁場があって、そこにブラックホールが収まっており、ヒートシンクはそのブラックホールのなかに入っている。これがあれば黄色い恒星に数キロまで近づくことができ、表面から噴きあがる太陽面爆発《フレア》をつかまえてフレア乗《ライディング》りをすることができるのだ。

フレア・ライディングほど奇妙で痛快なスポーツはめったにないし、これができるだけの度胸と財力のある男ほど、この銀河系でもてはやされる男も少ない。そしてまた、言うまでもなく気が遠くなるほど危険なスポーツでもある。ライディングで死ななかったとしても、ダイダロス・クラブのアフター・フレアのパーティで、例外なく腎虚で命を落とすからだ。

フォードとゼイフォードはきょろきょろしながら歩いていった。

「こいつを見ろよ」フォードが言った。「オレンジ色のスターバギーだ。黒い日除《サンバスター》けつきだぜ」

スターバギーもやはり小型船だ。じつを言えば、このネーミングは実態からかけ離れている。この船では恒星間飛行は無理だし、そもそも基本的にレジャー用の惑星間飛行船なのだ。とはいえ、そうでないように見せかけるために外観には凝っていて、船体の描くラインは美しい。ふたりはさらに歩きつづけた。

次の船は大型で、長さは三十メートル近くあった。注文製造のリムジン船で、その設計目的は明らかにただひとつ、見る者を嫉妬でむかむかさせることだ。その塗装も細かいアクセサリーも、声高にこう主張している――「おれはこんな船が買えるほど金持ちなんだぜ。それだけじゃなく、それをちゃらんぽらんに扱えるぐらいの大金持ちなんだぜ」すばらしくむかつく船だった。

「おい、見ろよこれ」ゼイフォードが言った。「マルチクラスタ式クォーク駆動、パースピュレックスのステップ。きっとラズラー・リリコンの特別製作だな」

　隅から隅までじっくり眺めた。

「やっぱりだ。見ろよ、ニュートリノのカウルに桃外線《インフラピンク》でトカゲのエンブレムを入れてやがる。ラズラーのトレードマークだ。ちくしょう、ぬけぬけと」

「いつだったか、こういういかした船に追い越されたことがある。アクセル星雲のそばで」フォードは言った。「こっちは全速力で飛んでたのに、楽々と追い越していきやがったんだ。スタードライブはろくにアイドリングもしてなかった。目を疑ったよ」

　ゼイフォードが感嘆して口笛を吹いた。

「その十秒後、そいつはジャグラン座ベータ星の第三衛星にまっすぐ激突したんだ」

「ほんとか？」

「だけど、そりゃあほれぼれするような船だったぜ。魚みたいに流線型で、魚みたいに動きはなめらかで、だけど操縦性は牛なみ」

　フォードは反対側にまわってみた。

「おい、来てみろよ」彼は声をあげた。「こっち側にでっかい絵が描いてある。爆発する太陽――〈ディザスター・エリア〉のマークだ。きっとホットブラックの船だな。運のいいやつだよ。あのすごい歌知ってるだろ、曲の最後に太陽にスタント船を突っ込ませるやつ。それであっと驚くショーのつもりなんだから。たしかにスタント船には金かかってるけどな」

　しかし、ゼイフォードは聞いていなかった。彼の目を吸いよせていたのは、ホットブラック・デシアートのリムジンの隣に駐まった船のほうだった。彼の口はふたつともぽかんとあいていた。

「こいつは」彼は言った。「こいつは……まったく目の毒だぜ……」

　フォードもそれを見て、やはり度肝を抜かれて立ちすくんだ。

　クラシックなすっきりしたデザインの船で、形は平たい鮭のようだった。長さは二十メートルほど、じつになめらかな、じつに美しい船だった。そして驚くべき特徴をひとつ備えていた。

「なんて……真っ黒なんだ！」フォード・プリーフェクトは言った。「形がよくわからないぐらいだ……光をそのまま吸い込んでしまうみたいだ！」

ゼイフォードはなにも言わなかった。完全に恋に落ちていたのだ。

黒さがあまりに徹底しているせいで、船との距離感がつかめないほどだ。

「視線が滑る……」フォードは驚嘆の声をあげた。胸の揺さぶられる瞬間だった。唇を嚙む。

ゼイフォードはそろそろと足を前に出した。取り憑《とっ》かれた人のように——もっと正確に言えば、取り憑きたいと思っている人のように。なでようと手を伸ばした。手が止まった。なでようとまた手を伸ばした。また手が止まった。

「これにさわってみろ」彼はかすれた声で言った。

フォードは手を伸ばしてさわろうとした。その手が止まった。

「さ……さわれない……」

「な？」とゼイフォード。「完全に摩擦がゼロなんだ。こいつですっ飛ばすのはきっと最高だぜ……」

ふり向いて、思いつめたような顔でフォードを見た——少なくともいっぽうの頭は。もういっぽうは魅入られたように船を見つめたままだ。

「どう思う、フォード」

「それはつまり……えー……」フォードは肩ごしにふり向いて、「つまり、こいつに乗ってまわろうっていうのか？　そんなことしていいと思ってるのか」

「まさか」

「まさかだよな」

「だけど、結局はそうすることになるだろ」

「しょうがないよな」

ふたりはそのまま船を見つめていたが、やがてゼイフォードははっとわれに返った。

「やるなら早いほうがいい。宇宙の終わりはもうすぐだ。そしたらくされ船長どもがどっと降りてきて、自分の豪華船を捜しにかかるぞ」

「ゼイフォード」

「あん？」

「どうやってやる気だ？」

「簡単さ」ゼイフォードはふり向き、「マーヴィン！」と声をあげた。

ゆっくりと、いかにもつらそうに、無数の小さなキーキーガリガリという音を立てて（そういう音をシミュレーションすることを覚えたのだ）、マーヴィンは呼びかけに応えてふり向いた。

「ちょっと来てくれ」とゼイフォード。「やってもらいたいことがある」

マーヴィンはとぼとぼと近づいてきた。

「面白くなさそうですね」

「とんでもない、面白いとも」ゼイフォードは意気込んで言った。「まったく新しい人生が開けようとしてるんだぞ」

「新しい人生はもうたくさんです」マーヴィンはうめいた。

「いいから黙って聞け！」ゼイフォードは押し殺した声で言った。「今度のはいままでとはちがうんだ。興奮と冒険と滅茶苦茶にすごいことが待ってるんだよ」

「最悪ですね」マーヴィンは言った。

「マーヴィン！　おれはただおまえに……」

「この宇宙船をあけろって言うんでしょう」

「えっ？　あーその……そうだ。そう、そのとおりだ」ゼイフォードは気が気ではなかった。少なくとも三つの目はずっと入口のほうに向きっぱなしだ。時間がもうない。

「だったら最初からそう言えばいいんですよ」マーヴィンは言った。「やる気を起こさせようたって、わたしにはもともとそんなものないんですから」

彼は船に近づいていって軽く触れた。ハッチがさっと開く。

フォードとゼイフォードはなかをのぞき込んだ。

「そんな、お礼なんて」マーヴィンは言った。「……あ、言ってませんか」彼はとぼとぼ離れていった。

アーサーとトリリアンが寄ってきた。

「どうしたんだ?」アーサーが尋ねる。

「これを見ろよ」とフォード。「この船のなかを」

「ますます異様なことになってきたな」ゼイフォードがささやくように言った。

「真っ黒だ」とフォード。「このなかはなにもかも完全に真っ黒だ……」


いっぽうこちらはレストラン。その瞬間——その後にはどんな瞬間も残らない瞬間がいよいよ近づいてきていた。

全員の目がドームに釘付けになっている。例外はホットブラック・デシアートのボディガードだけだ。彼の目はじっとホットブラック・デシアートに向けられていた。そしてホットブラック・デシアート自身の目は、ボディガードの手でうやうやしく閉じられていた。

ボディガードはテーブルに身を乗り出した。ホットブラック・デシアートが生きていたら、そろそろ後ろに反り返るのも悪くないと思っただろう。それどころか、ちょっと散歩に出るのも悪くないと思ったかもしれない。彼のボディガードは、近くに寄ってこられてうれしい男ではまったくない。しかし、いまのホットブラック・デシアートはお気の毒な状態なので、身動きひとつしなかった。

「ミスター・デシアート」ボディガードはささやきかけた。彼がしゃべりだすと、動く口の邪魔になるまいとして、口の両側の筋肉が互い違いに上へ逃げていくように見える。

「ミスター・デシアート？　聞こえますかね」

ホットブラック・デシアートはなにも言わなかった。これはまったく自然なことである。

「ミスター・デシアート？」ボディガードは押し殺した声で言った。

ホットブラック・デシアートはやはり答えなかった。これはまったく自然なことである。しかしながら、そのいっぽうで返事をしていた。これは超自然なことである。

彼の前のテーブルに置かれたワイングラスがかたかたと揺れ、フォークが二、三センチほど浮きあがってグラスを叩いた。それからまたテーブルに落ちた。

ボディガードは満足したように唸った。

「そろそろ出かける時間ですよ、ミスター・デシアート」ボディガードはささやいた。「人込みに巻き込まれるのはまずいすよ、いまの状態がそれだから。次のギグにゆったり取りかかりたいじゃないすか。きっとものすごい数の客が来たんだよ。あんなのめったにないでしたよ。カクラフーンで、五千七百六十二億年前。楽しみだっただろうだしょ？」

フォークがまた浮きあがり、そこで止まって、どっちつかずに揺れるとまたすとんと落ちた。

「まあ、そう言わんで」ボディガードは言った。「すごいことになるったんだから。客は完全にノックアウトだったんで」ボディガードのしゃべりかたを聞いたら、ダン・ストリートメンションナー博士は卒倒したにちがいない。「黒い船が太陽に突っ込むのはいつも受けるし、今度のはそりゃみごとな船だしね。あれが消えるかと思うと泣けてくるよ。下に降りたら、黒い船の自動操縦をセットするから、そしたらリムジンでのんびり出発しましょうや。それでいいすね？」

フォークが同意するように一度テーブルを叩き、グラスのワインがひとりでになくなった。

ボディガードは、ホットブラック・デシアートの車椅子を押してレストランを出ていった。

「いまです」ステージの中央でマックスが叫んだ。「いまこそ、みなさんがずっと待っていた瞬間です！」彼は両腕を高くふりあげた。その背後で、バンドがここを先途《せんど》と激しく打楽器を連打し、合成弦楽器をかき鳴らしはじめた。マックスはこれには反対したのだが、バンドのほうはこれも契約のうちだからやると主張して譲らなかったのだ。エージェントに言ってなんとかしなくてはならない。

「空が沸騰しはじめています！」彼は叫んだ。「自然が壊滅して底なしの無に変わろうとしています！　あと二十秒で宇宙そのものが終わるのです！　ご覧ください、無限の光がこちらに殺到してきます！」

　身の毛もよだつ破壊の光が周囲で荒れ狂っている。とそのとき、トランペットの音が聞こえてきた。無限のかなたから響いてくるかのように、まだかすかな音だった。マックスの目がぎっと動いてバンドをにらみつけた。トランペットを吹いている者は見当らない。だしぬけに、ステージ上の彼の隣に細い煙が現れ、ちらちらと光りながら渦巻きはじめた。最初のトランペットにさらにトランペットが重なる。マックスはこのショーを五百回以上もこなしてきたが、こんなことは初めてだった。彼は驚き、渦巻く煙からあとじさった。そうするうちに、煙のなかにゆっくりと人影が現れてきた。古代の男の姿。ひげをたくわえ、ローブ姿で、光に包まれている。目には星が宿り、ひたいには黄金の冠をいただいていた。

「これはなんだ？」マックスは目を大きく見ひらいてささやいた。「どういうことだ？」

　レストランの奥のほう、仏頂面をしていた〈大予言者ザークォン再来教会〉のグループが、歓喜にわれを忘れて躍りあがった。賛美歌を歌う者もいれば、泣いている者もいる。

　マックスは驚いて目をぱちくりさせていたが、やがて客席に向かって両手を大きく広げた。

「盛大な拍手をどうぞ、レイディーズ・アンド・ジェントルメン」彼は叫んだ。「大予言者ザークォンです！　再来したのです！　ザークォンが復活しました！」

万雷の拍手のなか、マックスはステージを歩いていって予言者にマイクを手渡した。

ザークォンは咳払いをした。集まった人々を見まわした。目に宿る星が不安げにまたたいた。マイクの扱いに困っている。

「えー……どうも、こんばんは。えー、その、ちょっと遅くなってすみません。まったくとんでもないことが起きまして、いま出ようと思ってるときになんだかんだといろんなことが」

期待と畏怖に満ちた静寂に、どうもうろたえているようだった。また咳払いをした。

「えー、少し時間はあるかな？」彼は言った。「ほんのいっぷ――」

こうして宇宙は終わった。

19

『銀河ヒッチハイク・ガイド』はまったく驚くべきガイドブックであるが、比較的安いことと、カバーに大きな読みやすい字で**パニクるな**と書いてあることのほかに、もうひとつ大きなセールスポイントがある。それは、簡潔にしてときどきは正確なこともある用語集がついていることだ。たとえば、九十三万八千三百二十四ページから九十三万八千三百二十六ページには、宇宙の地理社会学的データが要領よくまとめてある。その文体は過度に単純化されているが、これはひとつには、編集者が締め切りに間に合わせようとして、朝食用シリアルの箱の裏に書いてあったのを丸写しにしたせいである。ただし、理解不能にまわりくどい銀河帝国著作権法に基づいて訴えられるのを防ぐため、大急ぎでいくつか脚注をつけてごまかしてある。

ちなみに付け加えると、のちにもっと抜け目のない編集者が現れて、時間ワープを通じてこの本を過去に送り込んだ。そこで問題の法律に違反しているとして朝食用シリアルの会社は訴えられ、『ガイド』側が勝訴している。

以下に例をあげよう。

宇宙――そこで生きていくのに役立つ情報をいくつか。

1　面積――無限。

『銀河ヒッチハイク・ガイド』では、「無限」の語を次のように定義している。

無限――かつて存在した最大のものよりもっと大きい。ずっと大きい。じつに感動的に広大である。完全に腰が抜けるほどの空間で、まさに「うひゃあ、こりゃでっけえや」な時間である。無限はとにかく滅茶苦茶に大きいので、大きいという概念すらそれにくらべるとちっぽけに思える。〝巨大〟に〝広大無辺〟をかけ、さらに〝とてつもなく莫大〟をかける感じといえば近いだろう。

2　輸入――なし。

無限の領域にものを輸入するのは不可能である。輸入しようにも外がないからだ。

3　輸出――なし。

「輸入」参照。

4　人口――なし。

知られているとおり、惑星の数は無限である。これはたんに、空間が無限なので惑星も無限に存在しうるからである。しかし、すべての惑星に人が住んでいるわけではない。したがって、人の住んでいる惑星の数は有限のはずである。有限の数を無限で割ると、答えはゼロに近づいてほとんど無視できるほどになる。そのため、宇宙の全惑星の平均人口はゼロであると言うことができる。このことから、全宇宙の人口もまたゼロであると言うことができ、ときどき人に出くわすのはたんに狂った想像力の産物にすぎないと言うことができる。

5　通貨単位――なし。

じつを言えば、銀河系には自由に兌換《だかん》可能な通貨は三種類ある。しかし、そのいずれも物の数には入らない。アルタイル・ドルは先ごろ暴落したし、フレイニア・ポブル玉はほかのフレイニア・ポブル玉としか交換できず、またトライガン・ピューには非常に特殊な問題がある。八ニンギで一ピューという交換比率は単純そのものだ。しかし、一ニンギ貨は三角形のゴム製で、一辺が一万キロメートル以上もあるので、八ニンギを貯めて一ピューを手にしたことのある者はひとりもいない。しかもニンギには流通性がない。というのも、銀河銀行では面倒な小銭の受け取りを拒否しているからである。この基本的な前提条件から非常に容易に証明できるように、銀河銀行もまた狂った想像力の産物である。

6　芸術――なし。

芸術の目的は自然を映し出す鏡となることである。しかし、自然を映し出せるような巨大な鏡は存在しない。1を参照。

7　性――なし。

まあその、実際にはどっさり存在する。金銭もなければ貿易も銀行も芸術もないので、宇宙に存在しないはずの人々にはほかにやることがなにひとつない、というのがそのおもな理由である。

しかしながら、この問題は恐ろしく複雑なので、ここで長々と論じるわけにはいかない。くわしくは『ガイド』の第七、九、十、十一、十四、十六、十七、十九、二十一から八十四までの各章、および要するに『ガイド』のその他ほとんどの章を参照のこと。

レストランは存在しつづけたが、ほかはすべて消え失せた。時間の相対静力学作用によって、レストランは虚無のただなかで保持され保護されている。その虚無はたんなる真空ではなく、絶対的な無だ。この絶無のなかでは、真空すら存在のうちなのである。

防御シールドで守られたドームはふたたび曇り、パーティは終わり、客は帰りはじめ、ザークォンは宇宙とともに消滅し、時間タービンはレストランを時の消滅の間際に引き戻す準備にかかっていた。次はランチタイムの営業になる。マックス・クォドルプリーンはカーテンを引いた小さな楽屋に戻り、時間電話でエージェントをつかまえようとしていた。

20

駐車場の黒い船は、ハッチを閉じ、物音ひとつ立てずに駐まっている。

その駐車場に故ホットブラック・デシアートがやって来た。動く歩路をボディガードに押されて。

ふたりはチューブを降りてくる。リムジン船に近づくと、側面のハッチが倒れるように開き、車椅子の車輪をつかまえてなかに引き込んでいく。ボディガードはそのあとについていき、雇い主がぶじ死体維持装置に接続されるのを見届けてから、小さなコックピットに入っていった。リモートコントロールを操作して、リムジンの横に駐まっている黒い船の自動操縦装置を起動した。十分以上も前からこの船を動かそうと悪戦苦闘していたゼイフォード・ビーブルブロックスは、おかげで大いに胸をなでおろした。

黒い船は駐車区画からなめらかに前方に滑り出し、方向転換し、中央の通路をすばやく、音もなく進んでいった。通路の端まで来ると急加速し、時間移動発進場に飛び込むと、遠い過去へさかのぼる長いジャンプに入った。

〈ミリウェイズ〉のランチメニューには、『銀河ヒッチハイク・ガイド』の許可を得てその一節が引用されている。

主要な銀河文明の歴史には例外なく、それぞれ明確に異なる三つの段階が認められるようである。すなわち、生存、疑問、洗練の三段階であるが、これはまた、いかに、なぜ、どこの段階とも呼ばれている。

たとえば、第一段階に特徴的な問いは「いかにして食うか」であり、第二段階の問いは「なぜ食うのか」であり、第三段階の問いは「どこでランチをとろうか」である。

メニューではこの一節に続けて、宇宙の果てのレストラン〈ミリウェイズ〉は、この第三の問いに対する非常に好ましく洗練された回答と言えるでしょう、と書かれている。

これに付け加えることがあるとすればこうだ——この「いかに、なぜ、どこ」の段階を通過するのに、大文明の場合はたいてい何千年何万年とかかる。しかし、極限状況に置かれた小さな社会集団の場合は、あっという間に通過してしまうものである。

「どんな調子だ?」とアーサー・デント。

「悪い」とフォード・プリーフェクト。

「どこへ行くの?」とトリリアン。

「わからん」とゼイフォード・ビーブルブロックス。

「なぜわからないんだ」とアーサー・デント。

「黙れ」とゼイフォード・ビーブルブロックスとフォード・プリーフェクトが忠告した。

アーサー・デントはこの忠告を無視して、「きみたちが言おうとしているのは要するに、この船は操縦不能だってことだな」

船は激しく縦揺れと横揺れをくりかえし、フォードとゼイフォードは自動操縦装置を切って手動に切り換えようと奮闘していた。スーパーでぐずる子供のように、エンジンがわめいたり泣いたりしている。

「この滅茶苦茶な配色には頭がおかしくなる」ゼイフォードが言った。この船に対する恋愛感情は飛びはじめて三分で消え失せていた。「この変てこな黒い制御パネルはどうなってるんだ。標示は黒地に黒い字で書いてあるし、黒いランプが黒く灯ったってどれをいじったんだかわかりゃしない。この船はいったいなんなんだ。銀河系超霊柩《れいきゅう》船かなにかか？」

揺れるキャビンは壁も黒く、天井も黒く、座席——申し訳ていどの座席しかついていないのは、この船はそもそもただ一度の飛行のためにつくられた船で、しかもそれは無人飛行になるはずだったからである——も黒く、制御パネルも黒く、計器も黒く、それを留めている小さなネジも黒く、薄いナイロンのタフテッドカーペット〔ビルなどに使われる大量生産可能なカーペット〕も黒く、そのすみを持ちあげてみたら下地のクッションシートもやはり黒かった。

「これをデザインした人の目は、反応する光の波長がちがうのかも」とトリリアンが言った。

「想像力が貧困だっただけじゃないのかね」とアーサーが口のなかで毒づいた。

「きっと、とても気が滅入っていたんでしょう」とマーヴィン。

かれらには知るよしもなかったが、こんな内装が選ばれたのはなぜかと言えば、おいたわしくもご愁傷さまな持主の節税対策状態をおもんぱかってのことだったのである。

船がとくに激しくがくんと揺れた。

「そっとやってくれよ」アーサーがこぼした。「宇宙酔いになりそうだ」

「時間酔いだろ」とフォード。「この船はいま、時間をすごい勢いでさかのぼってるんだから」

「ああそうかい」とアーサー。「いよいよ本格的に吐きそうな気がしてきた」

「遠慮するな」ゼイフォードが言った。「そうすりゃ多少は彩りに変化が出る」

「これがディナーのあとにする会話か」アーサーが嚙みついた。

ゼイフォードは制御装置をいじるのをフォードにまかせ、いきなりアーサーに迫ってきた。

「いいか、地球人」と怒鳴るように言った。「おまえには仕事があるだろうが。究極の答えに対する究極の問いはどうしたんだよ」

「なにを言うかと思ったら」とアーサー。「もうあの話はすんだかと思ってたよ」

「冗談じゃないぜ、ベイビー。ねずみどもが言ってただろ、それなりの場所に持っていけばすごい大金になるんだよ。それがみんな、おまえのそのおつむんなかに入ってるんだ」

「だけど――」

「だけどじゃない！　ちゃんと考えろ、生きる意味ってやつをな！　それがこうだってわかってみろ、銀河系じゅうの精神分析医を脅迫して金がふんだくれるぜ。莫大な金がかかってるんだ。おれはかかりつけの分析医にどっさりつけが溜まってるしな」

アーサーは大してやる気もなさそうに深呼吸をした。

「わかったよ。だけどどこから始めたらいい？　どうしたらわかる？　究極の答えだかなんだかは四十二だっていうけど、その問いがどうしてぼくにわかるっていうんだ。なんだってありじゃないか。たとえば六かける七とか」

ゼイフォードはアーサーをひたと見つめていたが、やがてその目が興奮にぎらぎら輝いた。

「四十二だ！」彼は叫んだ。

アーサーは手のひらでひたいをこすった。

「ああ」彼は辛抱強く言った。「わかってるよ」

ゼイフォードのふたつの顔が曇った。

「ぼくが言いたいのは、問いなんかなんだってありだってことだよ」アーサーは言った。

「それに、どうしてぼくにわかるってことになってるのか理解できない」

ゼイフォードがどすのきいた声で言った。「そりゃ、おまえがその場にいたからさ。惑星がどでかい花火になって吹っ飛んだときに」

「地球では、そんな言いかたは嫌われるんだぞ……」アーサーが言った。

「それを言うなら嫌われた
だろ」とゼイフォード。

「……無神経じゃないか。ああ、もう知ったことか。とにかく、ぼくにはわからない」

低い声がキャビンにものうく反響した。

「わたしにはわかります」マーヴィンが言った。

フォードはいまも制御パネルに勝ち目のない戦いを挑んでいたが、その制御パネルのほうから声をあげた。

「口を出すな、マーヴィン。これは有機生物の問題だ」

「この地球人の脳波パターンに刻み込まれています」マーヴィンは続けた。「でもみなさん、大して知りたいとも思ってないんでしょう」

「それはつまり」とアーサー。「ぼくの頭のなかが見えるってことか?」

「そうです」

アーサーは驚いて目を丸くした。

「それで……?」

「そんな小さな脳でよく生きていられると感心します」

「なんだ」とアーサー。「ただのいやみか」

「そうです」

「そんなやつほっとけ」ゼイフォードは言った。「でっちあげてるだけだ」

「でっちあげる?」マーヴィンは頭をくるりとまわした。驚きのしぐさをへたにまねているかのようだ。「どうしてでっちあげたりするんです？　それでなくても生きていくのはじゅうぶん厄介なのに、なぜさらに厄介ごとをこしらえなくてはならないんですか」

「マーヴィン」トリリアンが、親しみを込めたやさしい声で言った。このできそこないのロボットに、いまもこんな声で話しかけられるのは彼女だけだ。「最初からずっとわかってたのなら、どうして黙ってたの」

マーヴィンはまた頭をまわして彼女に目を向けた。

「訊かれなかったからです」あっさりと答えた。

「よし、それじゃ訊こうじゃないか。言ってみろよ」フォードはふり向いた。

そのとたん、急に縦揺れや横揺れがやんだ。エンジン音も落ち着いて穏やかなブーンという唸りに変わってきた。

「ようフォード」とゼイフォード。「調子よさそうじゃないか。この船の操縦法がわかったのか」

「いや」とフォード。「ただいじるのをやめただけさ。この船がどこに向かってるか知らないが、ともかくそこに行ってさっさと降りちまおう」

「ああ、そうだな」ゼイフォードは言った。

「やっぱりほんとはどうでもよかったんですね」マーヴィンはひとりつぶやくと、隅にへたり込んで自分のスイッチを切った。

「ただ問題がある」フォードは言った。「この船にひとつだけまともに表示の出てる計器があるんだけど、それがどうも引っかかるんだ。これがぼくの思ってるとおりのもので、この表示がぼくの思ってるとおりの表示だとしたら、この船はものすごい過去にさかのぼってるぜ。たぶん、ぼくらの時代より二百万年も昔に来てる」

ゼイフォードは肩をすくめた。「時間なんかまやかしさ」

「この船はそもそもだれの船なんだろうな」アーサーが言った。

「おれのだ」とゼイフォード。

「いや、ほんとの持主はだれなのかってことだよ」

「だからおれだって」ゼイフォードは譲らない。「いいか、所有ってのは盗みなんだ、だろ？　だから盗みは所有だ。だからこの船はおれのだ、わかったか」

「だったらこの船にそう言えよ」アーサーは言った。

ゼイフォードはコンソールに大またに近づいていった。

「よく聞け」彼はコンソールのパネルを叩きながら言った。「おれはおまえの新しい所有者だ……」

そのあとは続けられなかった。一度にさまざまなことが始まったからだ。

船は時間旅行モードを脱して実宇宙に戻ってきた。

コンソールの操縦装置はすべて時間旅行中は使用不能になっていたが、それが一挙に息を吹き返した。

コンソール上の大きな展望画面がまたたいてつき、広大な星景が現れた。真正面にただひとつ、非常に大きく太陽が映し出されている。

しかし、ゼイフォードがその瞬間に後ろ向きに吹っ飛ばされ、ほかの乗員ともどもキャビンの後壁に叩きつけられたのは、そのどれのせいでもなかった。

かれらが吹っ飛ばされたのは、展望画面を囲むモニタースピーカーから、雷鳴そこのけの大音響が噴き出してきたせいだった。

21

船はいま、乾いた赤い惑星カクラフーンの上空を飛んでいた。その広大なラドリット砂漠のまんなかで、舞台技術者が音響装置のテストをしている。

これは音響装置が砂漠にあるという意味で、技術者はここにはいない。かれらは避難所、つまり〈ディザスター・エリア〉の巨大なコントロール船に引っ込んでいる。この船は惑星上空およそ六百五十キロメートルの静止軌道上にあって、音響効果のテストはそこからおこなわれているのだ。チューニングが始まったとき、もしスピーカーサイロの八キロメートル以内にいたら確実に死ぬ。

アーサー・デントがそのとき八キロ以内にいたとしたら、この音響装置は大きさも形もマンハッタンにそっくりだと、いまわのきわの薄れかけた意識のなかで思ったにちがいない。中性子位相スピーカーが天を摩す怪物のようにサイロからそびえ立ち、背後に並ぶプルトニウム反応炉と地震アンプの列を覆い隠している。

スピーカーの都市の下、コンクリート造りの地下壕の奥深くに、ミュージシャンが船からコントロールする楽器が置かれている。巨大な光子アジュイター、ベース起爆装置《デトネイター》、そして〈巨大爆発《メガバン》〉ドラムコンビナートだ。

やかましいコンサートになるだろう。

巨大なコントロール船のうえでは、あわただしく準備が進められていた。その横に並ぶとホットブラック・デシアートのリムジン船もまるでオタマジャクシだが、ともあれリムジン船は到着してドック入りし、おいたわしい故人は高いアーチ天井の廊下を運ばれていこうとしていた。これから霊媒に会って、彼の心霊インパルスをアジュイターのキーボード・コードに変換させることになっているのだ。

ちょうど、医師と論理学者と海洋生物学者も到着したところだった。途方もない費用をかけてマクシメガロン大学から招ばれてきたのだ。リードボーカルが薬壜を持ってバスルームに閉じこもり、彼が魚でないと疑問の余地なく証明されるまでは外に出ないと言うので、それを説得するのが目的だった。ベーシストはマシンガンで寝室を穴だらけにしているし、ドラマーは船内のどこにもいない。

八方手を尽くして捜しまわった結果、百光年もかなたのサントラジナス星系第五惑星の浜辺に立っているのが見つかった。もう三十分以上もずっと幸福だった、友だちになってくれそうな小さい石を見つけたからと彼は言った。

バンドのマネージャーはやれやれと胸をなでおろした。今回のツアーではこれで十七回めだが、またドラムはロボットに演奏させることになりそうだ。これで弾道《シンバリスティクス》シンバルのタイミングはばっちりだ。

いっぽう舞台技術者たちは、スピーカー・チャネルのテストを始め、その模様が亜空間通信《サブイーサ》を通じて飛び交っている。黒い船の内部に中継されているのはその通信だった。

黒い船に乗った面々は、キャビンの後壁のきわにひっくり返って、ぼうぜんとモニタースピーカーの声を聞いていた。

「オーケイ、第九チャネルは異常なし」声が言った。「次は第十五チャネルのテストだ……」

ひび割れた大音響が、ふたたびドーンと船じゅうに轟きわたった。

「第十五チャネル問題なし」別の声が言った。

第三の声が割って入ってきた。

「黒いスタント船が位置に着いた。よさそうだな。きっとすごいサンダイブになるぞ。舞台のコンピュータはオンラインか?」

コンピュータの声が答えた。

「オンラインです」

「黒い船の制御を引き継げ」

「黒い船は弾道プログラムにロックされました。スタンバイオーケイです」

「第二十チャネルのテストに移ろう」

ゼイフォードははね起き、サブイーサ受信機に飛びついて周波数を切り換えた。おかげで魂も粉砕されそうな大音響はもう聞かずにすんだが、彼はその場に突っ立って震えていた。

トリリアンが小さな押し殺した声で言った。「どういう意味なの……サンダイブって」

マーヴィンが口を開いた。「この船が太陽に飛び込むという意味です。太陽《サン》……飛び込み《ダイブ》。こんなに簡単な話はありませんよ。いったいなにが起きると思ってたんですか、ホットブラック・デシアートのスタント船を盗んで」

「どうしてわかるんだ……」と言うゼイフォードの声には、ヴェガ星の雪トカゲでさえ身震いしそうだった。

「簡単なことです」マーヴィンは言った。「これがホットブラック・デシアートのスタント船だなんて」

「それじゃ……どうして……それを……早く言わないんだ！」

「興奮と冒険と滅茶苦茶にすごいことがお望みだと、あなたがそう言ったからです」

その後の沈黙のなか、アーサーは言わずもがなのことを言った。「最悪だ」

「わたしもそう言いました」マーヴィンが同意した。

周波数を切り換えられたせいで、サブイーサ受信機はいままでは公共放送の声を拾っていた。それがキャビンじゅうに響いている。

「……今日の午後、ここはすばらしいコンサート日和に恵まれています。わたしはいまラドリット砂漠のどまんなか、ステージの正面に立っています」とリポーターは言ったが、これはもちろん嘘である。「高感度望遠鏡をのぞいてみると、はるかかなたぐるりの地平線に、おおぜいのファンが詰めかけて頭を低くしているのがなんとか見分けられます。背後に並ぶスピーカーは断崖絶壁のようにそそり立ち、頭上の太陽は、これからなにがぶつかってくるかまったく知らずに輝いています。いっぽう、環境保護団体はなにがぶつかるかよく知っていて、このコンサートは地震や津波やハリケーンを引き起こし、大気圏に回復不能な被害を及ぼすなどなど、環境保護団体がいつも言うことを言っています。

しかし、たったいま入ったニュースによりますと、〈ディザスター・エリア〉の代表者は今日の昼食どきに環境保護主義者たちに会い、その全員を射殺させたということです。というわけで、いまではまったくなんの障害も――」

ゼイフォードはスイッチを切り、フォードに目を向けた。

「おれがなにを考えてるかわかるか」彼は言った。

「わかると思うよ」とフォード。

「おれがなにを考えてると思うか言ってみろ」

「この船から逃げ出すときが来たと考えてると思うよ」

「おれもそう思う」とゼイフォード。

「ぼくもそう思うよ」とフォード。

「どうやって?」とアーサー。

「うるさい」とフォードとゼイフォード。「いま考えてるんだ」

「つまりそういうことなんだな」アーサーは言った。「ぼくらはもうすぐ死ぬんだ」

「そういうことを言うのはやめてくれよ」フォードは言った。


ここでくりかえしておくのも悪くないと思うが、人類に初めて出くわしたとき、フォードはかれらの奇妙な習性を説明するために仮説を立てた。人類には、自明も自明なことをたえず口にし、しつこくくりかえすという習性がある。たとえば「今日はいいお天気だね」とか「きみはすごく背が高いね」とか「つまりそういうことなんだな。ぼくらはもうすぐ死ぬんだ」とか。

最初に考えたのは、しょっちゅう唇を動かしていないと口が動かなくなるのだろうという説だった。

しかし、何か月か観察するうちに彼は第二の説をとるようになった。つまり、しょっちゅう唇を動かしているのは、そうしないと脳みそが働きだすからだと考えたのだ。

この第二の説はじつのところ、カクラフーンのベルセレボン人にはそのものずばりに当てはまっていた。

かつてのベルセレボン人は、近隣の種族にとっては激しい嫌悪の対象であり、劣等感を刺激される存在だった。というのも、銀河系でも指折りに知的で、洗練されていて、そしてなにより非常に静かな文明を築きあげていたからである。

これは胸が悪くなるほど独善的でけしからぬ行為だというので、銀河帝国裁判所はベルセレボン人に罰を科した。このうえなく残酷な社会的疾患、すなわちテレパシー能力を与えたのである。その結果、ちょっとした考えが頭をよぎっただけでも、半径十キロメートル以内のあらゆる人にそれが伝わってしまうことになり、これを防ぐためにいまではたいへんな大声で、それもひっきりなしにしゃべりつづける破目になった。たとえば天候のこと、ささいな身体の痛みや不調のこと、午後の試合のこと、そしてカクラフーンがいきなりやたらとやかましい場所になってしまったことなどを。

もうひとつ、一時的に思考をかき消す方法がある。それが〈ディザスター・エリア〉にコンサート会場を提供することだった。

コンサートはタイミングが勝負だった。

船はコンサートが始まる前にダイビングを開始しなくてはならない。歌のクライマックスに合わせるには、そのクライマックスの六分三十七秒前に太陽に突っ込んでいなくてはならないからだ。太陽面爆発の光がカクラフーンに届くには、それだけの時間がかかるのである。

船がダイビングを開始して数分もするころ、ようやくフォード・プリーフェクトは船内の探索を終えてキャビンに飛び込んできた。

展望画面では、カクラフーンの太陽が不気味に大きくなっていた。溶融する水素原子核の燃え盛る白い劫火が刻々と迫ってくる。ゼイフォードは制御パネルを両手でどんどんがんがん叩いていたが、船は知らぬ顔でまっすぐそこへ突っ込んでいく。アーサーとトリリアンの表情は固くこわばっている。夜の道路に飛び出してきてヘッドライトを浴びてしまい、こういうのはじっと見つめていれば消えてなくなるのだと思っているウサギのようだ。

ゼイフォードが血走った目でくるりとふり向いた。

「フォード、脱出カプセルはいくつあった?」

「ない」とフォード。

ゼイフォードはわけのわからないことをつぶやいた。

「数えたのか?」しまいに叫んだ。

「二度も数えたよ。無線で舞台の係員を呼び出してみたか?」

「ああ」ゼイフォードは苦い口調で言った。「この船には人がおおぜい乗ってるんだと言ったよ。そしたらみなさんによろしくだとさ」

フォードは目が飛び出しそうだった。

「おまえ、名乗らなかったのか」

「名乗ったとも。たいへん光栄ですだとさ。それからレストランの勘定書がどうした、おれの遺言執行者がこうしたとぬかしやがった」

フォードはアーサーを手荒く押しのけ、制御コンソールにかがみ込んだ。

「どれもぜんぜん言うことをきかないのか？」

「ぜんぶ無効化《オーバーライド》されてる」

「自動操縦装置をぶっ壊せよ」

「見つからないものをどうやって壊すんだ。なにも接続されてない」

冷え冷えとした沈黙が落ちた。

アーサーはふらふらとキャビンの奥のほうを歩いていたが、ふいに足を止めた。

「ところでさ」彼は言った。「テレポートってどういう意味？」

また沈黙が落ちた。

そろそろと、全員がふり向いてアーサーを見た。

「いや、いまこんなことを訊くのはまずいかもしれないけど、ただ、さっききみたちがテレポートって言ってたから、それでちょっと訊いてみようかなって……」

フォード・プリーフェクトが静かな声で言った。「どこにテレポートって書いてあるって？」

「いやその、じつはここなんだけど」アーサーは、キャビンの後壁の黒いコントロールボックスを指さした。「その上に『非常用』、下に『システム』って書いてある。横には『故障』って書いてあるけど」

たちまち上を下への大騒ぎになったが、ここで見ていくべきなのはフォード・プリーフェクトの行動だけだ。彼は一足飛びにキャビンを横切り、アーサーが指さしていた小さな黒い箱に飛びつくと、たったひとつついていた小さな黒いボタンをくりかえし押しまくった。

一辺百八十センチほどの四角いパネルがスライドして開き、黒い箱の横の壁に隔室が現れた。その隔室は、電気部品倉庫として第二の人生を歩みだした共同シャワー室のようだった。仕上げの終わっていない配線が天井から垂れ下がり、さまざまな部品が床一面に放り出されている。プログラム用のパネルが、本来ならはめ込まれるはずの壁の穴からぶら下がっていた。

これにはこんなわけがある。この船が建造されているとき、〈ディザスター・エリア〉の下級会計士が造船所を訪れ、作業監督にこう質問した。いったいぜんたい、なぜこの船に高価きわまるテレポート機を取り付けているのか、この船はたった一度の飛行のため、それも無人飛行のために建造されているというのに。監督はこのテレポート機は一割引で買えるのだと説明し、会計士はそんなことは問題ではないと説明した。監督はこれは最高級のじつに高性能で洗練されたテレポート機であり、これ以上のものはいくら金を積んでも買えないと説明し、会計士はそんなものを買うために積まれる気は金にはないと説明した。監督はこの船にだって人が出たり入ったりする手段は必要だと説明し、会計士はこの船には完璧に使えるドアが立派についていると説明した。監督は会計士の頭はいっぺん煮たほうがいいのではないかと説明し、会計士は監督の左側から急速に接近してくるのはげんこつであると説明した。この説明が終わったあと、取り付け作業は中断され、請求書にはこっそりと「雑、説明会」としてテレポート機の五倍の代金が計上されたが、だれにも気づかれずにそのまま通ってしまった。

「このくされ機械が」フォードとふたりでもつれた配線をより分けながら、ゼイフォードは毒づいた。

ややあってフォードはゼイフォードに下がれと言い、テレポート機のなかに硬貨を放り込んだ。ぶら下がっている制御パネルのスイッチをいじると、ぱちっと光がはじけて硬貨は消えた。

「とりあえずは動くみたいだ」フォードは言った。「だけど誘導システムがない。誘導プログラミングのできない物質転送テレポートだと……どこに着くかわからないぞ」

画面ではカクラフーンの太陽がぐんぐん迫ってくる。

「かまうもんか」とゼイフォード。「着いたところが着くところだ」

「それだけじゃない」とフォード。「自動装置がどこにもない。全員は行けないぜ。だれかが残って操作しないと」

重苦しい時がのろのろと過ぎていく。太陽はどんどん大きくなってくる。

「いよう、マーヴィン」ゼイフォードが明るい声で言った。「調子はどうだ」

「非常に悪いようですね」マーヴィンはつぶやいた。


それからしばらくして、カクラフーンのコンサートは予想外のクライマックスを迎えた。


ただひとりの陰気な乗員とともに、黒い船は予定どおりに太陽の原子核のかまどに突っ込んだ。巨大な太陽面爆発が、何百万キロメートルもの長い舌を宇宙にひらめかせる。この瞬間を待って太陽面の近くをうろついていた十人ほどのフレア・ライダーは、スリルを味わったり、味わう間もなく吹っ飛ばされたりしていた。

フレアの光がカクラフーンに届く少し前、震動のあまりのすさまじさに、深部の断層に沿って砂漠に亀裂が入った。砂漠のはるか地下深く、だれにも気づかれずに巨大な地下水脈が走っていたが、それが地表にどっと噴き出してきた。そしてその数秒後には、何百万トンもの煮えたぎる溶岩が噴きあげてきた。溶岩は二、三百メートルも噴きあがり、水脈は地下でも地表でも瞬時に蒸発して大爆発を起こした。その爆発音は惑星の裏側まで届き、そこで反射してこだまとなって戻ってきた。

この災厄を目撃して生き延びた者はほんのひと握りだったが、その証言によると、二十五万平方キロメートルに及ぶ砂漠全体が、厚さ一キロ半のパンケーキのように空中に飛びあがり、そこで裏返しになってまた落ちてきたという。フレアの光が蒸気の雲をつらぬいて地表に達したのは、まさにその瞬間のことだった。

一年後、二十五万平方キロの砂漠は一面の花畑に変わっていた。惑星を取り巻く大気の組成がわずかに変化したため、灼けつく夏の太陽は以前ほど灼けつかなくなり、身を切る冬の寒さは以前ほど身を切らなくなり、恵みの雨は以前ほどけちけちしなくなり、砂漠の惑星だったカクラフーンはしだいに楽園に変貌していった。カクラフーンの人々に取り憑いたテレパシー能力すら、爆発の影響で吹っ飛んで二度と戻ってこなかった。〈ディザスター・エリア〉の広報担当者――ちなみに、環境保護主義者を全員射殺させた人物である――はのちに、あれは「よいギグ」だったと発言したという。

多くの人々が、音楽の癒しの力を感動的に褒めたたえた。しかし、懐疑的な科学者が少数ながらいて、この現象の記録を精密に調査した結果、不可能性フィールドのかすかな痕跡が見つかったと主張している。人為的に生み出された巨大な不可能性フィールドが、近くの宙域から漂ってきていたらしいというのである。

22

アーサーは目を覚まし、とたんに目を覚ましたのを後悔した。二日酔いは何度か経験しているが、これほどすさまじいのは初めてだ。これがそうだ、これこそが最低最悪、究極のどん底だ。物質転送光線に乗るのはあまり愉快ではないな、と彼は思った。そう、たとえば頭にまともに蹴りを入れられるのとくらべても愉快ではない。

ずしんずしんという鈍い震動に頭を痛めつけられて、いまは動く気になれなかった。というわけでじっと横たわったまま考えた。ほとんどの輸送手段で問題なのは、かかる手間を考えたら、基本的にはどれひとつとして引き合わないということだ。地球では——新しい超空間バイパスを建設するために破壊される前の地球では、問題は自動車だった。せっかく害にならないように隠れていたのに、わざわざ黒くてべたべたするものをどっさり地下から掘り出し、それをタールに変えて地面を覆い、燃やして空気を煙で汚染し、その残りを海に流すという、そんなこんなで引き起こされる不利益は、ある場所からある場所へ短時間で移動できるという利点をうわまわっているのではないだろうか。いくらすばやく移動できるようになっても、行った先がもといた場所とほとんど同じになっているのだからなおさらだ。つまり、タールに覆われていて、煙だらけで、おまけに魚もいなくなっているのである。

では、物質転送光線の場合はどうだろうか。人体を原子単位にばらばらにして亜空間通信網に放り込み、原子が何年ぶりかで自由を味わっているところをまたむりやりくっつけるというのだから、これはどう考えてもあまりぞっとしない話だ。

アーサー・デント以前にも同じことを考えた人はどっさりいて、それで長い歌までできている。ここに紹介するのは、ハッピ・ウェアルド星系第三惑星の〈シリウス・サイバネティクス〉社テレポートシステム工場の前で、おおぜいの人間が集まったときにいつも歌われる歌である。

アルデバランはいいとこだ
アルゴルだって悪くない
ベテルギウスは美人ぞろい
見つめられると足が立たなくなるぐらい
すごくいいことをしてくれる
最初は早く、二度めはゆっくり
でもばらばらにならなきゃ行けないのなら

ぼくはどこにも行きたくない

歌おう
ばらばらには、ばらばらにはなりたくない
それで旅したって言えるのか
ばらばらにならなきゃ行けないのなら
ぼくはうちにいるほうがいい

シリウスは通りが黄金《きん》でできている
そう聞かせてくれた変人は
さらに続けてこう言った
「死ぬ前にタウを見なくっちゃ」
どんなに大きな通りでも
どんなに狭い通りでもぼくは喜んで行くけれど
でもばらばらにならなきゃ行けないのなら
そんならぼくは行きたくない

歌おう
ばらばらには、ばらばらにはなりたくない
頭をなくしたらどうしてくれる
ばらばらにしても連れて行くと言うのなら
ぼくはベッドを離れない
……以下略。もうひとつ、これまた有名だがもっと短い歌もある。

ある晩、ぼくの家までテレポート
ロンとシドとメグとぼく
ロンはメグの心臓を盗み
ぼくはシドの脚をもらった

苦痛の波は少しずつ引いていった。いまでも鈍いずしんずしんは続いているが、アーサーはそろそろと立ちあがった。

「あの鈍いずしんずしんが聞こえるか?」フォード・プリーフェクトが言った。

アーサーはさっとふり向き、バランスを失ってぐらついた。フォード・プリーフェクトが近づいてくる。目は赤く、顔は青ざめていた。

「ここはどこだ?」アーサーはあえぐように言った。

フォードはあたりを見まわした。そこは弧を描く長い廊下だった。廊下は右にも左にも目の届くかぎり続いている。外周側のスチールの壁は、うんざりするような薄緑色に塗ってあった。学校とか病院とか精神病院とかで、収容者をおとなしくさせるために使われる色だ。この壁は頭上でも湾曲して、内周側の垂直の壁に接している。そしてそちら側の壁には、なぜか焦げ茶色のヘシアンクロス〔ジュートを平織にした厚手の布地〕が張ってあった。床は濃緑色のゴム製で、滑り止めのうねが入っている。

外周側の壁には非常に分厚い透明のパネルがはめ込んであり、外の暗闇が透けて見えた。近づいてみるとパネルは何層も重ねてあったが、それでも遠い星々が針の先のように小さく見える。

「なんかの宇宙船のなかみたいだな」フォードは言った。

廊下の向こうから、鈍いずしんずしんが聞こえてきた。

「トリリアン?」アーサーはそわそわと声をあげた。「ゼイフォード?」

フォードは肩をすくめた。

「このへんにはいないぜ。もう捜してみたんだ。どこに行ってたって不思議はない。プログラムなしでテレポートすれば、四方八方何光年放り出されるかわからないんだ。この感じからすると、ぼくらはずいぶん長い距離を移動したんじゃないかと思う」

「この感じってどんな感じ？」

「いやな感じだ」

「トリリアンとゼイフォードは……」

「どこにいるのか、どうなったのか、ぼくらには知りようがないし、できることもなんにもない。ぼくと同じようにすることさ」

「というと？」

「しようがないことは考えない」

アーサーはこのフォードの意見を頭のなかでひねりまわしてみて、気は進まないながらも一理あると思い、のちのちのために憶えておくことにした。彼は深く息を吸った。

「足音だ！」フォードが急に叫んだ。

「どこ？」

「あの音だよ。あのずしんずしんって音。床をどすどす踏む足音だ。よく聞いてみろ！」

アーサーはよく聞いてみた。その音は廊下じゅうに反響していて、どれぐらい遠くから聞こえてくるのかわからない。しかし、どすどすと床を踏むくぐもった足音なのはたしかだし、しかもまぎれもなく近づいてきていた。

「逃げよう」フォードが急き込んで言った。ふたりはいっせいに走りだした——反対方向に。

「そっちじゃない」フォードは言った。「そっちから来てる」

「ちがう、そっちからだよ」アーサーは言った。

「なにを言ってるんだ、あれは……」

ふたりとも口をつぐみ、ふたりともふり返った。ふたりとも一心に耳をすました。ふたりとも相手が正しいと思った。ふたりともまた反対方向に走りだした。

恐怖に襲われた。

音は両方から聞こえてくる。両方とも近づいてくる。

左手数メートルのところに、内壁に直角に交わる別の廊下が見えた。ふたりはその廊下に走り込み、奥へ奥へと急いだ。廊下は暗く、途方もなく長く、奥に進むにつれてどんどん寒くなってくるようだった。その廊下からも左右に別の廊下が分かれていたが、どれもひどく暗く、通りかかるたびに身を切るように冷たい風が吹きつけてくる。

ふたりは恐ろしくなってしばし足を止めた。廊下を奥へ進めば進むほど、床を踏む足音が大きくなってくる。

冷たい壁に背を押しつけ、必死で耳をすました。寒いし暗いし、正体の見えない足音は追いかけてくるし、神経がまいってしまいそうだった。フォードは震えていた。寒さのせいもあるが、ひとつには昔話を思い出したせいだ。彼がひょろひょろの幼い少年で、アークトゥルス大バッタの足首までしか背が届かなかったころ、やさしい母がよく話してくれたものだった。死の船、幽霊船の物語。忘れられた乗組員の霊や悪霊に取り憑かれて、安息を得られないまま深宇宙のわびしい宙域をさまよっている船。そんな船を見つけてなかに入った、向こう見ずな旅人の話もあった。さらにまた……とそのとき、最初の廊下の壁に焦げ茶色のヘシアンクロスが張ってあったのを思い出し、フォードは気を取りなおした。幽霊や悪霊が死の船の内装に凝ることがあったとしても、ヘシアンクロスなんか張るわけがない。いくら賭けたっていい。フォードはアーサーの腕をつかんだ。

「来たほうに戻ろう」有無を言わせぬ口調で言い、ふたりは引き返しはじめた。

だがまもなく、驚いたトカゲのようにあわてふためいて、手近の交差する廊下に飛び込むはめになった。ずしんずしんという足音の主が、いきなり目の前に姿を現したのだ。廊下の陰に隠れて、ふたりはあっけにとられて眺めていた。二十人ばかりの太りすぎの男女が、スウェットスーツに身を包み、ふたりの前をどすどすと走り過ぎていく。ぜえぜえはあはあと荒い息をついていて、心臓外科医が聞いたら泡を食いそうだった。

フォード・プリーフェクトはかれらの後ろ姿を見つめ、「ジョギングしてるんだ！」と声を殺して言った。足音は縦横に走る廊下に反響しつつ遠ざかっていく。

「ジョギングだって？」アーサー・デントはか細い声で言った。

「ジョギングさ」フォード・プリーフェクトは肩をすくめた。

ふたりが飛び込んだ廊下はほかの廊下とはちがっていた。非常に短く、突き当たりに大きなスチールのドアがある。フォードはそのドアを調べ、あけかたを突き止めて大きく押し開いた。

最初に目に飛び込んできたものは、どうも棺桶のようだった。

そして次に目に飛び込んできた四千九百九十九個のものも、やはり棺桶だった。

23

その納棺室は天井が低く、照明は暗く、だだっ広かった。部屋のはるか奥、三百メートルほど先にアーチ通路があったが、その通路の先にある部屋も、ここと同様の造りで同様に棺桶が並んでいるようだった。

納棺室のなかに足を踏み入れながら、フォードは低く口笛を吹いた。

「ぶっ飛んでる」彼は言った。

「なんで死人をこんなに大事にしてるんだ?」アーサーは恐る恐るフォードのあとについて歩いた。

「さあね」フォードは言った。「ちょっと調べてみようぜ」

よく見てみると、それは棺桶というより石棺と言ったほうが当たっていた。腰ほどの高さで、素材は白大理石のようだ。たぶんまちがいなく白大理石だろう。ともかく白大理石にしか見えないものだった。石棺のふたは半透明で、それを通してぼんやりと見えるのは、いまは亡き、おそらくは惜しまれたであろう故人の顔だった。ヒト型なのはわかる。そしてまた、かれらがどんな世界から来たとしても、その世界の悩み苦しみをとっくに超越しているのもわかる。だが、そのほかはほとんどなにもわからなかった。石棺と石棺のあいだを、重い油煙のような白いガスがゆるやかに渦を巻いて流れている。最初は雰囲気を出すための演出かと思ったが、そのうちアーサーはふと気づいた。ガスのせいで足首が冷たくなっている。さわってみると、石棺も飛びあがるほど冷たかった。

フォードがいきなり石棺のかたわらにしゃがみ込んだ。かばんからタオルの端を引っぱり出して、なにかを盛んにこすりはじめた。

「見ろよ、銘板がついてる」彼はアーサーに説明した。「霜で隠れてたんだ」

霜をきれいにぬぐいとって、そこに彫られた文字を調べた。アーサーにはクモの足跡にしか見えなかった。それも、夜のお楽しみに破目を外して飲みすぎた(そんな夜にクモがなにを飲むのか知らないが)クモの足跡のようだった。しかし、フォードはすぐに気づいた――これは古い形の銀河系平明文字《イージーリード》だ。

「『ゴルガフリンチャム箱船団、B船、第七室、上級電話消毒係』だってさ――あとはシリアルナンバーだ」

「電話消毒係?」アーサーは言った。「電話消毒係の死体?」

「上級だぜ」

「でも、ここでなにをしてるんだ?」

フォードはふたを通してなかの人物をのぞき込んだ。
「とくになにも」と言うと、急に例によってにやっと笑ってみせた。こいつは最近無理のしすぎだ、ちょっと休まなくちゃいけないと人が思うような笑いかただ。

彼は急いで次の石棺に向かった。しばらくタオルでごしごしやっていたが、やがて声をあげた。
「こっちは美容師の死体だ。ほえー!」

その次の石棺を最後の安息の場としていたのは、広告代理店の顧客担当主任《アカウント・エグゼクテイブ》だった。

その次のに入っていたのは中古車のセールスマン（最上級）だった。

フォードはふと床に目を留めた。点検用のハッチがはめ込んである。あけてみようとしゃがむと、冷たいガスの雲に呑まれそうになる。それを手で払った。

アーサーはふと疑問に思った。
「これがただの棺桶なら、なぜこんなに冷たくしてあるんだろう」
「それを言うなら、そもそもなぜここにあるのかだな」フォードは言いながらハッチを引っぱってあけた。ガスがなかにどっと落ち込んでいく。「だってそうだろ。わざわざ手間と費用をかけて、五千人分の死体を宇宙の向こうに運んでどうするんだ?」
「一万人分だよ」と、アーサーはアーチ通路のほうを指さした。通路の先の部屋がぼんやりと見える。

フォードは床のハッチに頭を突っ込んだ。顔をあげて、「一万五千だ。この下にも部屋がある」

「一千五百万だ」という声がした。

「それはすごいな」とフォード。「すごくすごい」

「ゆっくりこっちを向け」さっきの声が怒鳴った。「両手をあげろ。おかしなまねをしてみろ、ちりぢりばらばらに吹っ飛ばしてやるぞ」

「やあ、どうも」フォードはゆっくりそっちを向き、両手をあげ、おかしなまねはしなかった。

「たまにはぼくらに会って喜ぶやつはいないのか」アーサー・デントは言った。

さっきふたりが通ってきた入口に、逆光を受けて男がひとり立っていた。彼はふたりに会って喜んではいなかった。喜んでいないとわかるのは、ひとつには居丈高に怒鳴っている声のせいだが、もうひとつには長い銀色の瞬殺銃《キロザップ》を悪意満々に突きつけているせいでもある。その銃をデザインした人物が、ずばり要点をつけと指示されていたのはまずまちがいない。「凶悪なデザインにしろ」と。「この銃には安全な先端と危険な先端があるとはっきりわかるようにしろ。その危険な先端の前に立った人間が、これは絶体絶命だとはっきりわかるようにしろ。そのために、とげやら爪やら黒ずんだ歯やらを全体にくっつける必要があるならくっつけろ。これは暖炉の上に飾る銃でもなければ、傘立てに突っ込んでおく銃でもない。持ち歩いて他人を不幸にするための銃だ」

フォードとアーサーはその銃を見て悲しい顔をした。

銃を持った男はなかに入ってきて、ふたりのまわりを一周した。光の当たる場所に出てくると、黒と金色の制服姿なのがわかった。制服のボタンはぴかぴかに磨きたてられて強烈に輝いている。これで道を歩かれたら、近づいてきた車の運転手はまぶしがってパッシングしてくるにちがいない。

男はドアのほうを身ぶりで示した。

「出ろ」彼は言った。火力が足りていれば言葉は足りなくてもかまわないのだ。フォードとアーサーは外へ出た。そのすぐあとから、キロザップ銃の危険な先端とぴかぴかのボタンがついてくる。

廊下に出たとき、向こうからやって来た二十四人の男女に押しのけられた。さっきジョギングをしていた人々だ。シャワーを浴びて着替えもすませ、納棺室に入っていく。アーサーは面食らってそれを眺めていた。

「歩け！」銃を持った男がわめいた。

アーサーは歩いた。

フォードは肩をすくめて歩いた。

納棺室に入った男女は、側壁に沿って並ぶ二十四個のからの石棺に近づき、ふたをあけ、なかに入り、夢も訪れない二十四の眠りについた。

24

「あの、船長……」

「なんだね、ナンバーワン？」

「たったいま、ナンバーツーから報告みたいなものが来まして」

「やれやれ」

ここは船の最上層にあるブリッジだ。無限に広がる宇宙空間を眺めながら、船長はいささかうんざりした。大きな透明のドーム型天井の下でくつろいでいるところだが、ここでは前方から頭上にかけての広大な星景が見渡せる。この船はあの星々のあいだを渡っていくのだ。進むにつれて星は明らかにまばらになってきていた。ふり向いて後ろを見ると、長さ三キロメートルを超す巨大な船体越しに、はるかに密集した星々が見える。あまりに密集しているので、ほとんどひとつながりの帯のようだ。この船があとにしてきた、銀河系の中心方向を見ているからである。思えば出航してからもう何年にもなる。船の速度はいまちょっと思い出せないが、むやみに速いのはまちがいなかった。なんとかかんとかの速度に近いとか、それともなんとかの速度の三倍とか言ったかな。ともかく腰が抜けそうにすごい速度だった。船の背後の遠く輝く星々に目を凝らし、そこにあるべきものを見つけようとした。ほとんど数分おきにそうしているのだが、見つかったためしがない。とはいえあまり気にしないことにしていた。科学者連中がしつこいぐらい言っていたが、なにもかもまったく完璧にうまく行くはずだった。だれもパニックを起こさず、全員が決まった仕事をきちんきちんと続けてさえいればいいのだ。

船長はパニックなど起こしていなかった。少なくとも彼の見るかぎり、なにもかもすばらしく順調だった。泡だらけの大きなスポンジで肩をこする。そう言えば、さっきちょっとうんざりしたような気がする。なにがあったんだったっけ？　小さく咳払いが聞こえて、この船の一等航宙士がいまもそばに立っているのを思い出した。

ナンバーワンはいいやつだ。あんまり頭はよくないし、靴紐がなかなか結べないという変てこな欠点はあるが、それでもたいへん優秀な航宙士になれるやつだ。しょっちゅうしゃがんで靴紐をいじっているからと言って、そしてそれにやたらに時間がかかるからと言って、それだけで人を蹴っ飛ばすような、船長はそんな男ではない。あの嫌われ者のナンバーツーとはちがう。あいつはふんぞりかえって歩きまわり、ボタンを磨きて、一時間おきに報告をしてくる。「船長、船はいまも動いております」「船長、いまも針路どおりであります」「船長、酸素濃度はいまも正常であります」「放っておけ」というのが船長の意見だった。ああそうだ、それでうんざりしていたのだった。彼はナンバーワンを見おろした。

「それがその、捕虜を見つけたとかなんとか、なんかそういうことを怒鳴ってたみたいなんですが……」

船長はちょっと考えた。そんなばかなという気がしたが、彼は部下のやることに口出しをする男ではなかった。

「そうか、それじゃあしばらくは機嫌よくやってるだろう」彼は言った。「あいつは前々から捕虜を欲しがってたから」


フォード・プリーフェクトとアーサー・デントは重い足どりで歩いていた。船の廊下ははてしなく続くように思えた。後ろを歩くナンバーツーが、おかしなまねをするなとか、へたな考えを起こすなとかときどき大声で怒鳴りちらす。焦げ茶色のヘシアンクロスの壁をずっと見ながら、少なくとも一キロ半ぐらいは歩いたような気がする。ようやくたどり着いたのは大きなスチールドアの前で、ナンバーツーが怒鳴るとそれがスライドして開いた。

ドアのなかに入った。

フォード・プリーフェクトとアーサー・デントの見るところ、この船のブリッジで最も驚くべき点は、ブリッジを覆う直径十五メートルの半球型のドームではなかった。そのドームを通して降るような星々が見られるとは言っても、宇宙の果てのレストランで食事をしてきた者にとっては大した眺めではない。また、広いブリッジのぐるりの壁にぎっしりと並ぶ、正体不明の装置類でもなかった。アーサーにとっては、それは宇宙船はこういうものと以前から思っていたとおりの姿だったし、フォードの目には完全に古めかしく見えた。心配していたとおりだ、とフォードは思った。〈ディザスター・エリア〉のスタント船は、かれらの属する時代より少なくとも百万年は（二百万年とは言わないまでも）過去にさかのぼったにちがいない。

かれらがまったく予想もしていなかったもの、それは浴槽だった。

浴槽が載っている台座は高さ百八十センチ、粗削りの青いウォーター・クリスタル製。浴槽じたいも奇怪そのもので、マクシメガロン病的妄想博物館でしかお目にかかれないようなしろものだった。腸管さながらに入り組んだ配管は、つつましく夜中にこっそり埋めるどころか、わざわざ金箔をほどこして目立たせてある。蛇口やシャワーは、ガーゴイルもはだしで逃げ出す異様さだった。

それが宇宙船のブリッジのまんなかにでんと置かれているのだから、これはもう場ちがいもはなはだしかった。そのことはよくわかっているらしく、いかにも憤懣やるかたない様子でナンバーツーは浴槽に近づいていった。

「船長！」彼は食いしばった歯のあいだから叫んだ——簡単にできることではないが、

もう何年間も練習してきて完全にマスターしている。

大きな温厚そうな顔と、温厚そうに泡だらけの片腕が、怪物めいた浴槽のふちからのぞいた。

「やあ、ナンバーツーじゃないか」船長は機嫌よくスポンジをふって、「楽しくやってるかね」

ナンバーツーはいままで以上に背筋をぴんと伸ばして気をつけをした。

「捕虜を連行してまいりました。第七冷凍室で取り押さえたものであります!」と大声でわめいた。

なにがなにやらわからず、フォードとアーサーは咳払いをした。

「えーと……こんにちは」ふたりは言った。

船長はこれを見て顔を輝かせた。では、ナンバーツーはほんとうに捕虜をつかまえたと見える。それはよかった。部下が自分の得意なことをやっているのを見るのはいいものだ。

「やあ、よく来てくれた」彼はふたりに言った。「立てなくて申し訳ない、いま軽くひと風呂浴びてるところなんでね。そうだ、みんなでジナン・トニクスでもやろうじゃないか。ナンバーワン、冷蔵庫を見てくれないか」

「はい、ただいま」

これは奇妙な事実であり、どういう意味があるのかだれにもわからないのであるが、銀河系の既知の惑星のうち八十五パーセントほどでは、その惑星が遅れていようが進んでいようが関係なく、ジニャン・トニクスとかジーンアントンニクスとかジノンドオニックスとかいう名前の飲料が発明されている。一千以上もの変奏《バリエーション》はあるが、要するに音韻的な主題《テーマ》はどれも同じである。飲料そのものは同じではなく、シヴォルヴィア星の「チナント・ムニグス」は室温よりほんの少し温かくして出されるただの水だし、ギャグラカッカ星の「ツィンアンソニクス」は百歩と行かずに牛が死ぬという強烈な酒だ。しかし、名前が同じに聞こえるということのほかに、すべてに共通する点がひとつある。どの飲料も、その惑星がほかの惑星と接触する以前に発明され、そう命名されているということだ。

この現象をどう考えるべきだろうか。こんな例はほかにない。構造言語学のどんな理論に照らしても、こんなことはあるはずがないのだ。が、事実あるものはどうしようもない。若い構造言語学者がこれをテーマに研究しようとすると、老いた構造言語学者は怒り狂う。若い構造言語学者は大いに興奮し、とてつもなく重要な発見も間近だと信じて夜も寝ないで研究し、結局なにもわからないまま老いた構造言語学者になって、若い構造言語学者に怒り狂うようになる。構造言語学は深刻な世代間ギャップのために不幸な学問分野となり、その多くの学徒は憂さ晴らしのため、ウイスギアン・ゾーダに溺れて夜々を過ごすのである。

ナンバーツーは船長の浴槽の前に突っ立って、いらだちのあまり震えていた。

「捕虜の尋問をなさらないのですか?」金切り声をあげた。

船長は目を丸くしてナンバーツーを見おろした。

「いったいなんでそんなことをするんだね」

「情報を得るためです! どういう目的で潜入してきたのか調べるのです!」

「とんでもない」船長は言った。「きっと軽くジナン・トニクスをやりに寄っただけだろう。そうだろう、きみたち」

「しかし船長、こいつらはわたしがとらえた捕虜です! 尋問しなくてはなりません!」

船長は納得できないという顔をした。

「そうか、よしわかった。どうしてもと言うのなら、なにが飲みたいか訊いてみたらどうだね」

ナンバーツーの目に、厳しく冷たい光が宿った。ゆっくりとフォード・プリーフェクトとアーサー・デントの前に近づいてきた。

「ようし、このごくつぶしども」彼は唸った。「この害虫ども……」と、フォードにキロザップ銃の銃口を押しつけた。

「こらこら、乱暴はいかんぞ」船長が穏やかにたしなめた。

「きさま、なにが飲みたい！」ナンバーツーはわめいた。

「そうだな、ジナン・トニクスはよさそうだと思うな」フォードが言った。「アーサー、きみは？」

アーサーは目をぱちくりさせた。

「えっ？　ああ、そ、そうだね」彼は言った。

「氷は入れるのか入れないのか！」ナンバーツーが怒鳴った。

「入れてもらおうかな」とフォード。

「レモンは!!」

「入れてください」フォードは言った。「それと、小さいビスケットかなんかないかな。ほら、チーズ味の」

「尋問してるのはこっちだ!!!」ナンバーツーは吼えた。怒りで全身ぶるぶる震えていて、いまにも卒倒しそうだった。

「ああ、ナンバーツー……」船長が穏やかに口をはさんだ。

「なんでしょうか！」

「あっちへ行ってくれ、いい子だから。わたしはリラックスするために風呂に入ってるんだよ」

ナンバーツーは目を細め、脅迫ならびに人殺し業界で「険悪な引き目」と呼ばれる形にした。その目的はおそらく、眼鏡をなくしたのか眠くて目がちゃんとあけていられないのかと敵に思わせることだろう。なぜそれが恐ろしいということになっているのか、いまのところこれは未解決の問題である。

彼は船長に近づいていった。彼の(もちろんナンバーツーの)口はぎゅっと結ばれている。なぜこれが険悪な表情ということになっているのか、これまた理解に苦しむところである。トラール星のジャングルをさまよっているとき、かの有名な貪食獣バグブラッターに出くわしたとしたら、そいつの口がぎゅっと結ばれていれば大いにほっとするはずだ。なにしろたいていは口をがばっと開いて、びっしり生えたよだれまみれの牙を見せびらかしているのだから。

「失礼ですが、船長」ナンバーツーは押し殺した声で言った。「船長はもう三年以上も風呂に入りっぱなしなんですよ!」この最後のひとことを放つと、ナンバーツーはかかとを支点にくるりとまわれ右をして、ゆうゆうとブリッジの隅に歩いていき、鏡の前で鋭く視線を飛ばす練習を始めた。

船長は風呂のなかでもじもじし、フォード・プリーフェクトにばつの悪そうな笑顔を向けてきた。

「まあその、こういう仕事をしてると、しょっちゅうリラックスしなくちゃならないもんでね」

フォードはゆっくりと両手をおろした。だれもなにも言わない。アーサーも手をおろした。

そろそろと慎重に足を前に出し、フォードは浴槽の台座に近づいていって、それを軽く叩いた。

「これ、いいですね」と心にもないことを言う。

笑っても大丈夫だろうか。様子をうかがいながらゆっくりと笑ってみた。大丈夫らしい。

「えー、その……」彼は船長に話しかけた。

「なんだね？」

「その、ひとつうかがいたいんですが、船長の仕事っていうと、具体的にはどういうことですか」

肩を叩かれて、フォードはくるりとふり向いた。

一等航宙士だった。

「飲物をどうぞ」彼は言った。

「あっ、どうも」フォードとアーサーはジナン・トニクスを受け取った。アーサーはひと口飲んでみて、ウイスキーソーダと味がそっくりなので驚いた。

「つまりその、見てしまったもので」フォードもひと口飲んだ。「その、死体を。船倉で」

「死体？」船長が驚いたように言った。

フォードはしばらく口をつぐんで考えた。なにがあっても不思議はないが、この船に一千五百万人分の死体が積まれているのを、船長が知らないなんてことがあるものだろうか。

船長は機嫌よくフォードにうなずきかけた。それと同時に、どうもゴムのアヒルと遊んでいるように見えた。

フォードはあたりを見まわした。ナンバーツーは鏡越しにフォードを見ていたが、それはほんの一瞬で、その目はたえず動いていた。一等航宙士は酒のトレーを持って突っ立って、人がよさそうににこにこしている。

「死体というと？」船長がまた言った。

フォードは唇をなめた。

「その、電話消毒係の死体とか、広告会社の顧客担当主任の死体とか、船倉で見たんですよ」

船長は目を丸くしてフォードを見ていたが、ふいにのけぞって笑いはじめた。

「いや、あれは死体じゃないんだ」彼は言った。「なんのことかと思ったら。冷凍睡眠中なんだよ。いずれ生き返るんだ」

フォードはめったにしないことをした。目をぱちくりさせたのだ。

アーサーは夢から覚めたようだった。

「それはつまり、冷凍した美容師を船倉いっぱい運んでるってことですか」

「そうだよ」船長は言った。「何百万人もな。美容師もいれば、くたびれたテレビのプロデューサーもいるし、保険の外交員とか、人事担当者とか、警備員とか、広告代理店の重役とか、経営コンサルタントとか、なんでもいる。われわれは別の惑星に移住するところなんだ」

フォードはごくわずかにふらついた。

「すごいだろ?」と船長。

「移住って、そういうメンバーでですか?」アーサーは言った。

「ああ、いや、誤解しないでくれ」船長は言った。「われわれだけで移住するわけじゃない。この船は箱船団のうちの〝B〟船でね。ああ、ちょっとすまないが、ちょっとお湯を出してもらえないかね?」

アーサーが言われたとおりにすると、ピンクに泡立つお湯が滝のように流れだし、浴槽に渦を巻いた。船長は気持ちよさそうにため息をついた。

「いや、どうもありがとう。酒は好きなだけやってくれてかまわないからね」

フォードはグラスを飲み干し、一等航宙士のトレーからボトルをとると、またグラスをなみなみと満たした。

「〝B〟船はどういう船なんです?」

「この船だよ」と船長は言った。うれしそうにアヒルを泳がせて、泡だらけのお湯に波を立たせている。

「ええ、それはわかってますが……」

「つまりだね、なにがあったかと言うと、われわれの故郷は、つまりわれわれがあとにしてきた惑星のことだが、言ってみれば先が長くなかったんだ」

「先が長くなかった?」

「そうなんだ。そこでみんなで考えて、惑星じゅうの人間を巨大な宇宙船に詰め込んで、別の惑星に移住しようじゃないかってことになった」

ここまで話し終えたところで、彼は満足げにうめいて湯に身体を沈めた。

「つまり、まだ先の長い惑星にってことですね」アーサーが先を促す。

「失礼、いまなんと言ったかね?」

「まだ先の長い惑星にって言ったんです。移住しようと」

「そう、移住しようというわけだ。それで、船を三隻建造することになった。宇宙を渡る三隻の箱船ってわけだ……こんな話、退屈じゃないかね」

「とんでもない」フォードがきっぱりと言った。「面白いですよ」

「いや、たまには別の相手と話をするのも楽しいもんだね」船長はしみじみと言った。

ナンバーツーのぎらぎら光る目が室内をまたさっとなめ、また鏡のうえで落ち着いた。一か月前の肉にたかった二匹のハエのようだ。なにかに驚いてぱっと飛びあがっても、すぐに好物の腐肉に舞い戻る。

「こういう長旅で困るのは」船長は続けた。「どうしても話し相手が自分だけになってしまうことだね。これがまた恐ろしく退屈なんだ。なにしろ二回に一回は、次に自分がなにを言うかもうわかってるからね」

「二回に一回、ですか？」アーサーが驚いて尋ねた。

船長はしばらく考えた。

「うん、それぐらいだと思うね。それはともかく——あれ、石けんはどこに行ったかな」あたりを探って見つけると、「あったあった。まあそれはともかく、最初の船、つまり〝A〟船には、すぐれた指導者とか、科学者とか、偉大な芸術家とか、そういう優秀な人間が乗ることになった。それで第三の、つまり〝C〟船には、実際の仕事をする、つまりものを作ったりあれこれやったりする人間が乗る。で〝B〟船、つまりこの船だが、これにはそれ以外の人間、いわば中間層だね、それが乗ることになったわけだよ」

彼はうれしそうににこにこした。

「それで、この船が最初に出発したんだ」そう締めくくって、短い入浴の歌をハミングしはじめた。

この短い入浴の歌は、彼の惑星でもとくに才能豊かで多作なコマーシャルソング・ライター(この人物はいま、九百メートルほど後方の第三十六冷凍室で眠っている)が船長のために作曲したものだが、いまなんとか場がもっているのはこの歌のおかげだった。これがなかったら、沈黙が続いてさぞかし気まずかっただろう。フォードとアーサーは足をもじもじさせ、互いの視線を死にもの狂いで避けあっていた。

「えーと……」ややあってアーサーが口を開いた。「ところで、みなさんの惑星は具体的にはなにがまずかったんですか」

「ああ、先が長くなかったんだよ、さっきも言ったが」船長は言った。「なんでも太陽かなにかにぶつかりそうだとか。それとも、月がぶつかってくるって話だったかな。まあそんなところさ。なんにしても、とんでもなく恐ろしいことが起きるのがわかってたんだ」

ふいに一等航宙士が口を開いた。「えっ、わたしはまた、体長四メートルのピラニア蜂の大集団が襲ってくるのかと思ってました。ちがったんですか」

ナンバーツーがくるりとふり向いた。その目は冷たく厳しい光に燃えていた。何時間もかけて練習した成果だった。

「それはわたしが聞いた話とちがう!」彼は押し殺した声で言った。「部隊長どのから聞いた話では、巨大な突然変異の星ヤギに惑星が丸ごと食われそうになっていたのです！」

「へえ、ほんとに……？」とフォード・プリーフェクト。

「もちろんだ！　地獄の底から湧いて出た怪物で、大鎌のような歯は長さが一万キロもあって、息で海は沸騰するし、鉤爪で大陸は根こぎにされるし、太陽のように燃える目が一千個もついていて、よだれだらだらのあごは幅が百万キロもあって、こんなすごい怪物は、いまだかつてだれも……ただのひとりも……一度も……」

「それで、みなさんの船が一番先に送り出されることになったんですね」アーサーは尋ねた。

「そうだよ」と船長。「みんなが言うには、うれしいことを言ってくれるとわたしは思ったもんだがね、士気を高めるのにそれが非常に重要だっていうんだ。新しい惑星に着いたらきれいに髪を切ってもらえるし、電話はぴかぴかになってるってわけだからね」

「なるほど」フォードは相槌を打った。「たしかにそれはすごく大事でしょうね。それで、ほかの船は……えーと、つまりこの船のあとについて来てるんですね？」

しばらく船長は答えなかった。湯につかったまま身体をひねって後ろをふり向き、巨大な船体越しに明るく輝く銀河系の中心を見やる。見通せないかなたに目を細めた。

「ふうむ、不思議だな、その話がここで出てくるとは」と、フォード・プリーフェクトに向かってかすかな渋面をつくった。「みょうな話なんだが、五年前に出航して以来、向こうからはうんともすんとも言ってこないんだよ……まあ、どこか後ろを飛んでるはずなんだがね」

彼はまた遠いかなたをじっと見やった。

フォードもいっしょに目をこらし、考え込むようにまゆをひそめた。

「もちろん、化け物ヤギに食われてなかったらの話ですよね」彼は静かに言った。

「ああ、そうだな……」と言う船長の声には、わずかにためらいの色が混じっていた。

「ヤギに……」ブリッジの壁を埋める頼もしい装置やコンピュータを、船長は目でたどっていった。機械はすまして瞬きを返してくる。星々を見やっても、星はなにも教えてくれない。一等航宙士と二等航宙士にちらと目を向けたが、いまのところかれらもなにか考え込んでいるようだ。フォード・プリーフェクトに目をやると、彼は船長に向かってまゆをあげてみせた。

「おかしな話じゃないかね」しまいに船長は口を開いた。「しかし、こうしてほかのだれかに実際に話をしてみると……つまりその、変だと思わないか、ナンバーワン？」

「えーー……」とナンバーワンは言った。

「どうやらみなさんで話し合いたいことがいろいろありそうですね」フォードは言った。「飲物をごちそうさま。それで、できたら手近の惑星にちょっと降ろしてもらえないかと思うんですが……」

「ああ、いや、それがちょっとむずかしいんだよ」船長は言った。「この船の軌道だかそういうのは、ゴルガフリンチャムを出る前にあらかじめ設定されていてね。これはひとつには、わたしがあんまり数字に強くないからだと思うんだが……」

「つまり、ぼくらはこの船を降りられないっていうんですか?」フォードは叫んだ。「この茶番劇が急に我慢できなくなってきた。「その移住することになってる惑星には、いつごろ着くことになってるんです?」

「ああ、そろそろ着くころだと思うよ」船長は言った。「もういつ着いてもおかしくない。そろそろ風呂からあがったほうがいいんだろうね、実際のところ。いや、どうかな。こんな愉快なことをやめる必要もないかな」

「それじゃ、もうすぐ着陸するんですか」アーサーは言った。

「いや、着陸っていうか、着陸っていうのとはちょっとちがって、つまり……えー……」

「なにが言いたいんです」フォードが尖った声で尋ねた。

「つまりその」船長は慎重に言葉を選びながら、「わたしの憶えているかぎりでは、この船は墜落するようにプログラムされてたと思う」

「墜落?」フォードとアーサーが声をそろえて叫んだ。

「うん、そうなんだ」と船長。「そう、これはみんな計画されてることだったと思う。

それにはしごくもっともな理由があったんだが、いまちょっと思い出せないな。たしか……えー……」

フォードは怒りを爆発させた。

「あんたらは糞の役にも立たないノータリンの集まりだ！」

「そう、それだ」船長は顔を輝かせた。「それが理由だった」

25

『銀河ヒッチハイク・ガイド』には、惑星ゴルガフリンチャムについてこう書かれている——古く謎に包まれた歴史を持ち、伝説に彩られた惑星。過ぎ去りし日々にここを征服しようとした者の血で、赤く、ときには緑に染まってきた。乾ききった不毛の大地、しかし吹く風は甘く官能を誘い、かぐわしい泉の香りに満ちている。泉の水は灼けた埃っぽい岩のあいだをさらさらと流れ、その水を吸って岩陰で育つ地衣は黒っぽく、麝香《じゃこう》の香りを放っている。熱を帯びたひたいと陶然たる奇想の地——その地衣を味わう者にとっては。そしてまた、涼しい思索の地でもある——地衣を食べるのをみずからに禁じ、腰をおろすに適した木陰を見つける者にとっては。また鋼と血と英雄の地でもあり、つまりは肉体と精神の地であった。それがこの惑星の歴史である。

古く謎に包まれた歴史のなかでも最も謎に包まれているのは、まちがいなく「エイリアムの大円環詩人」という集団だろう。この円環詩人たちは人里離れた山中の峠に住み、通りかかる旅人を待ち伏せしていた。そしてなにも知らずに少人数の旅人たちがやって来ると、それを丸く取り囲んで石をぶつけはじめる。

旅人たちが大声をあげて、とっとと帰って詩を書いたらどうだ、石を投げて人に迷惑をかけるのはやめろと言うと、詩人たちはふいに投石をやめて、即興詩を朗誦しはじめたという。こうして生まれたのが偉大な「ヴァシリアの連詩」七百九十四篇である。この七百九十四篇はいずれも想像を絶するほど美しく、長さはもっと想像を絶していて、そしてどれもまったくパターンは同じだった。

第一部では、五人の賢い王子と四頭の馬がいかにしてヴァシリアの都を出立したかが語られる。王子たちは言うまでもなく勇敢で気高くて知恵があり、はるかな国々を広く旅して、人食い巨人を退治し、異国の哲学を学び、不思議な神々とお茶を飲み、美しい怪物を凶暴な姫君から救出し、しまいに悟りを得て旅の目的は果たされたと宣言する。

続く第二部は第一部よりさらに長く、ここでは王子たちの激しい口論が語られる。口論の内容は、だれが歩いて帰らなくてはならないかということである。

以上はすべてこの惑星の遠い過去の話だ。しかし、奇矯な詩人たちの血は脈々と受け継がれ、かれらの子孫のひとりが惑星の最期は近いという話をでっちあげた。ゴルガフリンチャム人はそのおかげで、人口の三分の一を占める役立たずどもを完全に厄介払いすることができたのである。残る三分の二は故郷の惑星から一歩も出ず、充実した豊かで幸福な生を謳歌していたが、恐ろしい伝染病のためにあっという間に全滅してしまった。感染源は不潔な電話機だったという。

26

その夜に船が墜落したのは、まったくぱっとしない小さい青緑色の惑星だった。その惑星はなんのへんてつもない小さな黄色い太陽のまわりをまわっていて、そしてその太陽があったのは、星図にも載っていない辺鄙な宙域のはるか奥地、銀河の西の渦状腕の地味な端っこだった。

落下の前の数時間、フォード・プリーフェクトは死にもの狂いで操縦装置のロックを外そうとした。しかし奮闘むなしく、船はあらかじめ定められた飛行経路をかたくなに進みつづける。フォードがすぐに気づいたとおり、この船はその乗員と積荷を安全に（快適にではないとしても）新たな故郷に運ぶように、しかしその過程で船じたいは修理不能なほど壊れるようにプログラムされていた。

船は絶叫をあげ炎を噴いて大気圏を降下しつつ、上部構造と外壁のほとんどを脱ぎ捨て、しまいに情けないかっこうで暗い沼沢地に胴体着陸した。暗闇のなか、乗員たちにはわずか数時間の猶予しかなかった――急速冷凍されて不用品として放り出された積荷を、そのあいだに蘇生させて降ろさなくてはならない。というのも、船はたちまち沈みはじめ、よどんだヘドロのなかでゆっくり転覆していったからである。その夜のうちに一度か二度、船体の輪郭が夜空にくっきりと浮かびあがった。降下のさいに飛び散った船の破片が、燃える流星となって空に閃光を走らせたのだ。

夜明け前の灰色の光のなか、船はいやらしいごぼごぼという大音響を発して、悪臭漂う深みに永遠に姿を消した。

朝日が昇ったとき、その弱々しい薄い光に浮かびあがったのは、一面にうごめく美容師や広告会社の重役や世論調査員たちだった。全員がうめきながら、乾いた土地をめざして必死で泥を掻いている。

気の弱い太陽ならすぐに引き返して沈んでしまいそうな光景だったが、この太陽はそのまま空を昇りつづけた。しばらくするうちに、その暖かい光のおかげで、弱々しくうごめく生物たちにもいくらか体力が戻ってきた。

当然のことながら、夜のうちに無数の人々が沼に呑まれ、加えて何百万という人々が船とともに沈んでいったが、生き残った者の数はそれでも数十万に及んだ。日が高くなるとともにかれらは周囲に這い出していき、一平方メートルばかりの乾いた土地を探した——そこに倒れ込み、前夜の悪夢から立ちなおるために。

その集団よりずっと先を行っているふたつの人影があった。

近くの丘の中腹から、フォード・プリーフェクトとアーサー・デントは恐怖の光景を眺めていた。かれらには、自分たちがその光景の一部だとは思えなかった。

「許しがたい汚いペテンだ」アーサーがつぶやいた。

フォードは地面を棒で引っかきながら肩をすくめた。

「独創的な問題解決法だと言うだろうな、ぼくなら」

「どうして人間は、みんなで平和に仲よく生きていけないんだろう」アーサーは言った。

フォードは大声で笑ったが、その笑い声はひどくうつろに響いた。

「四十二！」と言って、ぞっとするような笑みを浮かべた。「いや、合わないな。気にしないでくれ、なんでもないんだ」

アーサーはフォードを見て、まさか狂ったんじゃないだろうなと思ったが、狂っていないという証拠はどこにも見当たらないし、ほんとうに狂ったと考えてもべつにかまわないのだと気がついた。

「あの人たちはこれからどうなると思う？」しばらくしてアーサーは言った。

「無限の宇宙ではなんでもありだ」フォードは言った。「生き延びる可能性だってある。不思議だが事実だ」

目に奇妙な表情を浮かべて周囲を見まわしていたが、やがてまた足もとの痛ましい光景に目を向けた。

「しばらくはなんとかやって行くだろうと思うよ」彼は言った。

アーサーはさっと顔をあげた。

「どうしてそう思うんだ?」

フォードは肩をすくめた。

「ただのカンさ」と言って、それ以上の質問を封じてしまった。

「見ろ」とフォードはふいに言った。

その指さす方向にアーサーは目を向けた。ぐったりと横たわる人々のあいだを、ひとりの男が立って歩いていた――よろめいていたと言ったほうが正確かもしれない。なにかを肩にかついでいるようだった。倒れ伏した人影から人影へよろよろと移動しながら、そのなにかを人に向けているようだが、酔っぱらいのように手もとが定まらない。しばらくすると力尽きて、がっくりとくずおれた。

アーサーには、フォードがなにを思ってこれを見ろと言ったのかさっぱりわからなかった。

「撮影してる」フォードは言った。「この歴史的瞬間を記録してるんだ」

ややあって、フォードはまた言った。「きみはどうか知らないけど、ぼくはいま調子が悪い」

そう言うなり黙って座っている。

しばらくすると、アーサーはなにか言わなくてはいけないような気がしてきた。

「えーと、いま調子が悪いっていうのは、具体的にはどういう意味？」

「いい質問だ」フォードは言った。「なんにも入ってこないんだ」

肩ごしにのぞいてみると、フォードは小さな黒い箱のつまみをいじっていた。その箱が亜空間通信自動感知器《サブイーサ・センソマティック》だというのは以前フォードから聞かされていたが、そのときアーサーは適当にうなずいただけで、くわしく聞いてみようとはしなかった。彼の頭のなかでは、この世界はいまだにふたつに分かれている。ひとつは地球、もうひとつはそれ以外だ。地球は超空間バイパスを建設するために破壊されたのだから、こういう世界観はいささか偏っている。しかし、アーサーはこの世界観に固執しがちだった。この偏りが、故郷との最後に残った接点だという気がするからだ。そしてサブイーサ・センソマティックはまちがいなく「それ以外」カテゴリーに属していた。

「ぜんぜんだ《ノット・ア・ソーセージ》」と言って、フォードはその箱をふった。

ソーセージか、とアーサーは思いながら、周囲に広がる原野を無関心に眺めた。うまい地球のソーセージのためならなんだってくれてやるのに。

フォードがいらいらと言った。「信じられるか、この未開の一点から周囲何光年の範囲で、ぜんぜんなんの通信もされてないなんて。おい、聞いてんのか？」

「えっ？」とアーサー。

「まずいことになったぞ」とフォード。

「へえ」アーサーは言った。そんなことは一か月も前からわかっているような気がした。

「この機械で信号を拾えないうちは、ここから出られる見込みはゼロだ。ひょっとすると、この惑星の磁場に異常な定常波効果があるのかもしれない。もしそうなら、あっちこっち移動してまわって受信状態のいい場所を見つけなくちゃならない。行こうか」

フォードは荷物を取りあげて歩きはじめた。

アーサーは丘の下に目を向けた。撮影機を持った男はまたなんとか立ちあがって、ちょうど仲間のひとりがくずおれる瞬間をとらえるのに成功していた。

アーサーは草の葉をむしると、フォードのあとを追って歩きだした。

27

「食事は堪能しただろうね？」ザーニウープが言った。ゼイフォードとトリリアンは宇宙船〈黄金の心〉号のブリッジに実体化し、床にころがって息をあえがせている。

ゼイフォードは四つの目の一部を開き、ザーニウープをにらみつけた。

「きさまか」吐き捨てるように言った。よろめきながらも立ちあがり、どたどたと歩いていってどさっと座れる椅子を探した。椅子を見つけてどさっと座った。

「この旅に必要な不可能性座標を打ち込んで、コンピュータはもうプログラムしてある」ザーニウープは言った。「すぐに着くはずだ。それまでゆっくり休んで、ご対面にそなえておいたらいい」

ゼイフォードはなにも言わなかった。また立ちあがり、小さな棚からジャンクス・スピリットの壜を取り出した。それをぐびぐびとあおる。

「それで、すっかり片がついたら」ゼイフォードは噛みつくように言った。「もう終わりだぞ、いいな。おれはどこでも自由に行ってなんでも好きなことをする。砂浜でのらくらしたりな」

「それは、この旅でなにがわかるかによるな」とザーニウープは言った。

「ゼイフォード、この人はだれ」トリリアンがもつれた舌で言って、ふらつきながら立ちあがった。「ここでなにをしてるの？　なんでわたしたちの船に乗ってるの？」

「こいつは底なしの大馬鹿野郎さ」ゼイフォードは言った。「この宇宙を支配してる男に会いたいんだと」

「ああそう」トリリアンはゼイフォードの手から壜をとり、ひと口あおった。「成りあがりたいわけね」

28

人を支配することにまつわる重大な問題は——重大な問題はいくつかあるから、そのうちのひとつは——つまり、数多くの重大な問題のうちのひとつは、だれに支配させるかということだ。というよりむしろ、この人に人を支配させようと人に思わせられる人はだれかということだ。

要約するとこうなる。これはよく知られた事実であるが、人を支配したがる人は、人を支配したがっているというその事実によって、人を支配するのにふさわしくない人である。要約をさらに要約すると、大統領になれる人は絶対に大統領にしてはいけない人である。要約の要約を要約すると、問題は人だ。

というわけで、現在の状況はこうだ——歴代の銀河帝国大統領は、権力の座にあることの快楽や狂騒を味わうのに忙しくて、自分は権力の座にはないということにめったに気づかなかった。

そしてかれらの背後に隠れて、どこかで——だれが？

支配者になりたいと望む者は支配者になれないとしたら、いったいだれが支配者になれるというのだろう。

29

それは小さな目立たない惑星で、とくにどこでもないところにあった。どこでもないというかどこにもないというか、広大な無可能性フィールドに守られていて、そこはだれにも見つけられない場所だった。そこに入る鍵を持っているのは、この広い銀河系にたった六人しかいない。そしていま、その惑星では雨が降っていた。

バケツをひっくり返したような雨だった。もう何時間も降りつづいていた。雨は海面を叩いてもやを起こし、木々を打ちすえ、海のそばのあまり広くない土地をかきまわし、水浸しにし、泥風呂に変えた。

そのあまり広くない土地のまんなかに、小さな小屋が立っていた。雨は小屋のトタン屋根を叩いてでたらめなダンスを踊っている。小屋から海岸にくだる細いでこぼこ道は跡形もなくなり、きちんと積んであった面白い貝殻の山はばらばらになった。

屋根を打つ雨音は小屋のなかでは耳を聾《ろう》するほどだったが、小屋の主はほとんど気がついていなかった。別のことで頭がいっぱいだったからだ。

男は背が高くてのっそりしていて、もじゃもじゃの髪は藁《わら》の色をしていた。雨漏りのせいでその髪が濡れている。着ている服はくたびれていて、猫背で、目は開いていても閉じているように見える。

小屋のなかには、古いへたった肘かけ椅子と、古い引っかき傷だらけのテーブル、古いマットレス、クッションがいくつか、それに小さいが暖かいストーブがひとつある。また、年寄りでちょっとくたびれた猫が一匹いる。そしていま男の頭をいっぱいにしているのはこの猫だった。彼はのっそりした身体をかがめて猫に顔を近づけた。

「よしよし、いい子だね。ほらほら、おいでおいで……猫ちゃんは魚を食べるかな？おいしいよ……ほら食べてごらん、お魚だよ」

猫はどうしようか決めかねているふうだった。男の差し出した魚にお義理に前足でさわってみせたものの、床に落ちた埃のほうに気をとられている。

「猫ちゃんお魚食べないと、痩せてがりがりになっちゃうよ」男は言った。なんとなく自信なげな口調になって、「たぶんそうなると思うんだけどな。でも、どうしてわかるだろう」

彼はまた魚を差し出した。

「猫ちゃん考えてるね。魚を食べようか、やめようか。あんまりしつこく勧めないほうがいいのかな」ため息をついた。

「魚はおいしいと思うけど、でも雨が降ると濡れると思うし、わたしにわかるわけがないな」

魚を床に置いてやり、猫から離れて椅子に腰をおろした。

「ああ、おまえが食べてるのが見えるような気がする」彼はしまいに言った。猫は埃で遊ぶのに飽きて、魚に飛びかかっていった。

「おまえが魚を食べるのを見るとうれしいよ。おまえが魚を食べないと、わたしの頭のなかのおまえが痩せて弱っていくからね」

彼はテーブルから紙とちびた鉛筆をとった。いっぽうを右手にいっぽうを左手に持ち、さまざまな方法で組み合わせる実験をした。鉛筆を紙の下に置き、次に上に置き、次には並べて置いてみる。紙で鉛筆を包み、鉛筆の尖っていないほうを紙にこすりつけ、次には尖ったほうをこすりつけた。すると線が書けたので、毎日のことだが彼はうれしくなった。テーブルからまた別の紙をとった。これにはクロスワードが書いてある。ちょっと考えて、カギをふたつ解いてマスを埋めたところで興味をなくした。

片手を尻の下に敷いて座ってみて、尻に当たる骨の感触が面白いと思った。

「魚は遠いところから来るんだよ。少なくともそう聞いている。少なくともそう聞いたとわたしは想像してる。あの男たちが来るとき——というか、わたしの頭のなかでは、ときどき男たちが六隻の黒いぴかぴかの船に乗ってやって来るんだけど、そういうときはおまえの頭のなかでもやっぱり男たちが来ているのかな。どう思う、猫ちゃん」

猫を見た。猫は魚をできるだけ早く呑み込むことに熱心で、彼の思索には関心がなさそうだった。

「そういうとき、わたしにはかれらの質問するのが聞こえるんだけど、あれはおまえにも聞こえているのかな。あの声はおまえにはどんな意味があるんだろう。おまえはひょっとして、あの男たちがおまえに歌を歌って聞かせてると思ってるんじゃないかな」ちょっと考えてみて、この仮説には問題があることに気がついた。

「ひょっとしたら、ほんとにおまえに歌を歌っているのかもしれないね。それなのに、わたしに質問をしてるんだとわたしが思ってるだけかもしれない」

彼はまた口をつぐんだ。ときには数日間ずっと黙っていることもある。どんな感じか試してみたくなるのだ。

「今日、あの男たちは来たと思うかい？　わたしは来たと思う。床には泥がついてるし、煙草とウイスキーがテーブルに出てるし、おまえの魚が皿に載ってるし、わたしの頭にも記憶が残っている。もちろん決定的な証拠じゃないが、でも証拠はみんな状況証拠だからね。それにほら、ほかにも置いていってくれたものがある」

テーブルに手を伸ばし、そこに置かれたものを手にとった。

「クロスワードに、辞書に、計算機だ」

彼は一時間ほど計算機で遊び、そのあいだに猫は眠り込み、外では激しい雨が降りつづいていた。しまいに彼は計算機をわきへ置いた。

「あの男たちはわたしに質問をしに来るんだとわたしは思ってるけど、たぶんそれは正しいんだろうな。わざわざやって来て、こんなにいろいろ置いていくんだからね。おまえに歌を歌って聞かせるためだけに、そんなことをする人はいないだろう。それとも、そう思うのはわたしだけかな。なんとも言えないね。なんとも言えない」

テーブルから煙草を一本とり、ストーブから漏れる小さな炎で火をつけた。深く吸い込んで、また椅子に座りなおした。

「今日は、空に別の船も見えたような気がする」彼はやがて言った。「大きな白い船だった。大きな白い船は初めて見た。いつもは黒いのが六隻来るだけだ。それに緑のが六隻。それから、すごく遠いところから来てるっていう船もある。でも大きな白い船は初めてだ。ひょっとしたら、小さい黒いのが六隻集まると、それが一隻の大きな白い船に見えることがあるのかもしれない。なんだかウイスキーが一杯飲みたいような気がする。そうだな、それはありそうな気がするな」

立ちあがり、マットレスのそばの床にグラスがあるのを見つけた。ウイスキーの壜から少し注いで、また腰をおろす。

「ひょっとしたら、だれか別の人間が会いに来るのかもしれない」

百メートルほど先で、〈黄金の心〉号が滝のような雨に打たれていた。ハッチが開き、三つの人影が現れた。雨から顔をかばおうと前かがみになっている。

「あれ？」トリリアンが雨音に負けまいと声を張りあげた。

「そうだ」とザーニウープ。

「あの小屋？」

「ああ」

「奇天烈だな」ゼイフォードが言った。

「でも、ここはなんにもないところじゃないの」トリリアンが言った。「きっと場所をまちがったのよ。ちっぽけな小屋から宇宙を支配するなんて、そんなのできっこないじゃない」

三人は土砂降りの雨のなかを急ぎ、全身ずぶ濡れになって戸口にたどり着いた。ドアをノックした。三人とも震えていた。

ドアが開いた。

「はい？」男が言った。

「ああ、失礼ですが」ザーニウープが言った。「じつはあなたが……」

「あんたが宇宙を支配してるんだって？」ゼイフォードは言った。

男はにっこりした。

「しないようにしてるよ」彼は言った。「濡れてるかね？」

ゼイフォードはあっけにとられて男を見た。

「濡れてるかって？」大声をあげた。「濡れてないように見えるか？」

「わたしには濡れてるように見えるが、あんたたちがどう感じてるかってことになると、また話がぜんぜん別かもしれない。あったまったほうが乾くと思うなら、どうぞ入んなさい」

三人はなかに入った。

かれらは狭い小屋のなかを見まわした。ザーニウープはかすかに顔をしかめて、トリリアンはめずらしそうに、ゼイフォードはうれしそうに。

「なあ、えーと……」ゼイフォードが口を開いた。「あんた、名前は？」

男は三人をいぶかしげに見た。

「さあ。なんとまあ、名前がなくてはおかしいかね？　すごく変な気がするんだが、あやふやな感覚認識のかたまりに名前をつけるっていうのは」

彼はトリリアンを椅子にかけさせ、自分は椅子のふちに座った。ザーニウープは身を固くしてテーブルにもたれ、ゼイフォードはマットレスに寝そべった。

「うひょー！　権力の座だ！」ゼイフォードは言って猫をくすぐった。

「あなたにいくつか質問したいことがあります」ザーニウープが言った。

「いいとも」男はにこやかに言った。「よかったらわたしの猫に歌を歌ってくれていいよ」

「この猫、歌が好きなのか？」ゼイフォードが尋ねた。

「それは本猫《ほんにん》に訊いてもらわないとね」男は答えた。

「口がきけるのか？」

「口をきいたという記憶はないな。だが、わたしの記憶はあんまりあてにならないから」

ザーニウープはポケットからメモを引っぱり出した。

「さて」と彼は切り出した。「あなたが宇宙を支配してるんですね」

「なんとも言えないな」

ザーニウープはメモ用紙に印をつけた。

「いつごろから支配してるんです？」

「ああ、それは過去についての質問だね」

ザーニウープは面食らって男を見た。こんな答えは予想もしていなかった。

「そうです」

「過去が虚構でないとどうしてわかるね？　現在の肉体の感覚と精神状態との不一致を説明するための虚構かもしれない」

ザーニウープは男を見つめた。濡れた服から湯気が立ちはじめていた。

「あなたはどんな質問にもそういうふうに答えるんですか」

男はすぐに答えた。

「人がなにかを言うのが聞こえたと思ったときに、言おうと思いついたことを言うんだよ、わたしは。それ以上のことは言えない」

ゼイフォードは愉快そうに笑った。

「いまの台詞に乾杯」と言って、ジャンクス・スピリットの壜を引っぱり出した。勢いよく立ちあがってその壜を差し出すと、宇宙の支配者は喜んで受け取った。

「よく言ってくれた、あんたは偉大な支配者だ」彼は言った。「ありのままを語ってくれ」

「ちょっと待って、わたしの話を聞くんだ」ザーニウープは言った。「人があなたに会いに来るでしょう。船に乗って……」

「来ると思うよ」男は言い、壜をトリリアンに渡した。

「そしてあなたに、決断を下してくれと頼むでしょう。人の生死のこと、世界のこと、経済のこと、戦争のこと、つまり外の宇宙で起きているすべてのことについて」

「外の宇宙?」男は言った。「どの外だね?」

「あの外です!」ザーニウープはドアを指さした。

「あの外になにかあるとどうしてわかるのかね」男は穏やかに尋ねた。「ドアは閉まっている。

ているのに」

雨はいまも屋根を叩きつづけていた。小屋のなかは暖かい。

「しかし、外に宇宙があるのは知っているでしょう!」ザーニウープは声を張りあげた。

「責任は存在しないと言って、責任逃れをしようったってそうはいかない!」

宇宙の支配者は長いこと考え込んでいた。ザーニウープは怒りにわなわなと震えている。

「あんたは自分が事実だと思うことにとても自信があるんだね」支配者はしまいに口を開いた。「宇宙が存在するとしても、それを当然のことと決めつける人の言うことは信用できないとわたしは思う」

ザーニウープはあいかわらず震えていたが、なにも言わなかった。

「わたしが決めるのはわたしの宇宙のことだけだよ」男は静かに言った。「わたしの宇宙とは、わたしの目が見、耳が聞くものだ。それ以外はみんな伝聞だ」

「それじゃ、あなたはなにも信じていないんですか」

男は肩をすくめ、猫を抱きあげた。

「なにを言ってるのかわからない」

「この小屋であなたが決めることが、何百万何千万という人の生死や運命を左右してるんですよ。それがわからないんですか。だとしたら、それはとんでもなくまちがっている!」

「そう言われてもね。あんたの言う、その何百万何千万という人にわたしは一度も会ったことがない。それはあんたも同じじゃないのかな。その人たちは、わたしたちの耳にする言葉のなかにしか存在しないんだ。ほかの人がなにを経験しているかわかると思うのは愚かなことだよ。わかるのは本人だけだ、その人たちが存在するとしてもね。人はみんな自分の目と耳っていう自分の宇宙を持っているんだから」

トリリアンが口を開いた。

「わたし、ちょっと外へ出てくるわ」

彼女は雨のなかへ出ていった。

「あなたは、ほかの人間が存在するとは思わないんですか」ザーニウープは食い下がった。

「わたしにはわからない。なんとも言えないね」

「トリリアンの様子を見てきたほうがよさそうだ」ゼイフォードは言って、静かに外へ出ていった。

小屋の外で、彼はトリリアンに言った。

「この宇宙を支配してるのは、けっこうまともそうなやつじゃないか。そう思わないか?」

「すごくまともな人よ」トリリアンは言った。ふたりは雨のなかへ歩いていった。

小屋のなかでは、ザーニウープが質問を続けていた。

「しかしあなたは、自分の言葉ひとつで人が生きもし死にもするってことがわからないんですか」

宇宙の支配者は待てるだけ待った。船のエンジンがかかるかすかな音が聞こえると、それをごまかすために口を開いた。

「それはわたしには関わりのないことだ。わたしとその人たちとはなんの接点もない。わたしが残酷な男でないのは主《ザ・ロード》が知っている」

「ああ！」ザーニウープが吼えた。「いま『主』と言いましたね。あなたにも信じるものがあるわけだ！」

「この猫のことだよ」男は愛想よく言って、猫を抱きあげてなでた。「ザ・ロードと呼んでいるんだ。わたしはこいつにやさしくしている」

「いいでしょう」ザーニウープは核心を衝いた。「どうしてその猫が存在するとわかるんです。どうしてその猫があなたのことをやさしいと知っているとわかるんです。つまり、あなたがやさしくしているのを猫がわかって喜んでいるとどうしてわかるんですか」

「わからないよ」男は笑顔で答えた。「わたしにはわからない。ただ、わたしの目に猫として見える相手に対して、こういう行動やああいう行動をとるのが好きだというだけだ。あんたはそうじゃないのかな？　悪いが、わたしは疲れてきたみたいだ」

まったく満足の行かないまま、ザーニウープは大きくため息をつき、室内を見まわした。

「ほかのふたりはどこへ行った？」彼はふいに言った。

「どのふたりだね」宇宙の支配者は、また椅子に腰を落ち着けてウイスキーのグラスを満たした。

「ビーブルブロックスと若い女だよ！　さっきまでここにいただろう！」

「憶えていないね。過去が虚構でないと……」

「もういい」ザーニウープは怒鳴り、雨のなかに走り出ていった。船は消えていた。雨はあいかわらず泥をかきまわしている。船がそこにあったという形跡はなにひとつ残っていなかった。彼は雨に向かって叫んだ。まわれ右をして小屋に駆け戻ったが、ドアには鍵がかかっていた。

宇宙の支配者は椅子でうたた寝をしていた。しばらくしてからまた紙と鉛筆で遊び、いっぽうでいっぽうに線が書けるのに気づいてうれしくなった。外からはずっとさまざまな音が聞こえていたが、ほんとうに聞こえているのかどうか彼にはわからなかった。それから一週間はテーブルに向かって話しかけ、どんな反応を見せるか観察した。

30

夜になると星が出た。みごとに明るくくっきりと見える。判断する手段がないから何キロ歩いたかわからないが何キロも歩いて、フォードとアーサーはしまいに止まって休んだ。涼しくさわやかな夜で、空気は澄んでいて、亜空間通信自動感知器《サブイーサ・センソマティック》は完全に沈黙していた。

すばらしい静寂が世界を包んでいる。その魔法のような静けさが、森のやわらかな芳香、かすかな虫の声、星々の輝きとあいまって、ささくれた心を癒してくれた。フォード・プリーフェクトは、午後いっぱいかけても数えきれないほど多くの惑星を見てきた男だが、その彼でさえ、これほど美しい惑星は初めてではないかと感嘆していた。その日一日、なだらかに続く緑の山や谷を歩いてきた。草や香り高い野花、うっそうと葉を茂らせた高木に山も谷も豊かに覆われ、太陽は暖かく、そよ風は涼しく、フォード・プリーフェクトがサブイーサ・センソマティックをチェックする間隔はしだいに間遠になっていき、機械が沈黙しつづけているのにもいらいらしなくなった。この惑星もそう悪くないと思いはじめていた。

夜気はひんやりしていたが、野外でもぐっすりと気持ちよく眠れた。数時間後に目が覚めたときはわずかに露が降りていて、気分は爽快だったが腹ぺこだった。フォードが〈ミリウェイズ〉の小さなロールパンをいくつかかばんに詰め込んでいたので、ふたりはそれで朝食をすませてまた出発した。

これまではまったくでたらめに歩いてきたが、これからはまっすぐ東に向かって歩いていくことにした。この惑星を探検するつもりなら、どこから来てどこへ行くのかちゃんとわかっていたほうがいい。

正午少し前、最初の徴候に気がついた。どうやらかれらが流れ着いたのは、無人の惑星ではなかったようだ。木々になかば隠れて、こちらを見ている顔がちらと見えた。見たと思った瞬間に消えたが、ふたりとも受けた印象は同じだった。ヒト型の生物で、こちらを興味しんしんで眺めてはいたが、怖がってはいなかったようだ。半時間後にまた同じような顔がちらと見え、その十分後にもまた見えた。

そしてその一分後、森林を切り開いた広々とした開拓地に出くわして、ふたりはぴたりと足を止めた。

ふたりの目の前、その開拓地のなかほどに、二十人ほどの男女が固まって立っていた。じっと静かに立って、フォードとアーサーに正対している。女たちには小さな子供たちがまといついていて、集団の背後には泥と木の枝でつくった粗末な小さい住居が並んでいた。

フォードとアーサーは息を呑んだ。

いちばん背の高い男でも身長は百五十センチを少し超えるほどで、全員が少し前かがみの姿勢だった。腕は長めで、ひたいはやや狭く、澄んだ明るい目でよそ者をじっと見つめている。

武器は持っていなかったし、こちらに近づいてくる様子もないので、フォードとアーサーは少し緊張を解いた。

しばらく両者はただ互いに見つめあって、どちらも行動を起こそうとしなかった。原住民は闖入者《ちんにゅうしゃ》に面食らっているようだった。攻撃してくる様子はないが、歓迎する気がないのもよくわかった。

なにも起きない。

なにも起きないまま、まる二分が過ぎた。

フォードはそろそろなにか起きてもいいころだと思った。

「こんにちは」と言ってみた。

女たちが子供をほんの少しだけ引き寄せた。

男たちはほとんど身じろぎもしなかったが、全体の雰囲気から、フォードの挨拶が喜ばれていないのははっきり伝わってきた——ひどく気分を害したということではなく、ただ歓迎されていない。

仲間よりほんの少し前に立っている男がひとりいた。たぶんリーダーだろう、その男が前に進み出てきた。穏やかで落ち着いた顔をしていて、聖人のようと言ってもいいほどだった。

「ウーウゥゥゥフルルル、ウー、ウー、ルゥ、ウウルゥ」彼は静かな声で言った。

アーサーは不意を衝かれた。言葉が耳に入ると同時に、意識もしないうちに翻訳されて聞こえるのにすっかり慣れっこになっていた。いまではもう耳のなかにバベル魚がいることすら忘れていて、それが役に立たないらしいということで初めて思い出したのだ。ぼんやりした意味の影が意識の底でちらちらしたが、どれもはっきり正体をつかむことはできなかった。推測するに——たまたまそれは正しかったのだが、この人々はまだごくごく初歩的な言語しか持たないため、バベル魚の力が及ばないのだろう。フォードに目をやった。こういうことにかけては、彼とは比較にならないほど経験を積んでいるのだから。

フォードが口の隅で言った。「たぶん、この村を迂回して行ってくれって言ってるんだと思う」

そのすぐあとに男が見せたしぐさは、フォードの推測を裏付けているようだった。

「ルゥゥフググフウウウ、ウルルーーフ、ウルー、ウルー（ウー、ルー）ルルゥゥルルゥウ、ウグ」男は続けた。

「かいつまんで言うとだな」フォードが言った。「好きなようにどっちに行ってもかまわないけど、ただこの村を通り抜けないで、ぐるっとまわって行ってくれたらとてもうれしいと、ぼくにわかるかぎりではそういうことみたいだ」

「で、どうしたらいい？」

「向こうが喜ぶようにしよう」フォードは言った。

そろそろと、用心しいしい、ふたりは開拓地をよけてそのぐるりを歩きはじめた。これがたいへんよかったらしく、原住民はこちらに軽く頭を下げてみせ、そのあとはもうなんの干渉もしようとしなかった。

フォードとアーサーは森のなかを歩きつづけた。開拓地を過ぎて数百メートル進んだころ、行く手に果物の小さな山ができているのに出くわした。小果《ベリー》は驚くほどラズベリーやブラックベリーにそっくりだし、みずみずしい黄緑色の果物は、驚くほど梨にそっくりだ。

これまでのところ、ふたりは果実を見かけても手を出さなかった。高木にも低木にも実はどっさりついていたのだが。

そんな実を見かけたとき、フォード・プリーフェクトはこう言った。「こういうふうに考えてくれ。未知の惑星の木の実や草の実は栄養になるかもしれないし、毒になるかもしれない。だから、手を出さなかったら死ぬってときまでは手を出さないこと。そうすりゃ少しでも長く生きられる。健康的にヒッチハイクをするこつは、健康に悪い食物《ジャンクフード》を食べることなんだ」

ふたりは目の前に置かれた果物に疑いのまなざしを向けた。やたらにうまそうで、見ていると空腹でめまいがしそうだった。

「こういうふうに考えてくれ」とフォード。「えーと……」

「うん？」とアーサー。

「いまちょっと考えてるんだ。どういうふうに考えたら、あれを食べようって結論になるかと思って」

梨によく似たぷっくりした果物に、木漏れ日が輝いている。ラズベリーやいちごに似た実は、見たこともないほど丸々してよく熟している。こんな見事なやつはアイスクリームのコマーシャルでも見たことがない。

「食べてから考えることにしないか？」アーサーは言った。

「それこそ向こうの思うつぼかもしれないぜ」

「よしわかった、じゃこんなふうに考えてみよう……」

「なるほど、それはいい考えだ」

「あれはぼくらに食べさせようと置いてあるわけだ。身体にいいか悪いか、食べ物をくれようとしてるか、毒を盛ろうとしてるか、ふたつにひとつだ。あれが毒だとして、もしぼくらが食べなかったら、別の手段で攻撃を仕かけてくるだけだろう。ということは、食べなかったらどっちにしても損だ」

「一理ある」フォードが言った。「よし、食べてみろよ」

ためらいがちに、アーサーは梨に似た果物をひとつ取った。

「そう言えば、よくエデンの園のことを考えてたな」フォードが言った。

「へ?」

「エデンの園だよ。ほら、リンゴの木の話。憶えてるだろ?」

「もちろん」

「きみらの神さまは、エデンの園のまんなかにリンゴの木を植えて、『なんでも好きなことをしていいよ、あっそうだ、ただしこのリンゴだけは食べないでね』と言った。ところが驚いたのなんの、食べたとたんにやぶの陰から飛び出してきて『みーつけた』だ。たぶん食べなかったとしてもおんなじことだったんだろうな」

「どうして」

「だって、歩道に帽子を置いてそのなかにレンガを隠しとく〔歩道に帽子が落ちていたら蹴るのが当たり前、ということにあちらではなっているらしい。だからなかにレンガを隠しておけば他人に痛い思いをさせられるというわけ。要するにたちの悪いいたずらを仕掛ける、という意味である〕みたいな、そういう精神構造のやつが相手のときは、そいつはぜったいあきらめないってようくわかってるからさ。しまいにはかならずしてやられるんだ」

「いったいなんの話をしてるんだ？」

「気にするな、食べろよ」

「なあ、ここはほんとにエデンの園みたいだな」

「早く食えよ」

「さっきからエデンの蛇みたいな台詞が聞こえるし」

アーサーは梨によく似たものをひと口かじった。

「梨だ」

またたくまに食べ尽くすと、フォード・プリーフェクトはあたりを見まわして大きな声で言った。

「ごちそうさま。どうもありがとう。すごくうまかった」

ふたりはまた歩きはじめた。


そこから東に八十キロほど進むあいだは、果物が通り道に置いてあるのにしょっちゅう出くわした。一度か二度、木々のあいだに原住民の姿をちらと見かけたものの、直接に接触することはもうなかった。そっとしておいてくれればありがたいとはっきり伝えてくる、こういう種族はなかなか好ましいとふたりは思った。

八十キロを過ぎたところで果物は出てこなくなった。そこから先は海だったからだ。とくに差し迫って予定があるわけでもなし、いかだを組んでその海を渡った。海は比較的穏やかだったし、幅も百キロほどしかなく、まずまず快適に渡り終えて上陸したところは、あとにしてきた土地にまさるとも劣らない美しい土地だった。

簡単に言うと、この惑星で生きるのはあきれるほど楽だった。将来のあてがないとか孤独だとかいう問題にも、気にしないと決めてしまえば、少なくともしばらくは悩まされずにすんだ。人恋しくてしかたがなくなったら、どこへ行けば人に会えるかはわかっている。しかしいまのところは、ゴルガフリンチャム人から何百キロも離れていると思うと気が楽だった。

にもかかわらず、フォード・プリーフェクトはまたひんぱんにサブイーサ・センソマティックをチェックするようになった。一度だけ信号が入ったが、あまりにかすかな、途方もなく遠くからの信号だったため、ずっと沈黙が続いていたときよりかえって落胆は大きかった。

気まぐれで進路を北に変えた。何週間か行くとまた海に出たので、またいかだを組んで渡った。今度は前ほど楽には行かなかったし、だんだん寒くもなってきた。フォード・プリーフェクトにはマゾヒストの気があるのではないかとアーサーは思った。旅が厳しくなるほど、ありもしない目的があるような気がしてくるようだ。フォードはひたすら前へ前へと進む。

北へ向かううちに険しい山岳地帯に入り込んだ。息を呑むほど険しく、そして美しい。雪をいただく雄大で峻険な山々に、五感のすべてを圧倒された。寒さが骨身にしみてきた。

ふたりは動物の毛皮をまとったが、これはフォード・プリーフェクトの特殊技術のおかげで手に入ったものだ。彼がこの技術を習得したのは、フニアン山地を訪ねたときだった。そこで、還俗プラール僧ふたりが念動力サーフィンのリゾート施設を経営していたのである。

還俗プラール僧は銀河系のあちこちに散らばっているが、ひとりの例外もなく金儲けに熱心だ。というのも、プラール教団が修行の手段として発達させてきた精神統御法は、はっきり言ってもう超人的だからである。そして驚くべき数の僧が、厳しい修行を終えた直後、晴れて最後の誓いを立てる直前に教団を離れる。その最後の誓いとは、小さな金属の箱のなかに籠もって死ぬまで出ないという誓いである。

そのフォードの技術であるが、はた目にはただじっと突っ立ってにこにこしているだけに見える。

しばらくすると、動物——たとえば鹿とか——が木々のあいだから姿を現し、彼を用心深く眺める。フォードはそちらに向かって微笑みつづける。彼の目はやさしく輝き、万物への深い愛が全身からにじみ出ているようで、その愛は大きく広がって森羅万象を包み込むようだ。すばらしい静けさが周囲の野山に降りる。平和で静謐で、それがこの神々しい男から発散されている。鹿はおずおずと近づいてくる。一歩一歩、そしてついには鼻面をこすりつけそうにする。そこでおもむろにフォード・プリーフェクトは手を伸ばし、首の骨を折るのだ。

「フェロモンをコントロールするんだ」と彼は説明した。「適当な匂いの出しかたがわかってれば簡単さ」

31

この山がちの土地に上陸して数日後、ふたりは海岸に出た。南西から北東にななめに走る海岸線は、言葉も出ないほどの壮麗さだった。深く堂々たる峡谷、そそり立つ氷の塔――フィヨルドだ。

それから二日間は岩と氷河をよじ登り、その美しさにため息をついて過ごした。

「アーサー！」だしぬけにフォードが叫んだ。

二日めの午後のことだった。アーサーは高い岩に腰かけ、ごつごつした岬に激突しては砕ける荒波を見おろしていた。

「アーサー！」フォードがまた叫んだ。

かすかな声が風に運ばれてくる、そちらのほうをアーサーは見やった。

行ってみると、フォードは氷河を調べていた。青い氷の一枚壁のそばにうずくまっている。興奮にはりつめた顔――それをぱっとあげてアーサーと目を合わせた。

「見ろ」彼は言った。「見てみろ！」

アーサーは見た。青い氷の一枚壁だった。

「うん、氷河だな。見たよ」

「いや、見てない。ただ眺めただけだ。ちゃんと見るんだ」

フォードが指さしているのは氷の奥、中心部のほうだった。

アーサーは目を凝らしたが、ぼんやりした影が見えただけだ。

「ちょっと下がって」フォードはあきらめない。「もういっかい見るんだ」

アーサーはちょっと下がってもういっかい見た。

「わからないな」彼は肩をすくめた。「なにが見えることになってるんだ?」

そのとき、ふいに見えた。

「見えたか?」

見えた。

なにか言おうと口をあけたが、まだなにも言うことが見つからないと脳みそは判断してその口を閉じた。次に脳みそは、目がいま見ていると主張している問題に取り組もうとしたが、そうするうちに制御がおろそかになって口がまたぽかんと開いてしまった。あごを引き締めなおしているうちに、今度は左手の制御がお留守になって、左手が無意味にそのへんをさまよいはじめた。一秒かそこら、脳みそは左手を抑えようとしながら口を開くまいとし、同時に氷のなかに埋もれているものについて考えようとした。たぶんそのせいだろう、膝が崩れてアーサーは地面にへたへたと座り込んだ。

これほど神経が混乱したのは、氷の表面から五十センチほど奥に、影が網の目のように走っていたからだ。適当な角度から見ると、そこに異星の文字がはっきりと浮かびあがる。文字はそれぞれ高さが一メートルほど。マグラシア語が読めないアーサーのような者のために、その文字の上に顔の輪郭が浮いていた。

それは老いた顔だった。細面で、気品があり、心労にやつれてはいたが情は失っていない。

それは、海岸線のデザインで賞を獲得した男の顔だった。ふたりはいま、その海岸に立っていたのだ。

32

甲高い悲鳴が響きわたる。それは渦を巻き、木々を抜けて吼えたけり、リスたちを驚かす。鳥がうるさそうに飛び立った。林間の空き地を、その音は躍りまわり跳ねまわった。ヒューヒューギーギーと、おおむね不愉快きわまる音だった。

しかし船長は、ひとりバグパイプを吹く男を温かい目で眺めていた。船長の心の平安を乱すものはほとんどない。もう何か月も前、沼地の不愉快な事件で豪華絢爛な浴槽を失ったのはショックだったが、いったんそのショックから立ちなおったら、心の平安どころか、ここはびっくりするほど居心地がいいと気づきはじめていた。この空き地のまんなかにあった大きな岩をくり抜いて穴をつくり、彼は毎日そこに入って上から湯をかけさせている。たしかにあまり熱くなくて湯とは言えないが、それはまだ湯を沸かす方法が見つからないからだ。だが気にすることはない、いずれは見つかるだろうし、いまは探検隊が四方八方野山を駆けめぐって温泉を探しているところだ。できれば快適な緑したたる林間にあればいい。そして近くに石けん鉱山があれば——もうなにも言うことはない。石けんは鉱山では採れないような気がすると言う者もいたが、それはだれも真剣に探さなかったからではないかと船長があえて反論すると、その可能性はあるとかれらもしぶしぶ認めた。

いやいや、ここの日々は非常に快適だ。とくにすばらしいのは、いつか温泉が見つかって、それもその温泉が緑したたる林間地にあって、そして石けん鉱山が見つかった、一日に五百個ずつ採れそうだという叫びが時満ちて山々にこだましたら、ここはいっそう快適になるということだ。将来に楽しみがあるというのはきわめて重要なことである。

ヒューヒュー、ギーヒュー、ゴーブーキー、とバグパイプの演奏は続き、すでに大きく膨らんでいる船長の喜びはますます膨れあがった。まもなくこの騒音がやむのだと思うとうれしくてしかたがない。これもまた先の楽しみのひとつだった。

ほかにどんな楽しいことがあったかな、と彼は自問した。それはいくらでもある。秋が近づいていて、木々は赤や黄色に色づきはじめている。風呂から一、二メートルのところで、ハサミがなごやかにチョキチョキ言っている。うたた寝している美術監督とその助手の頭に、美容師ふたりが腕をふるっているのだ。岩をくり抜いた風呂のふちに六台のぴかぴかの電話機が並んでいて、それが陽光を受けて輝いている。めったに（というより絶対に）鳴らない電話機というのはつくづくいいものだが、それが六台もあるのだから喜びも六倍だ。

なにより快いのは、何百という人々の陽気なざわめきだ。午後の委員会を見物しに、この空き地にのんびり集まってきているのだ。

船長はゴムのアヒルのくちばしにふざけてパンチをくれた。午後の委員会は彼のお気に入りだった。

集まってくる人々を見ている目がほかにもあった。空き地の端に生える木のうえに、フォード・プリーフェクトがうずくまっていたのだ。彼は少し前に戻ってきたところだった。半年間の旅のおかげで身体は引き締まって健康そのもの、目は輝き、トナカイの皮の上着を着ている。ひげは伸びほうだい、顔は日焼けして、まるでカントリーロックの歌手のようだった。

アーサー・デントとふたり、彼はもう一週間近くもゴルガフリンチャム人を観察していた。そろそろ軽く活を入れてやってもいいころだ。

空き地はもう人で埋まっていた。何百人もの男女がぶらつき、雑談し、果物を食べ、トランプ遊びに興じ、おおむねかなりくつろいでいる。着ているスウェットスーツはすっかり汚れ、すり切れてもきていたが、全員髪の毛だけは完璧に整っている。スウェットスーツに木の葉を詰め込んだ者がおおぜいいるのを見て、フォードは首をかしげた。近づく冬にそなえて防寒のつもりなのだろうか。不審に思って目を細めた。いきなり植物学に目覚めたなんてことはないだろうな。

そんなことを考えているさいちゅうに、ざわめきを抑えて船長の声が響いてきた。「ちょっといいかな。もしできればなんだが、委員会を開きたいんでちょっと静粛を求めさせてもらいたいんだが。みんな、かまわないかな?」温厚な笑みを浮かべて、「そろそろいいかな。みんながよかったら」

徐々に話し声は鎮まり、空き地に聞こえるのはバグパイプの音だけになった。バグパイプ吹きは、荒涼として人の住めない自分だけの音楽世界に没入しているようだ。すぐ近くにいる数名が、彼に向かって木の葉を投げている。それになにか理由があるとしても、いまのところフォード・プリーフェクトには見当がつかなかった。

船長のまわりに少数の人々が集まっていて、そのうちのひとりが明らかに話しだそうとしていた。立ちあがり、咳払いをして、もうすぐ始まりますよと合図するように遠くのほうに目を向けた。

人々はもちろん引きつけられ、全員の目が彼に集まった。

静寂の瞬間が訪れ、フォードは劇的に登場するならいまだと判断した。男が向きなおって口を開こうとする。

フォードは木から飛びおりた。

「やあ」彼は言った。

人々がくるりとふり向いた。

「やあ、きみか」船長が声をかけてきた。「マッチを持ってないかね？　ライターとか、なんかそういうのを」

「いえ」フォードはいささか気抜けしたような声で言った。こんな反応は予想外だったが、この話題を無視するわけにもいかないだろう。

「持ってません」彼は続けた。「マッチはないけど、その代わりニュースが……」

「残念だな」船長は言った。「すっかり切らしてしまったんだよ。もう何週間も熱い風呂に入ってないんだ」

フォードはめげずに続けた。

「ニュースがあるんです」彼は言った。「面白いことを発見したんですよ」

「それは議題に入ってるかな」フォードに発言をじゃまされた男が嚙みついてきた。

フォードはカントリーロックの歌手のように派手ににかっと笑った。

「なに言ってるんだ」

「申し訳ないがね」男はぷりぷりと言った。「長年経営コンサルタントを務めてきた経験から、これはどうしても言わせてもらう。委員会のルールは守らなくてはならないんだ」

フォードは集まった人々を見まわした。

「どうかしてるよな」彼は言った。「ここは原始時代の惑星なんだぜ」

「発言するなら議長に許可を得てくれ！」経営コンサルタントがぴしゃりと言った。

「議長もなにも、ここは議場じゃない」フォードは説明した。「ただの空き地だ」

経営コンサルタントは、この状況では高飛車に出ることが必要だと判断した。

「議場と呼びたまえ」彼は高飛車に言った。

「空き地と呼んだらどうだい」とフォード。

「きみはどうも把握できていないようだ」経営コンサルタントは高飛車はやめて、得意の尊大な態度をとることにした。「現代のビジネスがどういうものか」

「あんたこそ把握できてないよ、ここがどういうとこだか」

耳障りな声の若い女がぱっと立ちあがって、その耳障りな声をあげた。

「やめなさいよ、ふたりとも。わたし、動議を提出したいんだけど」

「どこへ？ ここはただの空き地だってさ」美容師がくすくす笑った。

「静粛に、静粛に！」経営コンサルタントがわめいた。

「いいだろう」フォードは言った。「お手並みを拝見しようじゃないか」彼は地面にどさっと腰をおろし、いつまで癇癪を起こさずにいられるか試してみようと思った。

その場をとりつくろおうと、船長がわざとらしく咳払いのような音を立てた。

「それじゃ、開会しようかな」彼は機嫌よく言った。「これより、第五百七十三回フィントルウードルウィックス入植委員会を……」

十秒だったな、とフォードは思いながらまたぱっと立ちあがった。

「くだらない」彼は叫んだ。「五百七十三回も会議をして、いまだに火も発見できないのか！」

「お言葉ですけど」耳障りな声の女が言った。「議事日程表を見てくだされば……」

「議事日程岩でしょ」美容師がうれしそうにのどの奥で笑った。

「それはもういいって」フォードがつぶやいた。

「……わかると……思いますけど……」女は気にせず続けた。「今日は美容師火炎開発小委員会から報告がある予定なのよ」

「ああ……その——」美容師が後ろめたそうな表情で言った。銀河系じゅうどこでも「えーと、来週の火曜日じゃだめ？」という意味だと通じる表情だ。

「そうか」フォードは美容師に向きなおった。「これまでなにをやった？　これからどうするつもりだ？　火炎開発についてのきみの意見は？」

「その、そう言われても」美容師は言った。「だって、棒を二本渡されただけで……」

「それで、その棒をどうしたんだ？」

おずおずと、美容師はスウェットスーツの上着に手を入れ、努力の成果をフォードに手渡した。

フォードはそれを全員に見えるように持ちあげてみせた。

「ヘアアイロンか」

人々は拍手喝采した。

「気にするなよ」フォードは言った。「ローマは一日にして焼けずだ」

彼がなにを言っているのかだれもわかっていなかったが、人々はそれでも喜んで拍手喝采した。

「あなたってどうもまったくのしろうとみたいね、当然だけど」さっきの女が言った。「わたしぐらいマーケティングの仕事を長くやってれば、新製品を開発するときはちゃんとした事前の調査が必要だってことがわかるはずよ。顧客が火になにを求めてるか、どんなふうにつきあってるか、どんなイメージを持ってるか探らなくちゃいけないのよ」

聴衆は固唾を呑んだ。フォードからさえた反論があるだろうと期待している。

「まったく鼻につくよ」彼は言った。

「そうよ、そういうことこそ知らなくちゃいけないことなのよ」彼女は譲らなかった。

「人は鼻につくような火を求めているのか?」

「求めてるのかい?」フォードは集まった人々に尋ねた。

「そうだ!」と叫ぶ者があった。

「ちがう!」とうれしそうに叫ぶ者もあった。

かれらはなにもわかっていなかった。ただ面白いことになったと思っているだけだ。

「車輪はどうなったかな」船長が言った。「あの車輪とかいうやつは？　すこぶる有望なプロジェクトだったようだが」

「それがその」とマーケティング女が言った。「いまちょっとむずかしい問題にぶつかってるんです」

「むずかしい？」フォードは叫んだ。「むずかしいだって？　どういう意味だ、むずかしいっていうのは。この宇宙じゅうどこを探したって、あんなに簡単な機械はないぞ！」

マーケティング女は汚いものでも見るような目でフォードをにらんだ。

「ああそう、そんなにあんたがえらいのなら教えてよ。どんな色に塗ればいいの？」

聴衆がどっと沸いた。味方チーム一点リード、と思っているのだ。フォードは肩をすくめてまた腰をおろした。

「やれやれ《オールマイティ・ザークオン》だ。なにかまともな成果をあげたやつはいないのか」

その問いに答えるかのように、空き地の入口のほうで突然騒ぎが起こった。集まった人々は大喜びだった。こんなに面白いことが次々に起こるなんて信じられない。十人ほどの男たちの小隊が行進してきた。身に着けているのはゴルガフリンチャム第三連隊の正装用軍服だったが、すっかりぼろぼろになっている。瞬殺銃《キロザップ》をいまも持っているのは半数ほどで、残りはいまでは槍を持ち、行進するとその槍と槍がぶつかって音を立てていた。赤銅色《しゃくどういろ》に日焼けして健康そうだったが、完全に疲れきって泥まみれだった。槍を鳴らしながら足を止め、騒々しく音を立てて気をつけをした。ひとりがばったりと倒れてそれきり動かなくなった。

「船長！」とナンバーツーが声を張りあげた――というのも彼が指揮官だったので――「報告いたします！」

「いいとも、ナンバーツー、よく帰ってきてくれたよ。温泉は見つかったか？」船長がうんざりしたように言った。

「いいえ！」

「だろうと思った」

ナンバーツーは人々のあいだを抜けて大股に歩いてきて、風呂の前でささげ銃《つつ》をした。

「別の大陸を発見しました！」

「いつのことだ？」

「大陸は海の向こう……」ナンバーツーは意味ありげに目を細めて、「東のほうにあります！」

「そうか」

ナンバーツーは人々のほうに顔を向けた。頭上に銃を掲げてみせる。これは面白いことになりそうだ、と人々は思った。

「宣戦を布告してまいりました！」

われを忘れた熱狂的な歓声が空き地じゅうに湧き起こった。これは期待をはるかに超える面白さだ。

「ちょっと待て」フォード・プリーフェクトが叫んだ。「ちょっと待て！」

彼は勢いよく立ちあがり、静粛を求めた。しばらくすると静かになった――というか、少なくともこの状況で望みうるかぎり静かになった。この状況とは、バグパイプ吹きが自発的に国歌を作曲しはじめているという状況である。

「バグパイプをやめさせられないんですか」フォードは噛みつくように尋ねた。

「それは無理だよ」船長が言った。「演奏を認可されてるんだ」

フォードはこの件で議論を始めようかと思ったが、そちらには狂気が待っている〔『リア王』第三幕第四場のリア王の台詞〕とすぐに却下し、代わりに賢くもバグパイプ吹きに石を投げつけ、ナンバーツーに顔を向けた。

「宣戦だって？」

「そうだ！」ナンバーツーはフォード・プリーフェクトを見下したようににらんだ。

「隣の大陸に？」

「そうだ！　全面戦争だ！　すべての戦争を終わらせる戦争だ！」

「でも、あそこにはまだだれも住んでないじゃないか！」

おおなるほど、と人々は思った。いいところを衝いている。

ナンバーツーの視線はいっときも止まることなくさまよいつづけていた。その意味では、彼の目は二匹の蚊に似ている。鼻先十センチをいわくありげにふわふわしていて、腕をふりまわしても、ハエ叩きや丸めた新聞でも追い払うことができない。

「そんなことはわかっている。だが、いつかは住むやつが現れる！　だから無期限の最後通告を残してきた」

「最後通告なのに無期限なのか？」

「それから軍事施設をいくつか吹っ飛ばしてきた」

船長が風呂から身を乗り出した。

「軍事施設だって、ナンバーツー？」

しばし目が泳いだ。

「はい、その、潜在的な軍事施設であります。平たく言えば……木です」

一瞬のためらいはすぐに消え失せた。彼の目はムチのように聴衆のうえをなめていく。

「さらに」彼は吼えた。「ガゼルを尋問いたしました！」

キロザップ銃をぱっと脇の下にたくし込むと、彼はこちらに背を向けて大股に歩きはじめた。しかし、空き地はいま有頂天の群衆でお祭り騒ぎになっていて、数歩と行かないうちに人々は彼をつかまえ、肩車をして空き地でヴィクトリー・ランが始まった。

フォードは腰をおろし、手なぐさみに石と石をぶつけていた。

「それで、ほかにはなにをした？」お祭り騒ぎが収まったところで、彼は尋ねた。

「文化活動を始めたわ」マーケティング女が言った。

「へえ、文化ね」とフォード。

「そうよ。映画プロデューサーがもうドキュメンタリーの傑作を撮《と》ってるの。テーマはこのあたりの土着の穴居人《けつきよじん》よ」

「穴居人じゃない」

「穴居人みたいに見えるじゃない」

「洞穴に住んでるか？」

「それは……」

「小屋を建てて住んでるだろ」

「ひょっとしたら、いま洞穴を改装中なのかもな」ひょうきん者が声をあげた。

フォードはその男に向きなおってにらみつけた。

「面白い冗談だ。だが、原住民が絶滅しかけてるのに気づいてるのか？」

帰り旅の途中、フォードとアーサーは住民の消えた村をふたつ見かけた。村を取り巻く林のなかには、原住民の死体がいくつも転がっていた。そこまで這い出してきて死んだのだろう。生き残った者たちもショックでぼうぜんとしている様子だった。肉体ではなく心をむしばむ病に冒されているかのように、動作は緩慢で、悲しみに押しひしがれている。かれらは未来を奪い去られたのだ。

「絶滅しかけてるんだ！」フォードはくりかえした。「これがどういうことかわからないのか？」

「えーと……生命保険は売らないほうがいいってことかな？」さっきのひょうきん者がまた言った。

フォードはその男を無視して、空き地の全員に向かって言った。

「わからないのか？　ぼくらがここに着いたときから、原住民は死に絶えはじめたんだぞ！」

「わかってるわよ、映画でもそれはすごくよく描かれてるんだから」マーケティング女が言った。「それが胸の痛むひねりになってるの。真にすぐれたドキュメンタリーにはそういうのが必要なのよ。プロデューサーは全力を打ち込んでるわ」

「そうだろうとも」フォードはつぶやいた。

「そう言えば」と彼女はふり向き、うとうとしかけていた船長に向かって言った。「船長、次はあなたを撮りたいってプロデューサーが言ってるみたいですよ」

「えっ、ほんとうかね」船長ははっとして目を覚ました。「それはまた楽しみだな」

「とても印象的な描きかたを考えてましたよ。責任の重圧とか、指揮官の孤独とか……」

船長はしばらくハミングしたりぶつぶつ言ったりしていたが、やがて口を開いた。

「どうかな、そういう面はあまり強調しないほうがいいと思うが」しまいにこう付け加えた。「孤独なんか感じないよ、ゴムのアヒルちゃんがあれば」

船長はアヒルを高く持ちあげてみせ、集まった人々からひとしきり好意的な歓声があがった。

このあいだずっと、経営コンサルタントは石のように押し黙って座っていた。指先を両のこめかみに押し当て、辛抱強く待っている姿勢をアピールしている。必要なら一日じゅうでも待つ気だと。

だがここに至って、やっぱり一日じゅう待つのはやめようと決心し、この三十分間はなかったようにふるまうことに決めた。

彼は立ちあがった。

「よろしければ」そっけなく言った。「次は財政政策の問題をしばらく取りあげたいと……」

「財政政策！」フォード・プリーフェクトがすっとんきょうな声をあげた。「財政政策だって！」

経営コンサルタントがフォードを見る目つきは、肺魚でもなければまねができないような目つきだった。

「そう、財政政策だよ。たしかにそう言ったがね」

「どうして金が持てるんだ」フォードは追及した。「あんたたちのだれひとり、なんにも生み出していないのに。金は木になるわけじゃないんだぜ」

「先を続けさせてもらえるかね……」

フォードは肩を落としてうなずいた。

「どうも。数週間前、木の葉を法定貨幣とすると決定してから、これは言うまでもないことですが、わたしたちはみなたいへん裕福になりました」

フォードはあきれかえって周囲の人々を眺めた。満足そうにつぶやいたり、スウェットスーツに詰め込んだ木の葉の束を大事そうにいじったりしている。

「ですがそれと同時に」と経営コンサルタントは続けた。「木の葉が容易に入手可能なことから、少々インフレの問題が起きてきています。つまり、現行の交換レートでは、船のピーナツ一個を買うのに落葉樹の森が三つほど必要になっているようです」

不安げなざわめきが起きたが、経営コンサルタントは手をふってそれを鎮めた。

「そこでこの問題を防ぐために、そして効果的に木の葉の価値を切り上げるために、大規模な枯葉作戦に乗り出すつもりです。そして……その、森林をすべて焼き払おうと思います。こういう状況ですから、これが現実的な対策だとご賛同いただけるのではないでしょうか」

これを聞いて人々はいささか落ち着かない様子だった。だがしばらくすると、いまポケットに入っている木の葉の価値がこれでどれだけあがるかと指摘する者が現れ、そのとたん全員が有頂天になって歓声をあげ、経営コンサルタントにスタンディング・オベーションを送った。会計士たちは今年の秋は大きな収益があがると予想した。

「みんなどうかしてる」フォード・プリーフェクトは指摘した。

「まったくのイカレぽんちだ」と示唆した。

「とんでもないノータリンの集団だ」と意見を述べた。

フォードを見る人々の目が冷やかになってきた。最初は傑作な娯楽だと思っていたのに、これではただの罵倒ではないか。おまけにその罵倒は全員に向けられていたからますます面白くなかった。

風向きの変化を感じとって、マーケティング女がフォードに嚙みついてきた。

「今度はこっちが質問してもいいころだと思うんだけど、それであなたのほうは、この何か月かなにをしてきたわけ？　あなたともうひとりのよそ者さんは、ここに着いた日からずっと行方をくらましてたわよね」

「旅をしてたんだ」とフォード。「この惑星のことをいろいろ知ろうと思ってね」

「あーら」彼女はからかうように言った。「あんまり生産的な活動とは思えないわねえ」

「へえ、そうかい。だがね、ひとつきみたちに教えておきたいことがある。ぼくらはこの惑星の未来を発見したんだ」

フォードはこの言葉が効き目を現すのを待ったが、まったくなんの反応もなかった。人々は彼がなにを言っているのかまるでわかっていない。

彼は先を続けた。

「きみたちがこれからなにをしようと、そんなことはくされディンゴの爪の先ほども問題じゃない。森を焼き払おうがどうしようが、これっぽっちも影響はないんだ。きみらの未来はもう起きてしまってる。あと二百万年で終わりだ。二百万年後にはきみらの種族はみんな死ぬんだ。消えてなくなるんだ。いい厄介払いだぜ。忘れるな、二百万年だぞ！」

人々は不機嫌にぶつぶつつぶやいていた。急に大金持ちになったいま、こんな与太話につきあう義理はないはずだ。木の葉の一、二枚も投げてやれば、このおかしなやつも引っ込むかもしれない。

そんな心配は無用だった。フォードはすでに肩で風を切って空き地を出ていこうとしていた。ナンバーツーのそばでいったん立ち止まって首をふった。ナンバーツーはもうキロザップ銃をぶっ放して近くの木々を焼き払いはじめていたのだ。

フォードは一度だけふり向いた。

「二百万年だぞ！」と言って高笑いをした。

「その、なんだ」船長がなだめるような笑顔で言った。「まだ何回か風呂に入る時間はあるわけだ。悪いが、そのスポンジを拾ってくれないかね。いまそっちに落としてしまったんだよ」

33

森を一、二キロほど行ったところで、アーサー・デントはなにかを熱心にやっていた。没頭していて、フォード・プリーフェクトが近づいてきたのにも気づいていない。

ずいぶん変てこなことをやっていた。どういうことをやっていたかと言うと、大きな平べったい岩の表面を引っかいて大きな四角を描き、それを縦横《たてよこ》十三に分けて百六十九の小さなマスをつくっていた。

さらに平べったい小石の山を集め、表面を引っかいてそのひとつひとつに文字を書いていた。大きな岩のそばには、近くの村で生き残った原住民の男がふたり、むっつりした表情で座っている。アーサー・デントはそのふたりに、この変てこな石がなにを意味するのか教えようとしていた。

これまでのところ状況ははかばかしくなかった。男たちは小石を食べようとし、埋めようとし、残りは放り投げようとした。しまいに男のひとりがアーサーに焚きつけられ、線を引っかいた岩のボードに小石を二つ三つ置くところまでは来たが、昨日はもっと先まで進んでいたのだ。気力が急激に衰えているだけでなく、知能じたいも低下してきているようだった。

興味を引こうとして、アーサーは自分でボードにいくつも文字を並べ、原住民たちにそこへ文字を追加させようとした。

あまりうまく行っていなかった。

フォードは近くの木のそばから黙って見守っていた。

急になにもかもいやになったように、原住民のひとりが文字を滅茶苦茶にかきまわしてしまった。「だめだよ」アーサーは言った。「Qは十点なんだよ、しかもそれはトリプル・ワード・スコアのマスに入ってるだろ……ほら、ルールは説明したじゃないか……だめだってば、いやほら、顎骨のこん棒を振りまわすのはやめて……いいかい、最初からやろう。今度はよく考えるんだよ」

フォードは木にひじを当て、手で頭を支えて立っていた。

「アーサー、なにやってんだ?」彼は静かに尋ねた。

アーサーは驚いて顔をあげた。急に恥ずかしくなった。はたから見たらちょっとばかなまねに見えるのではないだろうか。子供のころの自分にはこれが夢のように役に立ったから、と単純に思って始めたのだが、考えてみればあのころは状況がちがった——ちがうだろう、と言うべきか。

「穴居人たちにスクラブルを教えようとしてるんだ」彼は言った。

「穴居人じゃない」とフォード。

「穴居人みたいに見えるじゃないか」

フォードは反論するのをやめた。

「そうだな」彼は言った。

「むずかしいよ」アーサーは疲れた声で言った。

「この連中が知ってる言葉は唸り声だけだし、その綴《つづ》りもわからないし」

ため息をついて腰を落とした。

「それで、なんのためにそんなことをしてるんだ」フォードは尋ねた。

「だって、進化させなくちゃ！　発達させるんだよ！」アーサーは怒りを爆発させた。さっきの疲れたため息とこの怒りの爆発で、ばかなことをしているという徒労感を打ち消せないものかと思ったが、むだだった。彼はがばと立ちあがった。

「想像できるか、あんな……ぼくらといっしょにやって来たあんな薄ばかどもが、どんな世界を築くことやら」

「想像？」フォードはまゆをあげた。「想像なんかする必要はない。もう見てきた」

「だけど……」アーサーは無意味に腕をふりまわした。

「もう見てきた。ほかに道はないんだ」フォードは言った。

アーサーは石を蹴飛ばした。

「なにがわかったか話したのか？」彼は尋ねた。

「うん？」フォードはちゃんと聞いていなかった。

「ノルウェーだよ。スラーティバートファーストの署名が氷河に残ってた。その話をしたのか」

「なんになる？　あいつらにとっちゃなんの意味もない」

「意味だって？　意味ならあるさ！　はっきりわかってるじゃないか。この惑星が地球だってことだよ！　ここはぼくの生まれ故郷なんだ！　ぼくはここで生まれたんだ！」

「生まれた？」

「わかったよ、生まれるのまちがいだ」

「そうだ、二百万年後にな。そう言ってやったらどうだい。言ってやれよ、『ちょっとすみません、ちょっと聞いてください。二百万年後にぼくはここからほんの数キロのところで生まれるんです』あいつらがなんていうと思う？　きみを木のうえに追いあげて火をつけてくれるよ」

アーサーは暗い顔でフォードの言葉を噛みしめた。

「あきらめろよ」フォードは言った。「あそこのぼんくら《スイープ》どもがきみの先祖なんだ。この気の毒な生物じゃない」

フォードは原住民に近づいていった。かれらは文字のついた石をものうげにかきまわしている。フォードは首をふった。

「スクラブルなんかほっとけよ、アーサー。人類はそれじゃ救えない。この連中は人類にはならないんだ。人類はいま、丘を越えた向こうの岩のまわりに座って、自分たちのドキュメンタリーを撮ってるよ」

　アーサーはたじろいだ。

「なにかできることがあるはずだ」身もすくむ絶望感に全身に鳥肌が立った。彼はいま地球にいる。そしてその地球は恐ろしくも気まぐれな災厄で未来を失い、いまは過去まで失おうとしているように思えた。

「ない」フォードは言った。「できることなんかなんにもないんだ。地球の歴史がこれで変わるわけじゃない。これが、これこそが地球の歴史なんだ。気に入ろうが入るまいが、きみら人類はゴルガフリンチャム人の子孫なんだ。二百万年後にはヴォゴン人に皆殺しにされるんだ。いいか、歴史はぜったいに変わらない。ジグソーみたいにはまってくものなんだ。おかしなもんだよな、世の中って」

　フォードはQの文字を拾って、遠くのイボタノキの茂みに投げ込んだ。それがそこに隠れていた子ウサギに当たり、子ウサギは驚いて逃げ出し、キツネにつかまって食われてしまい、キツネはその骨をのどに詰まらせて川岸で死に、死骸はのちに川に洗い流された。

その後の数週間、フォード・プリーフェクトはプライドをまげて、ゴルガフリンチャムで人事部員だった娘とつきあいはじめたが、その結果ひどくうろたえることになった。というのも、彼女が水たまりの水を飲んで急死してしまったからだ。その水はキツネの死骸のせいで汚染されていたのである。このできごとから得られるただひとつの教訓は、Qの文字をイボタノキの茂みに投げ込んではいけないということである。ただ残念ながら、この教訓はつねに守れるとはかぎらない。

人生で遭遇する真に重大なできごとはたいていそうだが、フォード・プリーフェクトもアーサー・デントもこの因果関係がまったく見えていなかった。かれらは胸のふさがる思いで、原住民がむっつりと文字をかきまわしているのを眺めていた。

「気の毒な穴居人だ」アーサーは言った。

「穴居人じゃ……」

「え?」

「いや、もういい」フォードは言った。

哀れな男は弱々しい吼え声をあげ、岩のボードを叩いた。

「こんなことをさせられても、ただ迷惑なだけだったんだな」アーサーは言った。

「ウー、ウー、ウルフーゥ」原住民はつぶやいて、岩をまた叩いた。

「電話消毒係が来たせいで絶滅してしまうんだから」

「ウルー、グルル、グルル、グルー!」原住民は執拗にうなり、岩を叩きつづけている。

「どうしてずっと岩を叩いてるんだろう」アーサーは言った。

「きみとまたスクラブルがやりたいんじゃないのかな」フォードは言った。「ほら、文字を指さしてるぜ」

「またクルジュグルドゥルディゥドクを綴ろうとしてるんだろう、しょうがないな。クルジュグルドゥルディゥドクにはgはひとつだけだってずっと教えてるのに」

原住民はまた岩を叩いた。

ふたりはその肩ごしに岩をのぞき込んだ。

目が飛び出しそうになった。

ごちゃごちゃの文字のなかに、八つの文字が明らかにまっすぐ並んでいた。

それはふたつの単語だった。

そのふたつの単語とはこれだ――

「FORTY TWO(四十二)」

「グルルルゥルフ、グー、グー」原住民が説明した。だが、腹が立ってきたかのようにその文字を払いのけると、仲間といっしょに近くの木の下でぶらぶらしはじめた。

フォードとアーサーは男を見つめた。次に互いに顔を見あわせた。

「ほんとにそう並べてあったか?」ふたりは同時に尋ねた。

「うん」同時に答えた。

「四十二だった」とアーサー。

「四十二だった」とフォード。

アーサーはふたりの原住民に駆け寄った。

「なにが言いたいんだ?」彼は叫んだ。「あれはどういう意味なんだ?」

ひとりは地面に寝ころがり、両足を高くあげ、寝返りを打って眠り込んだ。

もうひとりは木に登り、ウマグリの実をフォード・プリーフェクトに投げつけた。なにを言おうとしたにしても、かれらはもう言い終えてしまったのだ。

「これがどういうことかわかるか」とフォード。

「よくわからないな」

「四十二っていうのは、ディープ・ソートが究極の答えとして出してきた数字だろ」

「うん」

「そして地球は、ディープ・ソートが設計して建造したコンピュータだ。究極の答えに対する問いを計算するために」

「そう聞いてるよな」

「そして有機生物はそのコンピュータ基盤の一部だった」

「そうかもな」

「かもじゃない、そうなんだ。ということは、ここの原住民は、つまりこの猿人たちは、コンピュータ・プログラムの一部として最初から組み込まれてる。でも、ぼくらやゴルガフリンチャム人はそうじゃない」

「でも、この穴居人たちは絶滅しかけていて、ゴルガフリンチャム人がその後釜に収まりそうじゃないか」

「そのとおり。とすれば、これがどういうことかわかるだろ」

「えっ？」

「とんでもない手違いってことさ」

アーサーはあたりを見まわした。

「この惑星はまったくついてないんだな」彼は言った。

フォードはしばらくじっと考え込んでいたが、やがて口を開いた。

「でも、ともかくなんかの結果は出てたはずだ。だって、マーヴィンはきみの脳波パターンに問いが刻み込まれてるのが見えるって言ってたじゃないか」

「だけど……」

「たぶん正しい問いじゃないだろう。正しい問いの歪んだ形かもしれない。でも、それでも引っぱり出せれば手がかりにはなる。ただ、どうすれば引っぱり出せるかがわからないんだけどな」

ふたりはしばらくふさぎ込んでいた。アーサーは地面に座り込んで草を引き抜きはじめたが、そんなことをしても憂さ晴らしにはならなかった。草は使えそうになかったし、木々は役立たずに見えるし、なだらかに続く山々はとくにどこへ続いているというわけでもなさそうだし、この先の人生は這ってくぐり抜けるべきトンネルとしか思えない。

　フォードはサブイーサ・センソマティックをいじっていた。あいかわらず信号は入らない。ため息をついてしまい込んだ。

　アーサーは文字を書いた石をひとつ、手製のスクラブルセットから拾いあげた。Tだった。ため息をつき、その石をまた置いた。置いた隣にはIの文字があり、IT（それ）という単語ができた。その横にまた文字をふたつ適当に並べた。その文字はたまたまSとHだった。不思議な偶然で、できた単語はいまのアーサーの気持ちを正確に表していた〔SHITで「ちくしょう」「くそったれ」の意〕。彼はそれをしばらく眺めていた。わざとやったわけではなく、まったくの偶然だった。脳みそのギヤがゆっくりとローに入った。

「フォード」彼は不意に声をあげた。「あのさ、問いがぼくの脳波パターンに刻印されていて、だけど意識的にはそれを知ることができないとしたら、それはぼくの無意識に刻まれてるってことだよな」

「うん、そうだろうな」

「無意識のパターンを引っぱり出す方法があるかもしれない」

「ほんとに？」

「うん、無作為の要素を持ち込んで、その要素に無意識のパターンが現れるようにすればいい」

「どうやって？」

「たとえば、袋からでたらめにスクラブルの文字を取り出すとか」

フォードは躍りあがった。

「冴えてるじゃないか！」彼は言った。かばんからタオルを取り出すと、器用に結んで袋の形にする。

「完全にどうかしてる」彼は言った。「まったくのナンセンスだ。でもやってみよう、こんな冴えたナンセンスはないからな。よし、早くやろう」

太陽がふたりに遠慮するかのように雲の陰に隠れた。ぱらぱらと地味に雨粒が落ちてくる。

ふたりは残った文字を集めて袋のなかに入れ、よく振った。

「よし」フォードは言った。「目を閉じろ。文字を取り出せ。ほら、早く早く」

アーサーは目を閉じ、石でいっぱいのタオルのなかに手を突っ込んだ。かきまわして四つ取り出し、それをフォードに渡す。フォードはそれを、受け取った順番に地面に並べていった。

「W」フォードは言った。「H、A、T……what（なに）だ！」

目をぱちくりさせた。

「うまく行ってるみたいだぜ！」

アーサーは次に三つを渡した。

「D、O、Y……doyか。やっぱりだめかな」フォードが言った。

「ほら、次の三つだ」

「O、U、G……doyoug……だめだ、意味をなさないな」

アーサーは次のふたつを袋から取り出した。フォードが並べる。

「E、T、doyouget……do you getか！」フォードが叫んだ。「うまく行ってる！　信じられない、ほんとにうまく行ってるぜ！」

「そら、次だ」アーサーは無我夢中で次々に石を放り出していく。

「I、F」とフォード。「Y、O、U……M、U、L、T、I、P、L、Y……What do you get if you multiply（○○をかけるといくつですか）……S、I、X……six……B、Y、by……what do you get if you multiply six by（六かける○○はいくつですか）……N、I、N、E……six by nine（六かける九）……」言葉を切った。「どうした、次は？」

「えーと、それで終わりなんだ」アーサーは言った。「もう残ってない」

アーサーはわけがわからない気分で腰を落とした。

結んで袋状にしたタオルのなかをもういちど探ってみたが、やはり文字は残っていなかった。

「ほんとにこれで終わりなのか?」とフォード。

「そういうこと」

「六かける九。四十二」

「そういうことさ。それで全部だ」

34

太陽がまた顔を出し、上機嫌にふたりを照らした。鳥が歌っている。暖かい微風が木々を抜けて吹き、花々を揺らしてその香りを森から運んでくる。虫はぶーんとものうげな羽音を立て、午後遅くに虫がやることをやりに飛んでいく。話し声が木々を抜けて漂ってきたかと思うと、ふたりの若い女が姿を現したが、そこで驚いて立ち止まった。フォード・プリーフェクトとアーサー・デントが地面に倒れてもだえ苦しんでいる──と思ったら、実際には声が出なくなるほど笑いすぎて身をよじっていたのだ。

「待って、行かないで」フォード・プリーフェクトがあえぎながら声をかけた。「すぐ収まるからさ」

「いったいどうしたの?」ふたりのうち、背が高くて痩せているほうが尋ねた。ゴルガフリンチャムでは人事部員として働いていたが、彼女はその仕事があまり好きではなかった。

フォードはようやく落ち着いた。「ごめんごめん、やあ、こんちは。こいつとふたりで人生の意味を考えてたんだよ。ばかな話さ」

「あら、あのときの」女が言った。「さっきちょっと騒ぎを起こした人ね。最初はすごく面白かったけど、あとのほうはちょっとひどかったわ」

「ほんとに？　ああ、そうかもしれないな」

「あれはいったいなんのためだったの？」もうひとりの女が尋ねた。こちらは少し小柄で丸顔で、ゴルガフリンチャムにいたころは小さな広告会社でアートディレクターをしていた。この惑星の生活がどんなに不自由でも、彼女は毎晩ありがたい気分で眠りについていた。明日の朝なにが起きるとしても、ほとんど同じ百枚の写真——それも、思わせぶりにライトを当てた歯磨き粉のチューブの写真——を見くらべるようなことはしなくてもいいのだから。

「なんのため？　なんのためでもないよ。なにもなんのためでもないんだ」フォード・プリーフェクトはうれしそうに言った。「こっちへおいでよ、ぼくはフォード、こいつはアーサー。ちょうどいまなにもすることがなくて退屈するつもりだったんだけど、退屈はいつでもできるから」

女ふたりはどっちつかずの表情で顔を見あわせた。

「わたしはアグダ」背の高いほうが言った。「この子はメラ」

「こんちは、アグダ、メラ」フォードは言った。

「あなたは話をしないの？」メラがアーサーに尋ねた。

「いや、いつかは話すよ」アーサーが笑顔で言った。「ただ、フォードほどじゃないけど」

「そう」

しばらく間があった。

「あれはどういう意味だったの」アグダが尋ねた。「あと二百万年しかないって言ってたでしょ。なにを言ってるのかよくわからなかったんだけど」

「ああ、あれはなんでもないんだよ」フォードが言った。

「この惑星が、超空間バイパスをつくるために破壊されるっていうだけさ」アーサーが肩をすくめて言った。「でもそれは二百万年先のことだし、どっちみちヴォゴン人はヴォゴン人のやることをやるだけだしね」

「ヴォゴン人って?」メラが言った。

「ああ、きみはたぶん知らないだろうな」

「そんな話がいったいどこから出てくるの?」

「ほんとになんでもないんだ。ただ遠い昔の夢みたいなもんさ。遠い未来の夢って言ったほうがいいかな」アーサーは笑顔で言い、目をそらした。

「なにか悩みごとでもあるの？　意味のわからないことばっかり言っちゃうので悩んでるとか?」アグダが言った。

「なあ、もうやめよう」フォードが言った。「もうどうでもいいよ。問題なんかなんにもない。今日はこんなにいい天気なんだし、いまを楽しもうぜ。太陽は輝き、山は緑で、川は谷を流れ、木々は色づきはじめてる」

「ただの夢だとしても、すごくむごい話だわ」メラが言った。「バイパスをつくるために惑星を壊しちゃうなんて」

「もっとひどい話だってあるよ」フォードが言った。「第七次元かどこかの惑星なんか、銀河間バービリヤードの試合で球代わりにされたんだってさ。まっすぐブラックホールに落とされて、百億人死んだらしい」

「まあひどい」メラが言った。

「うん、おまけに三十点にしかならなかったんだ」

アグダとメラは目を見交わした。

「ねえ」とアグダ。「今夜委員会の後夜祭でパーティがあるんだけど、よかったら来ない？」

「ああ、行くよ」とフォードは言った。

「喜んで」とアーサーは言った。

それから何時間もあとのこと、アーサーとメラはふたりで腰をおろしていた。月が森のうえに昇り、木々をぼんやりと赤く輝かせている。

「この惑星が壊されちゃうって話だけど……」メラが口を開いた。

「うん、二百万年後にね」

「まるでほんとに起きると思ってるみたいね」

「うん、思ってるよ。ぼくはその場にいたんだ」

彼女は困ったように首をふった。

「あなたってすごく変わってるのね」

「いや、ぼくはすごく普通だよ。だけど、すごく変わったことがいろいろ降りかかってきたんだ。だから変わってるって言うより、変わらされたって言ったほうが当たってるかな」

「あなたのお友だちが言ってた別の惑星、ほら、ブラックホールに落とされちゃったっていう」

「ああ、あれはぼくも知らないな。いかにも例の本に載ってそうな話だけど」

「例の本って？」

アーサーはちょっと口ごもった。

「『銀河ヒッチハイク・ガイド』だよ」彼はしまいに言った。

「なにそれ？」

「じつを言うと、さっきこの川に投げ込んだんだ。たぶんもう二度と必要になることはないと思う」アーサー・デントは言った。

訳者あとがき

本書は、*The Hitchhiker's Guide to the Galaxy*（邦題『銀河ヒッチハイク・ガイド』）の続編、*The Restaurant at the End of the Universe* の全訳である。底本に用いたのは二〇〇二年刊の Picador 版で、同じく二〇〇二年にアメリカの Ballantine Books から出た *The Ultimate Hitchhiker's Guide to the Galaxy*（シリーズ全五作を一冊にまとめたもの）も適宜参考にしている。

最初に本書がイギリスで発表されたのは一九八〇年のことで、このとき著者ダグラス・アダムスは二十八歳だった。それまではいまで言うプータローみたいな日々を送っていたのに、前年の『ヒッチハイク』の発表とともにいきなり世界的な有名人になって、アダムスはいったいどんな気分だったろうか。前作のあとがきでは触れそこなったので、ここで著者の略歴を紹介しておこう。

アダムスは一九五二年三月十一日、イギリスはケンブリッジに生まれた。大学はケンブリッジ大学に進んだが、これはべつに家が近かったからではなく（だいたいだいぶ前に引っ越しているし）、ケンブリッジ大学の〈フットライツ〉というコメディ・サークルが目当てだったと本人がインタビューで語っている。〈フットライツ〉はすぐれたコメディアンが輩出したことで有名なサークルで、あの〈モンティ・パイソン〉の主要メンバーもここの出身である。アダムスはこのサークルの雰囲気にあまりなじめなかったようだが、ここで知り合って親しくなったのが、のちにラジオやテレビでアーサー・デント役を演じるサイモン・ジョーンズである。

大学を出てからの数年は、アダムスにとっては失意の時代だったようだ。なにしろ仕事がなかった。『ヒッチハイク』の冒頭、「フォード・プリーフェクトは十五年間役のつかない俳優のふりをして過ごしたが、これはわりとよくあることである」とずいぶんなことを書いているのは、この時期の経験が背景にあるのではないだろうか（アダムスは俳優志望だったわけではないが）。〈フットライツ〉の縁で、〈モンティ・パイソン〉のグレアム・チャップマンとコントの共作などもしているが、チャップマンがこのころアルコール依存症で苦しんでいたせいもあって、見るべき成果はあがらなかった。しかし、アダムスのたぐいまれな才能は人も認めるところだったらしく、BBCのプロデューサーをしていたサイモン・ブレットに紹介され、それをきっかけに、BBCのラジオ4用のSFコメディの脚本を書くという仕事が舞い込んできた。それで書かれたのが、言わずと知れた『銀河ヒッチハイク・ガイド』である。一九七八年に放送されるとたちまち人気番組になり、第二シリーズも続けて放送され、さらにはほとんどすぐにパンブックスからノベライズの話が舞い込み、かくて七九年に小説版『銀河ヒッチハイク・ガイド』、翌八〇年に続編の『宇宙の果てのレストラン』が発表されると、これが世界的な大ヒットになったというわけである。

ラジオ版『銀河ヒッチハイク・ガイド』はCDの形で発売されているが、これを聞くと効果音が非常に凝っているのに驚かされる。脚本家のダグラス・アダムスがぽっと出の新人だったことを考えると、ここまで力を入れたのはなぜだったのかと不思議なほどである。プロデューサーのジェフリー・パーキンスがアダムスの才能と脚本にほれ込んだせいもあるだろうが、もうひとつはパディ・キングズランドという有能なサウンド担当者が見つかったおかげだと言われている。このふたりとも本書の謝辞に名前があがっているが、けだし当然というところだろう。

ついでに説明しておくと、謝辞に「『ミリウェイズ』のオリジナルの脚本を手伝ってくれた」とあるジョン・ロイドという人物は、やはり〈フットライツ〉の出身で、アダムスと親しかったプロデューサー兼脚本家である(のちに、イギリスで最もすぐれたコメディのプロデューサーと言われるまでになる人だ)。『ミリウェイズ』のオリジナルの脚本というのは、ラジオの第一シリーズの第五話と第六話のことらしい。このころアダムスは『ドクター・フー』の脚本も手がけていて、締め切りに間に合いそうにないというのでジョン・ロイドに手伝ってもらっているのだ。アダムスは彼をずいぶん頼りにしていたらしく、『ヒッチハイク』のノベライズの話が来たときも共作を持ちかけている。小説を書いた経験がなくて自信がなかったせいだが、途中で気を変えて一方的に「ひとりで書く」と言いだしたため、当然のことながらジョン・ロイドをひどく怒らせてしまった。しまいには和解したものの、しばらくは口もきかなかったそうだ。のちに「共作の話はなかったことにしてくれ、といきなり言われたときは憤慨したが、冷静に考えてみるとあれは彼がひとりで書くべき本だったと思う。いまは、あのころなぜあんなに憤慨したのかよくわからないくらいだ」とロイドは語っている。もちろん彼が寛大な人だから言えることだろうが、ダグラス・アダムスもきっと憎めない人柄だったのだろうなと思わせるエピソードだ。

しかし、その後のダグラス・アダムスの活動を見ると、彼が早世したせいもあるとは思うが、変な表現だがどうしても「余生」という気がしてしまう。『ヒッチハイク』シリーズはテレビドラマ化され、ゲーム化も舞台化もされ、三部作で完結のはずが第五作まで書かれたが（「五作からなる三部作」という不思議な呼びかたをされている）、いずれも二十代でやってしまったことの延長でしかない、と言ったら言いすぎだろうか。ちょっと不思議な探偵小説のシリーズも書いているし、絶滅に瀕した動物についてのノンフィクションなどすぐれた仕事もあるものの、世界をあっと言わせた初期のはなばなしい活動とくらべると、どうしても色あせて見えるような気がする。若くして大傑作をものしてしまって、それを超えるのはダグラス・アダムスほどの天才にとってもむずかしかったのかもしれない。唯一彼がやろうとしてできなかったのは『銀河ヒッチハイク・ガイド』の映画化だったが、これも先ごろ完成して全世界で公開された。太く短く生き、すべてをやり終えて世を去った人——という気がしてならない。

あとがきで訳者がしんみりしてもしかたがないので、ここらで具体的な解説というか、気づいたことをいくつか書いておこう。というわけで以下ではいささか内容に触れるので、まだ本文をお読みでないかたはここから先は読んではいけません。

まずフォード・プリーフェクトが人類の奇妙な習性（自明も自明なことをたえず口にし、しつこくくりかえすという）について考えるくだりで、例としてあがっている「自明なこと」について。「今日はいいお天気だね」はとりあえずありふれた挨拶だからわかるとして、「きみはすごく背が高いね」とか「わあ大変だ深さ十メートルの穴に落っこちたみたいだけど大丈夫かい？」（これは『ヒッチハイク』で出てくる例だが）とかいうのは、なぜこれが例としてあがっているのか少し不思議な気がするのではないだろうか。「きみはすごく背が高いね」については、たぶんアダムス自身がしょっちゅう言われていたことなのではないかと思う。彼は身長が六フィート五インチ、つまり百九十五センチ以上もあったというから、たぶんいやになるほど「きみはすごく背が高いね」と言われつづけたにちがいない。もうひとつの「十メートルの穴」のほうだが、これにもいちおう理由がある。これはじつは、小説版では省かれた、ラジオドラマの一シーン——穴に落ちたゼイフォードに向かって、アーサーが上から「大丈夫かい、深さ十メートルの穴に落っこちたみたいだよ」と教えてやり、フォードに「わざわざ教えてやらなくてもわかってるよ」と突っ込まれるという——を下敷きにしているのである。ラジオドラマからのファンなら、思わずにやりとするところだろう。

先にも述べたように、『銀河シリーズ』はラジオの第一・第二シリーズが最初につくられ、小説版の『ヒッチハイク』と『レストラン』はそのノベライゼーションとして書かれた。しかしアダムスはラジオ版をそのまま小説化するのでなく、エピソードを取捨選択したうえ大幅に順番を入れ換え、さらには新たなエピソードも盛り込んで、かなりちがう物語につくりかえている。そのおかげでラジオ版よりはるかに完成度が高まっているのはまちがいないのだが、どうしてもちょっと不自然というか、引っかかる部分があるのも事実だ。たとえば、フロッグスター星系惑星Bから宇宙の果てのレストランに飛ばされる場面。「いちばん手近で食事のできる場所に行け」と命令されて、コンピュータがそれに忠実に従ったというのはわかるが、なぜ〈黄金の心〉号は未来に飛ばず、なかの四人だけ飛ばされてしまったのか疑問に思われたかたも多いのではないだろうか。このちょっとした「齟齬」が生じたのは、ラジオ版と小説版でレストランに飛ばされる理由がちがうためである。前作の『ヒッチハイク』の最後のほう、マグラシアの地下でアーサーたちが警察官ふたりに銃撃される場面があるが、小説版では警察官がだしぬけに死んでしまってアーサーたちは助かることになっている。しかしラジオ版では、銃撃の影響でマグラシアのコンピュータが爆発し、そのせいで四人は遠い未来に飛ばされ、まったくの偶然で宇宙の果てのレストランにたどり着くことになっているのだ（レストラン〈ミリウェイズ〉は、ラジオ版ではフロッグスター星系惑星Bではなく、マグラシアの残骸に建てられている）。

フロッグスター星系惑星Bにたどり着いたとき、ガーグラヴァーに無視されたのが気に入らないという以外にさしたる理由もなく、マーヴィンが地面に突っ伏して動かなくなるのもこれで説明がつくと思う。ラジオ版のほうでは、マグラシアの地表にアーサーとふたりほったらかしにされ、そのせいで置いてきぼりをくらってしまうわけだが、フロッグスターのほうでは置いていかれる必然性はあまりない。しかし、ここでマーヴィンが置いてきぼりになってくれないと、その後のレストランの話につながらない。というわけで、いきなり鬱の発作を起こして（？）地面に突っ伏してしまうわけである。まあささいなことではあるが、もうちょっとくふうがあってもよかったんじゃないかなあという気がしないでもない。

もうひとつ、これは齟齬というほどではないけれども、ホットブラック・デシアートのスタント船に乗っているとき、急にゼイフォードが「究極の問いはどうなった」とアーサーに尋ねる場面もちょっと気になる。船が操縦不能で大騒ぎしているときに、こんな話が出てくるのはやや唐突な気がするが、これもラジオドラマのほうはもう少し自然な流れになっている。レストランの駐車場から船を盗んだら、それがまったく操縦不能だったというところは同じなのだが、ラジオ版では小説版ほど切羽詰まった状況でないため、操縦もできないしやることもなくてひまだから、そのあいだに「究極の問いを考えろ」という話になるわけだ。

そうは言うものの、だからと言って小説版がラジオ版より劣っているというわけではもちろんない。先にも述べたように完成度という点では小説版のほうが数段うえだし、新たに付け加えられたエピソード(とくにホットブラック・デシアートのあたり)も奇想天外でユーモアたっぷりだし、なによりマーヴィンの造形がはるかに決まっている。マーヴィンに話しかけられて警察船のコンピュータが自殺するとか、スタント船にひとり取り残されて太陽に突っ込む破目になるとか、どちらもラジオ版には出てこないエピソードだが、これがあるだけでも小説版のほうが数倍面白いと思うのは訳者だけではないと思う。

本書『宇宙の果てのレストラン』は、新潮文庫で一九八三年に邦訳が出ているが(風見潤・訳)、前作のあとがきにも書いたとおり、『銀河ヒッチハイク・ガイド』と同じく長らく絶版になっていた。二十年前に夢中で読んだこの傑作を新たに翻訳する機会を与えられて、私としてはこれほどうれしいことはなかった。原作のすばらしさを十全にお伝えするなどもとより望むべくもないが、少しでも面白さを感じとっていただければ訳者としてこれ以上の喜びはない。

本書の訳出にあたっては、河出書房新社編集部の松尾亜紀子氏にたいへんお世話になった。この場を借りてあつくお礼申し上げます。

二〇〇五年七月

宇宙の果てのレストラン

著者 ダグラス・アダムス
訳者 安原和見

二〇〇五年 九 月二〇日 初版発行
二〇一九年一二月三〇日 10刷発行

発行者 小野寺優
発行所 河出書房新社
東京都渋谷区千駄ヶ谷二-三二-二
☎〇三-三四〇四-八六一一（編集）
〇三-三四〇四-一二〇一（営業）
http://www.kawade.co.jp/

デザイン 粟津潔

印刷・製本 中央精版印刷株式会社

落丁本・乱丁本はおとりかえいたします。

Printed in Japan ISBN978-4-309-46256-1

銀河ヒッチハイク・ガイド

ダグラス・アダムス　安原和見〔訳〕　46255-4

銀河バイパス建設のため、ある日突然地球が消滅。地球最後の生き残りであるアーサーは、宇宙人フォードと銀河でヒッチハイクするはめに。抱腹絶倒ＳＦコメディ「銀河ヒッチハイク・ガイド」シリーズ第一巻！

宇宙の果てのレストラン

ダグラス・アダムス　安原和見〔訳〕　46256-1

宇宙船が攻撃され、アーサーらは離ればなれに。元・銀河大統領ゼイフォードとマーヴィンがたどりついた星で遭遇したのは⁉　宇宙の迷真理を探る一行のめちゃくちゃな冒険を描く、大傑作ＳＦコメディ第二弾！

宇宙クリケット大戦争

ダグラス・アダムス　安原和見〔訳〕　46265-3

遠い昔、遙か彼方の銀河で、クリキット軍の侵略により銀河系は絶滅の危機に陥った——甦った軍を阻むのは、宇宙イチいい加減なアーサー一行。果たして宇宙は救われるのか？　傑作ＳＦコメディ第三弾！

さようなら、いままで魚をありがとう

ダグラス・アダムス　安原和見〔訳〕　46266-0

十万光年をヒッチハイクして、アーサーがたどり着いたのは、８年前に破壊されたはずの地球だった‼　この〈地球〉の正体は⁉　大傑作ＳＦコメディ第四弾！　……ただし、今回はラブ・ストーリーです。

ほとんど無害

ダグラス・アダムス　安原和見〔訳〕　46262-2

銀河の辺境で第二の人生を手に入れたアーサー。だが、トリリアンが彼の娘を連れて現れる。一方フォードは、ガイド社の異変に疑問を抱き——。ＳＦコメディ「銀河ヒッチハイク・ガイド」シリーズついに完結！

クマのプーさんの哲学

J·T·ウィリアムズ　小田島雄志／小田島則子〔訳〕　46262-2

クマのプーさんは偉大な哲学者⁉　のんびり屋さんではちみつが大好きな「あたまの悪いクマ」プーさんがあなたの抱える問題も悩みもふきとばす！　世界中で愛されている物語で解いた、愉快な哲学入門！

高慢と偏見

ジェイン・オースティン　阿部知二〔訳〕　46264-6

エリザベスは資産家ダーシーを高慢だとみなすが、それは偏見に過ぎぬのか？　英文学屈指の女性作家オースティンが機知とユーモアを込めて描く、幸せな結婚を手に入れる方法。映画「プライドと偏見」原作。

プリンセス・ダイアリー　1

メグ・キャボット　金原瑞人／代田亜香子〔訳〕　46272-1

ハイスクールの一年生、超ダメダメ人間のミアがいきなりプリンセスになるなんて⁉　全米で百万部以上売れた21世紀のシンデレラ・ストーリー！映画「プリティ・プリンセス」原作。

プリンセス・ダイアリー　2　ラブレター騒動篇

メグ・キャボット　金原瑞人／代田亜香子〔訳〕　46273-8

フツーの女子高生ミアは突然プリンセスに。そんなミアに届いた匿名のラブレター。もしかしてマイケルから？　ママの妊娠＆結婚騒動や、田舎から従兄弟がやって来て……ますます快調★ラブコメディ第二弾！

プリンセス・ダイアリー　3　恋するプリンセス篇

メグ・キャボット　金原瑞人／代田亜香子〔訳〕　46274-5

突然プリンセスになってしまったフツーの女子高生ミアの日記、大好評第三弾！　ケニーというＢ・Ｆができたけど、ミアの心は揺れるだけ。本当に好きなのはマイケルなのに、この恋いったいどうなるの？

不思議の国のアリス

ルイス・キャロル　高橋康也／高橋迪〔訳〕　46055-0

退屈していたアリスが妙な白ウサギを追いかけてウサギ穴にとびこむと、そこは不思議の国。『不思議の国のアリス』の面白さをじっくりと味わえる高橋訳の決定版。詳細な注と図版を多数付す。

マンハッタン少年日記

ジム・キャロル　梅沢葉子〔訳〕　46279-0

伝説の詩人でロックンローラーのジム・キャロルが、13歳から書き始めた日記をまとめた作品。60年代ＮＹで一人の少年が出会った様々な体験を瑞々しい筆致で綴り、ケルアックやバロウズにも衝撃を与えた。

世界の涯の物語

ロード・ダンセイニ　中野善夫／中村融／安野玲／吉村満美子〔訳〕 46242-4

トールキン、ラヴクラフト、稲垣足穂等に多大な影響を与えた現代ファンタジーの源流。神々の与える残酷な運命を苛烈に美しく描き、世界の涯へと誘う、魔法の作家の幻想短篇集成、第一弾（全四巻）。

夢見る人の物語

ロード・ダンセイニ　中野善夫／中村融／安野玲／吉村満美子〔訳〕 46247-9

『指輪物語』『ゲド戦記』等に大きな影響を与えたファンタジーの巨匠ダンセイニの幻想短篇集成、第二弾。『ウェレランの剣』『夢見る人の物語』の初期幻想短篇集二冊を原書挿絵と共に完全収録。

時と神々の物語

ロード・ダンセイニ　中野善夫／中村融／安野玲／吉村満美子〔訳〕 46254-7

世界文学史上の奇書といわれ、クトゥルー神話に多大な影響を与えた、ペガーナ神話の全作品を初めて完訳。他に、ヤン川三部作の入った短篇集『三半球物語』等を収める。ダンセイニ幻想短編集成、第三弾。

最後の夢の物語

ロード・ダンセイニ　中野善夫／安野玲／吉村満美子〔訳〕 46263-9

本邦初紹介の短篇集『不死鳥を食べた男』に、稲垣足穂に多大な影響を与えた『五十一話集』を初の完全版で収録。世界の涯を描いた現代ファンタジーの源流ダンセイニの幻想短篇を集成した全四巻、完結！

チャペックのこいぬとこねこは愉快な仲間

ヨゼフ・チャペック〔絵と文〕　いぬいとみこ／井出弘子〔訳〕 46190-8

カレル・チャペックの実兄で、彼のほとんどの作品に個性的な挿絵を描いたヨゼフ・チャペック。『ダーシェンカ』と共に世界中で愛読されている動物ものがたりのロング・セラー。可愛いイラストが満載！

チャペックの犬と猫のお話

カレル・チャペック　石川達夫〔訳〕 46188-5

チェコの国民的作家チャペックが贈る世界中のロングセラー。いたずらっ子のダーシェンカ、お母さん犬のイリス、気まぐれ猫のプドレンカなど、お茶目な犬と猫が大活躍！　名作『ダーシェンカ』の原典。